2016年度
法治文学精选
（小说卷）

命悬一线

中国法学会法治文化研究会 选编

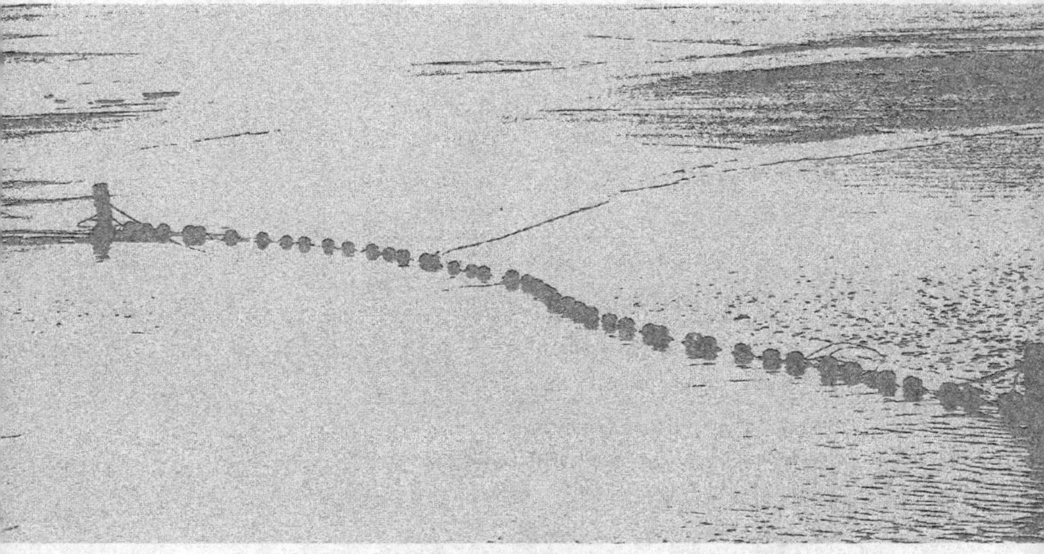

群众出版社
·北京·

图书在版编目（CIP）数据

命悬一线／中国法学会法治文化研究会编．—北京：群众出版社，2017.12

（2016年度法治文学精选）

ISBN 978-7-5014-5777-9

Ⅰ.①命…　Ⅱ.①中…　Ⅲ.①中篇小说—小说集—中国—当代

Ⅳ.①I247.5

中国版本图书馆CIP数据核字（2017）第287044号

命悬一线

中国法学会法治文化研究会　编

出版发行：群众出版社

地　　址：北京市丰台区方庄芳星园三区15号楼

邮政编码：100078

经　　销：新华书店

印　　刷：北京市泰锐印刷有限责任公司

版　　次：2017年12月第1版

印　　次：2017年12月第1次

印　　张：7.875

开　　本：880毫米×1230毫米　1/32

字　　数：216千字

书　　号：ISBN 978-7-5014-5777-9

定　　价：33.00元

网　　址：www.qzcbs.com

电子邮箱：qzcbs@sohu.com

营销中心电话：010-83903254

读者服务部电话（门市）：010-83903257

警官读者俱乐部电话（网购、邮购）：010-83903253

文艺分社电话：010-83903973

出版说明

自中国法学会法治文化研究会于2014年11月25日开始举办“年度法治文学精选”征集编选活动以来，迄今已经编辑出版了“2014年度法治文学精选”丛书二卷，即小说卷《我不认识你》、纪实文学卷《打造再生之门的人》；“2015年度法治文学精选”丛书二卷，即小说卷《孤证》、纪实文学卷《真假之间》。这些代表了当年度法治文学创作最高水准的作品，受到政法战线工作者和社会读者的广泛好评。

“2016年度法治文学精选”征集编选活动于2016年年底如期展开。经各地政法部门、新闻出版单位和全国文学评论家、作家、编辑、专家学者积极推荐，编委会认真审阅评选，现结果已揭晓，入选作品全部收入“2016年度法治文学精选”丛书，由群众出版社正式出版。

这是中国法治文坛第三次主办全国一年一度的法治文学作品精选的征集编选活动。其宗旨是用文学艺术的生动形象，在全社会普及法治思维、法治方法，树立法治信仰，推出更多法治题材的优秀文学作品，发现和培养法治文学创作人才，推动法治文化的大发展大繁荣，为法治中国建设作出贡献。

“年度法治文学精选”编委会办公室

2017年6月8日

目　录

命悬一线

尤凤伟

一

宣判前，汤建又去了一趟成山看守所，提审犯罪嫌疑人庄小伟。说提审并不准确，案件审判程序已成为过去时。作为该案的主审法官，他十分清楚庄小伟的生命就要走到尽头了，如果没有特殊情况发生，死是板上钉钉的了。所谓特殊情况，无非是有重大立功表现；家人满足了亡者亲属的赔偿期望，不再死磕。当然，倘若有某权势人物予以干涉，也有可能刀下留人。而从庄小伟的实际情况来看，这几条都不现实，他独自作案，没他人可告发，何况关在号子里，想立功也没有机会。而且他的家人，七十有余的养父母，是村里最穷的人家，无力承担高额赔偿款。他曾与法庭为庄指派的陈凯律师一起去村里动员庄的养父母，屋里屋外一打量，便明白说什么都属多余，沮丧而归。至于有贵人搭救，则更是天方夜谭。

在那间十分熟悉的审讯室，汤建见到了“准死人”庄小伟。他的心不由得疼了一下。一种微微的战栗从脚后跟往上传遍了全身，作为一名多年从事刑事审判的法官，是不应该有这种非职业条件反射的。不知怎的，这种反射在面对庄小伟时更甚，是因为他太年轻，生得眉清目秀，用时髦的说法可称之为“小鲜肉”？还是觉得他倒霉，合议庭对其量刑为死缓，却被院里改为立即执行，有些于心不忍？还是……

他看出庄小伟比上次见到时气色要好，精神头也足些，新剃了头，额头也变得亮堂了，这种变化更使他心里添了一份沉重。待押解他来的狱警走出门外后，他问：庄小伟，这些日子怎么样？庄小伟回答：报告法官，我很好。

哦？很好？

嗯，很好。

好在哪方面，你讲讲？

报告法官，队长让我吃营养餐了。

你生病了？汤建问。刚才还觉得庄小伟身体状况不错，怎么享受起病号待遇了呢？他知道，这里的病号待遇是每天增加一个鸡蛋、两根黄瓜。他还知道这里的潜规则——某些特殊犯罪嫌疑人也可以得到这种照顾。而庄小伟没资格“被特殊”。

报告法官，我没病。

这毕竟没什么重要，况且与庄小伟打了近一年“交道”的法官，渐渐积累起来的怜悯之情，也愿意看到这将死的人，在走向刑场之前能多点享受。

他不再继续这个话题。

但是，下面的谈话该怎样进行，他倒有些茫然了。平常对犯人的程序化审讯，都在法院里的审讯室进行，法警从看守所提出人犯，押解到市里。而对一些具体问题的落实，为避免兴师动众，则法官自己跑到看守所，问完便走。问题在于，今天汤建在宣判前赶来，并没有明确目的，该落实的都落实了，属于本院的法律程序已走完，只等择日宣判。如果庄小伟上诉，后面的事就转到上诉法院，与己无关了。也就是说，这次来，套用一句俗话就是“有枣没枣打一竿”了。能打到一颗让庄小伟免死的“枣”，就算不虚此行。说白了，就是想搭救庄小伟。庄小伟抢劫杀人，这种严重罪行，从前是杀无赦的。现在司法改革，尽量减少死刑，这类罪犯只要有从轻的情节，也可考虑不杀。作为对庄案再清楚不过的人，他认为有从轻情节，合议庭其他人也有共识，所以他们的意见是判死缓。而报到院里遭否决，要求改为死刑立即执行。既然如此，合议庭使用的从轻情节便清零了。如若让庄小伟免死，只能另辟蹊径，找到让院里否决不了的理据。

说来说去，还是前面提到的几种“特殊情况”。他来是寻找特殊。这本来是庄小伟律师的分内之事，可那很喜欢被人称为“诗人”的陈律师自始至终不在状态，对案子不热衷。据说最近正忙于创作，准备参加市文联主办的“祖国大放歌”诗歌朗诵活动，连电话也不接了。作为法官，他有看法，却不便说破，只在心里不屑。

以前说“愤怒出诗人”，如今是“喜庆出诗人”啊。

庄小伟，这段时间有没有人来探望你呀？汤建看了眼一直低着头的庄小伟。报告法官，没有。庄小伟回答。

汤建看了看瞬间庄小伟抬起的葫芦样光头，以及那双明显带有讨好又迷离、还带有孩子般稚气的眼睛，心沉了一下，说：庄小伟，再回答问题不用先报告。

报……是，是……汤法官。

他没纠正他，心想，那诗人律师连最基本的都没对他说清楚。

他说：庄小伟，这些日子都想些什么？

想……俺害死了人，罪大恶极，服判，不上诉。

哦？汤建惊了一下，问：这想法和律师说过吗？

说过。

他怎么说？

他说上诉也是百分之百驳回。

百分之百无良！这姓陈的！汤建心里愤愤。刚要再问，却听庄小伟开口问：汤法官，你说能判我死刑吗？

他咬了下牙，没放出声来。他是最有资格回答庄小伟问题的人，但他不能回答，这是职业操守，或者说是纪律。他打了个愣怔，反问了一句：你自己觉得呢，庄小伟？问过又意识到不妥，这一问不应出自法官之口。

好在庄小伟没有回答，深深地埋着头。

他就想，明明可以判死缓，院领导怎么非要判死刑不可呢？不符合新司法精神嘛。参加审判委员会的董庭长回来也表示不解，说：原先认可死缓的分管刑事的部副院长怎么忽然改了口径呢？舌头一反一正就是一条人命哪。

他说：庄小伟，怎么判决是法院的事，你首先得认罪悔罪；当然也可以为自己辩护，争取从轻处罚。

是。

想想，还有没有对自己有利的话要对法庭讲？他启发说。

俺、俺不是故意杀人，是老奶奶自己从扶梯上滚下来的。还有，俺不是抢，是偷……

这些，他自然是清楚的。庄小伟案不复杂，庄小伟在商场的下行扶梯上，居高临下发现被害人的包里有一个钱包，遂起邪念，行窃，生手不熟练，让被害人发觉，惊慌中一脚踏空，顺扶梯滚下，造成颅骨损伤，经抢救无效死亡。

他说：这个，法庭有你的笔录。再想想，有没有其他方面的情况？他继续启发。

庄小伟用手抱着光头，手指绷紧，努力要从里面挖出东西的样子。他应该清楚，法官在宣判前专程来问询案件之外的事情，足见这对自己生死攸关。

汤建等着，为减轻对方压力，他将目光移开，盯着墙上那幅“坦白从宽，抗拒从严”的标语看，心里想，此时此刻，这标语对庄小伟已无意义了。他迫在眉睫的，就是找到“有利”理据来救自己的命。

汤建还等着，时间一分一秒地过去，心中原本尚有的希望一丝一丝消散。

对了！庄小伟叫了一声，同时将抱头的手松开，合抱于胸，犹同已大功告成，从头脑里抓出了一根救命稻草。

说。汤建心中亦生起了希望。

庄小伟望着汤建，说：报告法官，陈律师对俺说……

他说什么？汤建问。

他说有重大立功行为可以从轻处罚，问我有没有。当时没想起来，说没有，可刚才想起来了。

你有立功？汤建问，却不太相信。因为若有这方面情况，狱方会及时告知法庭的，供量刑时考量。

俺救过人。庄小伟进而说。

哦？什么时间？什么地点？汤建有些兴奋。

是北京开奥运会那年，在俺村，那年俺十三岁。庄小伟说。

瞬间汤建被失望淹没，不由自主摇了摇头，有言道：好汉不提当年勇，作为罪犯的庄小伟，往日之功是不能为今日所犯之罪来折抵的。

显然庄小伟并没想到这一点，他是法盲，但凡有这方面知识，当看到老太太滚下扶梯时不要跑，那样更能证实自己是偷不是抢，犯案的恶性会减一等。

庄小伟还原的当年情况是这样的——天热，他和村里的小伙伴去村东的荷花湾洗澡，凉快了以后又比赛游泳，看谁游得来回多。游着游着，别的孩子逐渐败下阵来，上了岸，他还在继续。这时来了一个到这村走亲戚的城里小孩，都认得，他姥姥管他叫一。一在湾边望着还在游的他，嘲笑地叫：小狗刨儿，小狗刨儿。他不睬，继续游。一又说：小狗刨儿，土死了，瞧我的。说着脱了衣裳，跳进湾里游起来。示范似的游起蛙泳、仰泳、自由泳……陡然，一惨叫一声，头沉入水中，整个人不见了踪影。他晓得一出事了，一个猛子扎进水底，将挣扎着的一拖出水面，拖到岸上……

庄小伟说：后来知道他腿抽了筋，没人救就上不来了。

见义勇为啊。汤建叹息说。

汤法官，这，算是立功吗？庄小伟抬起头，望着他问。

汤建一时不知如何回答。答案是有的，当然是立了功，还是一大功，救人一命胜造七级浮屠，问题是那时的功，不管今天的用。

庄小伟说：这件事全村人都知道的，都能证明。又问：是不是需要王天一本人……

王天一？

就是俺救的那个一，他姓王，叫王天一……

汤建“哦”了声，心里思忖：王天一……李天一，李天一的案子国人注目，司法界更甚，他和庭里的同事也多次议论过，除了案情，还有“天一”这个名字。小何说：天一，天下第一，从这个名字就能看出不是一般人家的孩子，气势这么大。老曲说：气势就是大嘛，他爹一嗓子喊出去传遍天宇啊。对于如何判决，大家普遍认为，凭他爹的名望，会获轻判。结果正相反，他是同案人中判得最重的一个。这又成为人人议论的一个焦点。

回到王天一，汤建意识到这应该也是一个“不一般”的孩子，由此他另一个思路被打开。问庄小伟：后来见过王天一吗？

没有，他姥姥说，去美国念书了。庄小伟回答。

他父母呢？也去美国了？

没有，在北京。

在北京做什么？

他爹开公司当老板，他妈……

哦，标配啊，汤建心里说。不过他感到欣慰，既然是这种情况，出钱帮帮孩子的救命恩人，应该是……

他问：王天一他爹妈知不知道你救他命的事？

庄小伟想想，摇摇头：这个不晓得。

他姥姥是知道的了？

嗯，知道。

有什么表示没有？

表示？

感谢啊。

不用，不用……

我问的是感谢没感谢你？

没。

汤建嘘了口气。

看来庄小伟没跟上汤建的思路，仍停留在原点，眼巴巴地望着汤建问道：汤法官，这个，到底能不能算立功啊？

应该算吧。汤建说。这么说是为了减轻庄小伟的心理压力。作为一名刑事法官，他十分痛恨罪犯对常人的残害，第一念头便是严惩不贷，替被害人申冤报仇，为社会除害。然而一旦深入案情，他的心情便渐渐发生变化。比如这个庄小伟，初次阅卷：在扶梯上抢劫，致受害老奶奶滚梯坠亡，场面惨不忍睹，应判死刑。而后信息扩展：该犯刚年满十八周岁，穷苦，为买一张回乡的车票行窃，致人死非故意；还有……于是，他有所踌躇，最终意见为死缓。当审委会改判，他找庭长申辩，陈述理据。最后，庭长不得不向他交底：改判是分管院长力主，理由是今年抢劫杀人案频发，对社会造成很大冲击，故应严惩抑之。他反驳说，这不就是法理之外的“杀一儆百”吗？庭长说，本案的特殊在于犯人无力赔偿，受害人家属死磕啊。他不为所动，不放弃，才来看守所“有枣没枣打一竿”，侥幸的是，这一竿应是打着了。王天一，庄小伟，一报还一报，理所当然啊，摆在哪里也是合情合理。他又嘘了口气，想，事在人为的确如此啊。

至此，汤建觉得已没必要再与庄小伟论究立功不立功的问题了，便大体谈了谈自己的想法。又问了一些相关问题，便结束了这次问询。

二

车上，他接到妻子花花的短信：忘了吗？今天是秀秀生日。他会心一笑，看看手机，时间已是下午 5 点，回去正当时啊。

赶回岳父母家，秀秀在那里，生日自然在那里过。进门，花花和儿子涛涛前后脚到，带去生日蛋糕和秀秀爱吃的糖炒栗子。岳父亲自下厨做秀秀爱吃的红烧肉拌饭。只听岳父母卧室的门“砰砰”的响，岳母说，秀秀闻到香味了，要出来。岳父在灶上说，做好了，请出来吧。涛涛去开门，一只狮子狗从里面走出来，跳到餐桌边自己的专座上，端坐等候，一副贵妇人派头。一家人笑呵呵地围过来，涛涛带头唱起《生日歌》，一家人拍手紧随。欢笑中，秀秀开始大快朵颐，斯文尽失。汤建心想，调教得再好的狗，终归也是畜生啊。

秀秀吃好了，岳母用餐纸给它擦擦嘴，生日算过完了。全家人开始吃饭，除了提前拨出来的红烧肉外，还有用空气炸锅炸得焦黄的带鱼，这是涛涛最爱吃的。虾仁炒蒜薹，这是花花的菜。猪肉大白菜粉条，这是汤建百吃不厌的家乡菜。为此不断遭到花花的嘲笑，说他是不变的庄稼人胃口。开始，他很反感；后来认为花花并没有说错。每逢春节，各类上品菜一大桌子，他还忘不了吃这一口。这就是应了那句“橘生淮南则为橘，生于淮北则为枳……水土异也”的话。花花是生在城里的橘，他是生在乡下的枳。本两不相干，可毕业工作后，经人介绍，橘枳结为连理，不谐便渐渐表露出来。而花花强势，尽管汤建作了顽强的反抗，终是败下阵来。该争的也不与她争了，以沉默应对。日子便平静下来，“沉默是金”在此得到印证。

吃了一会儿，花花放下筷子，笑盈盈说：爸、妈，报告一个好消息，我考到律师证了。

除了涛涛，其他人都怔了一下，一齐望向花花。岳父问：花花，你在安达干财务不是干得好好的吗，咋还考律师证？

花花说：转行当律师啊。

岳母说：当律师不错呀。

岳父瞪她一眼，转向汤建问：这事，你知道不？

汤建不知该如何回答。一年前花花与自己说过，要读一个司法班。他明白她的意思，第一个念头便是不可。不知从什么时候起，法官的配偶或家人纷纷进了律师楼，打什么心思昭然若揭。有人调侃说：肥水不流外人田哪。很快便出了问题，最典型的是某区法院院长与在某律师所当主任的老婆东窗事发，双双入狱。他极力反对花花的做法，可花花不听，照考不误。一是无奈，二是这些年挤这条道的人很多，越来越难考，他不相信她能考得上。可怕什么来什么，她竟然如愿了。

他只能说：知道。

岳父把筷子拍在桌上，吼：你们是好日子过得不耐烦了是不是？

他不吭声。心想，训得好。

花花却不听这套，说：爸，你喊什么？这种情况很多，法律没明文规定不可以。

岳父横了她一眼，说：没明文规定也不行，不想想人家会怎么看。一个判案，一个当一方辩护，无私也有弊啊。

花花辩驳：各人遵循各人的职业道德呗。

岳父说：如今，连人性都不讲了，还讲什么职业道德？有些当官的几百万、几千万、几个亿地贪，心里有职业道德吗？少来这一套。

在汤建眼里，岳父是个极其温良的人，总是笑眯眯的，他这么大发雷霆还真没见过。他晓得花花这事办得让他愤怒，难以容忍。

花花不吭声了。

汤建说：爸爸，你这火发得对，有道理，回头我说说花花，这样的夫妻店绝对不能开。

花花哼了声，站起身朝涛涛嚷：走，咱回家！

汤建自然也得走。

刚进门，陈律师来短信：有新作发圈里，请指正。他“腾”地上来了无名火，代理的人要判死刑，你他妈还有心思写狗屁诗。在沙发坐下，他给庭长拨了电话，讲了今天见到庄小伟发现一新情况，待明天上班详细上报。挂了电话，他才上了微信朋友圈，果然最上面有陈律师发的诗歌。他本来以为是先前说的朗诵诗，却不是，另辟蹊径。“放歌”的不是祖国，而是一种仙草药膏，诗曰：仙人号曰候庭泉，草药产自滇西南。谱出风云交响乐，写下医疗新诗篇。骨疼忽闻寸草心，病愈下榻步履健。传世良药除顽疾，奇效惊世美名传！

尽管心头有气，居然被陈律师的诗逗笑了。油然想起前些天从网上看到的一则笑话——某女夜遇劫匪，颤抖着说：“大哥，我是写小说的，四十多岁了，工资还不到三千，逢年过节连奖金都没人给发，送礼的也没有，你看这是我的中国作家协会会员证。”劫匪闻听痛哭流涕，“姐姐，俺也有这证，写散文的，快三十了无房无车，娶不到老婆才出来做匪的。你走吧。对了，边上那条路千万不要走，更凶险，全是写诗的，都穷疯了！”

陈律师“穷疯了”才写这种广告诗的吗？非也，陈律师是他们律师所合伙人，收入不菲，还是几家单位的法律顾问，固定收入也不低。论究起来，陈律师当是人们戏称的有“歌颂癖”吧。

他给陈律师发了短信：明天下午庭里一见，有事协商。

陈律师即刻回复：明晚如何？老地方。

陈律师要请吃饭，老套路。

他回：明晚有事，还是下午。

汤大法官赏点面子嘛，是安华老总请客啊。

他知道，陈律师是安华公司的法律顾问，曾试图在他与安华中间搭桥，他未响应。社会上说中国律师的硬功夫是拉法官下水，多少法官被律师溺亡，下场悲惨。

他不客气了：省省吧。

挂了电话，起身进到书房打开电脑，他想从网上查查各院有关杀人案赔偿数额的情况。

三

在院大门外下了班车，见一辆本院的警车从远处开来，拐到后面的门。他晓得是从看守所提来了犯人。三庭上午开庭，是政法学院同学兼好友何彬审理的案子，嫌疑人是外省落马高官，属异地审理。何彬说这个案子让他焦头烂额，其实不说也想得到。

在庭长室见到董宝川庭长，董庭长正在打电话，边讲边示意他坐。坐下后眼望窗外，干什么吆喝什么，董庭长在和人谈案子，似乎是区法院上诉到中院的案子。他也懒得听，只想着自己这案子怎么跟庭长讲。

董庭长讲完电话，问他：小汤，你说的新情况是什么？能影响量刑吗？你是知道的，经审委会定下的判决不会轻易改变。他赶紧说：这个我知道，可这新情况很重要，应该能免庄小伟一死。

董庭长摇摇头。

汤建讲了庄小伟当年救了王天一那件事。

听着，董庭长打了个哈欠。

他晓得董庭长昨晚喝了酒，董庭长喝酒海量，法院里无人拼得过。他自己调侃说：死了泡在水缸里，过几天就是一缸董酒。

说到哪儿了？董庭长问。

王天一在水里抽了筋，沉下去了。

是庄小伟把他救上来了，是不是？

是。

那是哪年的事？庄小伟多大？

2008 年，他十三岁。

可他犯罪时已经过十八岁了。

汤建意识到董庭长理解错他的意思了，酒精还在他脑袋里起作用。喝了一口茶，他说：我知道，我是说他救人立了功……

董庭长寻思一下说：是有功，那时的功，现在顶个屁用？能抵罪？法律上可没有这一条。

汤建说：我知道，我的想法是……

他斟酌着说法：我的想法是，他立这功，受益人应该埋单……

受益人埋单？

对，现在这个时候，受益人应该出资，替庄小伟赔偿受害人。从目前情况看，恐怕只有这一条能免庄小伟一死。

董庭长想想说：应该是这样，能得到受害人家属的谅解很重要，而拿钱才能买谅解。问题是人家能认这笔老账吗？

汤建叹了口气，董庭长总算跟上了他的思路，他说：老账也是账啊，应该认的，何况是有钱人。

有钱人？

对，被救小孩儿的爹是一家大公司老板，钱不是问题。

董庭长浅浅一笑，说：这就难讲了，不是有越有钱越抠门一说吗？

汤建说：我们可以对他晓之以理动之以情。

董庭长：我们？我们法院？这可是律师的工作啊。

他刚要讲院里指派的那个陈律师不给力，又把话咽回去，说：我已经约谈律师，把这事交给他去办。

董庭长说，那得快点儿，否则……

他明白董庭长的意思，按惯例春节前要集中“执行”一批死刑犯，便说：一定一定……

四

汤建不想给陈凯好气，开门见山：陈律师，知道你忙，可人命关天，还是把你请来。我昨天去见了庄小伟。

是吗？他怎么样？陈凯问。

这话应该是我问你呀，陈律师！汤建生硬地说。

陈凯：……

汤建说：庄小伟很悲观，说若判死刑将放弃上诉。这，你晓得不？

陈凯迟疑一下说：他倒是对我讲过这想法。

汤建问：作为律师，你给过他什么建议？

陈凯说：这不用说，我对他讲，应该上诉，这是法律赋予的权利。

陈、庄二人口调不一，是哪个说了假话？但他不想纠缠这个，继续说下去：昨天去，庄小伟说了一个新情况，可能会给案子带来转机。

哦？汤建把情况讲了讲，刚讲完，陈凯的手机响了，欲接，看看汤建，似乎又觉不妥，便把电话挂断。

汤建说：作为庄小伟的律师，面对这新情况，我想听听你有什么想法。

陈凯沉吟一下，说：也只能死马当活马医了。

汤建觉得这话刺耳，问道：庄小伟是死马？

陈凯苦笑笑，说：汤法官你心里比我清楚，合议庭的死缓意见被审委会否了，定立即执行。这种情况你们合议庭都没辙，律师还能有什么作为？法院啥时候拿律师当盘菜了？

汤建承认陈凯的牢骚有一定道理。在审判过程中，律师总是处于下风，不被法官正眼看，辩得再好，也不敢保证会被法庭采纳，特别是上面定了调子的案子，想翻案难于上青天。

陈凯继续发牢骚：我就奇怪了，不偏不倚，庄小伟判死缓属合理量刑，没人辩护也应该这么判，是偷不是抢，只是地点选错了，被害人才滚落致死。另外，他初犯认罪，刚十九岁，还是个孩子。

汤建清楚，事已至此，说这些是梁山泊的军师——无用，赶紧把话头引回，说：许多情况下，还是事在人为，所以要发挥人的主观能动性。

陈凯：也是。

汤建不讲话，看着陈凯，希望他能讲出自己的思路，或者说希望他能从“放歌中国”那类唬人的空话，回到现实生活中来。

陈凯说：汤法官，你干了我的活，谢谢您，下面该我了。

汤建还看着他不讲话。

陈凯说：第一步，找到王天一的爹。

主观能动性是在看到希望的前提下方能发挥作用。三天后，陈凯又来到汤建的办公室报告情况：他驾车行驶 300 多公里去到庄小伟家乡——沂山脚下的一个小村，见到了王天一的姥姥和姑姑。说到当天王天一被救的事，两人竟一齐否认，他不知是咋回事，就想，是不是庄小伟为了立功编造出来的救人事迹？

不会。汤建断定说。你没问问村里人？他们应该知道的，救人不是件小事啊。

陈凯说：是的，我问了，很多村人都知道有这回事，显然是王天一的姥姥说了谎。可为什么隐瞒事实呢？我觉得她是不想让女儿女婿知道这件事，那会怪她看护不周。我又去找她，告诉她庄小伟犯了法，要判死刑，要是真救了人，算立功，就能免一死。听我这么说，她就说了实情，还说当年小伟救了一一的命，今天也应该救小伟一命。我要王老板电话，她也给了。

汤建问：给王老板打电话了？

陈凯说：还没，电话该怎么打，我得听听你的意见啊。大老板个顶个牛，一句话弄拧了，就难拧回来，事就砸了。

想想又说：要不你打吧，法官的话有分量，人家会重视。

汤建无语。

五

晚上回家，根据陈凯提供的信息，他从电脑上查询王天一他爹王老板的相关信息，百度告知：王自然，男，1968 年 3 月出生。北京泰达置业董事长，经营地产、医药、家用电器、化工等产业。有公司地址、网址、电话。自是没有家庭电话及本人手机号码，这不要紧，这些陈凯已提供，只要没飞出地球就能找着他。

花花进屋，他问：宝宝睡了？

花花“嗯”了声，听声调不顺，当还是秀秀过生日那天的底火。果不其然，她问：姥爷给你打电话了没有？他说没有。

花花一直冷着脸，说：我得和你谈谈。

汤建问：什么时候？

花花说：现在。

汤建说：现在不行，有个电话要打。

花花说：不要把工作带回家。

汤建说：没办法，这个电话只能晚上打。

花花问：什么电话只能晚上打？有小三了？

汤建：弱智了不是？有当着老婆的面给小三打电话的吗？

花花也忍不住笑了：那是啥鬼电话？

真是鬼电话。接着他把庄小伟案子的情况简要对花花讲了，又告诉她这个电话就是打给能救庄小伟一命的老板。把花花惊得直眨眼，说：一条人命就这么飘忽不定，不是生就是死，多可怕呀。

汤建说：什么叫命悬一线？这就是了，所以你要知道，法官、律师不是那么好当的，不是考出证来就大功告成了。

花花不言声了。

花花退出后，汤建先拨了王老板家庭座机，没人接。他想这个时间段应该是在外应酬的，旋即又拨了手机号码，响铃迟迟不接，直到挂断。他想应当是防止干扰静音了，就作罢。座机铃响，接起来一听是何彬，心想，这家伙被手头的案子弄得焦头烂额，还有心思闲聊？何彬没任何前奏，说：快看凤凰新闻，那个昌大校长一审判无期。他应了声迅速找到，两则，一是受贿3000余万被判无期的，二是包养20余个情妇的官场花边。他不由得笑起来，电话那边的何彬问句，奇葩吧？他说真奇葩。何彬说：我就怀疑在中国当官当久了，脑子就坏了，不再有正常人的思维。这个校长贪财贪色，理直气壮，没有半点愧疚，说什么男人就要征服世界，就要征服女人，这方显英雄本色。他嘿嘿地笑，问：你那个副省级干部怎么样？认罪吗？何彬愤愤地说，非但不认罪，还全面翻供，说先前的口供是逼供。他说：这样你们就有麻烦了。何彬愤愤地暴粗口：百分之百的王八蛋。

挂断电话，汤建看看墙上的钟表已过10点，觉得王老板的饭局应该结束了，便再打过去。照旧，响铃不接。他纳起闷来，这怎么回事呢？有钱人的习性总让人摸不透。

算了。

六

中午，汤建、陈凯还有合议庭另一位审判员辜小飞一起，登上赴京的高铁，专程去见王天一的爹——王老板。

晚上睡了一觉，他有了新思路：别说电话不好打，我是打通也难以把事讲通，权势人物喜欢一言九鼎，一旦遭他拒绝就不好办了。所以上班后与合议庭另外两位同事沟通，要想把事情办好，还是去趟北京面见王老板，就请示了董庭长。董庭长尽管不以为然，还是同意了。事不宜迟，带上陈、辜二人便直奔火车站，买了票上车。

除了春运，平常坐火车是很顺当的。票好买，车跑得快，车窗外景物刷刷地后退，感觉像飘，车厢内整洁，空荡。汤建心想，若不是带着一桩生死攸关的特殊“任务”，旅行本身是一件很爽的事啊。这么想着，不由得叹了口气。

在公共场合案子是不宜谈的，就你一句我一句漫无边际地拉扯。很快陈凯将话题引到诗歌，顿时喜形于色。小辜问陈凯，怎么写诗的人都和常人不一样？陈凯反问道：一样怎么能成为诗人呢？诗人就是要特立独行。汤建想起了陈凯的广告诗，问：那诗，药厂是要付费的吧？陈凯说：当然，如今哪有干磨指头的事。小辜问给了多少。陈凯说：商业机密。对了，他们还给了一些药，回去我分你们一些。小辜说：不要，谁敢吃？陈凯说：是真药，不是假药。小辜说：你试吃过？陈凯说：没有。小辜说：没吃敢替他们吹？出事是要负责的。陈凯说：我负什么责？那是文学，可以虚构。汤建问：我只知道小说可以虚构，诗也可以？陈凯说：飞流直下三千尺，疑是银河落九天，不是虚构？寂寞嫦娥舒广袖，万里长空且为忠魂舞，不是虚构？小辜说：夸赞与虚构是两个概念吧。

一路闲扯，就到了天津站。陈凯问：到北京我们住哪儿？汤建说：找个离王老板近的地方就行。陈凯说：可以，那里靠西单近，我请你们吃正宗烤鸭。咱那儿的店虽然挂着北京烤鸭的招牌，味道差多了。汤建没接茬儿，却在心里笑，想：律师个个是美食家。美食作诱饵，在餐桌上摸爬滚打……小辜说：一直没联系上王老板，会不会扑空？陈凯说：大冬天他能跑哪儿？小辜说：要不现在给他打个电话，提前打个招呼，也算礼貌。汤建想想说：好。就掏出手机拨号，手机刚对上耳朵，他“哦”了一声，向陈、辜示意通了，两人一齐屏声。

是谁？雄浑的男京腔。

您是……王总吧？

昨晚你的电话？

是的是的，王总没接。

你是……

我是海城中院……

哦？海城中院？

听声音王老板有些吃惊。

对，我是海城中院。

找我有事吗？

是的，有事想和您商量。事有些急，昨天没打通，今天就到北京……火车快到了。

这样啊，可我不在北京。

汤建瞪大了眼，望着陈、辜。什么，不在北京？那在哪儿？

就在你们海城啊。

您什么时候到的？

前天。

什么时候回北京？

得在海城住几天。哎，你们找我有什么事呢？

啊！啊！一两句话也说不清楚，我们返回，回去联系您。对了，王总您住哪家酒店？

香格里拉。

挂了电话，汤建不住地摇头。陈凯、小辜也哭笑不得。

陈凯说，看来这是个别扭的主，昨天要是接了电话，哪用得着咱们跑这趟？

小辜点点头：我估计这事不会顺利。

车进了北京站，出站后接着买票。再进站跳上对开海城的列车，沮丧伴随着整个返程……

见到王老板是第二天下午，约定在香格里拉咖啡吧，请王喝咖啡。反常的是被请的王先到，站起来与汤建、陈凯、辜小飞握手，并自报家门：王自然、王自然。第一印象王是个谦和的人，衣着朴素，没有财大气粗的阔人派头。汤建说：王总不好意思，我们迟到了。王说：不晚不晚，你们路远，我下了电梯便到。对了，喝点酒怎么样？汤建说：工作时间，不能违反纪律。王说：好的，咖啡喝哪种？蓝山、卡布奇诺？

王自然的反客为主让汤建不自然起来，不过倒松了一口气，今天的事已有几分把握。他看看陈、辜，二人也露出欣慰的神情。

从昨天的失之交臂谈起，王连连道歉，说：罪过罪过，令各位空跑一趟北京。昨晚倒真是喝多了，一夜不省人事，一觉到下午，才发现有未接来电。

汤建说：理解，理解。王总不要客气。又问：王总来是生意方面的事吗？

王自然说是生意也不是生意，确切地说是一个朋友遇到了麻烦，过来照应一下，看能不能帮上什么忙。说毕叹息一声：唉，头痛啊。汤建知道不便再问了，便转向陈凯，说：陈律师你说说情况吧。

陈凯点点头，然后言简意赅地讲了庄小伟的案子，讲得王自然一头雾水，问：这案子与我有关系吗？

陈凯说：应该说没有，也可以说有。

哦？王自然看看陈凯又看看汤建。

陈凯说：本来这案子与王总没有关系的，我们只是觉得那个庄小伟可怜，希望王总能帮帮他，给他一个重新做人的机会。

王自然满脸疑惑：让我帮一个死刑犯？可总得给出一个理由吧。

陈凯：我也说不上什么理由，只是有一个情况。

王自然看着陈凯：什么情况？

陈凯却不看他，说：情况是庄小伟曾救过令郎王天一的命。

王自然不住地摇头，说：这怎么可能。一一六年前就去美国读书了。

陈凯说：这事发生在他出国前，奥运会那年，去姥姥家，在湾里游泳，抽筋了，是庄小伟把他救上来的。这事，王天一回去没讲？

王自然继续摇着头，说：没讲。如果发生了这事，他应该会讲的，一一是个诚实的孩子。

陈凯：这可能与诚实无关，如果是出于某种担心顾虑，不愿讲呢？王总你说有没有这种可能性？

王自然不语。

汤建说：王总，为落实这事，陈律师专程去村里找过你岳母。

哦？我岳母怎么讲？

汤建：她承认有这回事。还有，村里人都知道的。

陈凯：当年在场的一个小伙伴还带我去村东的荷花湾看了看，详细讲了当时的情况。

王自然沉吟着，过会儿说：既是这种情况，我相信，不过我还得落实一下，问问一一。

汤建说：当然。

陈凯问：打越洋电话？

王自然：还有微信，可那边现在是夜晚……

王自然想想又说：这不妨碍咱们往下谈。权当算是庄小伟救过一一。你们……如果我猜得不错，你们找我是确认庄小伟救过一一，想以功抵过，减轻对他的处罚，免一死？

汤建望着他，摇摇头：此一时彼一时，那时的功不能用来补今天的过。我发现王总是个实在人，我们就不应该对您不实在，得实话实说。眼前的情况，能让庄小伟免死，唯有得到受害人家属的宽恕。可这空口白话不行，下跪磕头也不行，得甩钱，可庄小伟……

陈凯接着说：一无所有啊！

明白，明白。王自然说，咱们喝咖啡，别凉了。

一齐响应，极品蓝山没喝出味道来。都在想，这王自然明白了又会怎么样？能认这壶酒钱吗？钱，对他不是问题，问题是想不想认。就是说庄小伟是好是歹，全在于王后面的这句话。

王自然站起身，说声：抱歉，我一会儿回来。

望着王自然的背影消失在大厅拐角处，三人交换一下眼色，都没吱声，端起杯一口一口喝咖啡。

没过多久，王自然回来了，坐下后说：给一一姥姥拨了个电话，她说庄小伟是救了一一。请原谅，我不是不相信你们，可也需要落实清楚。这事弄清楚了，后面的事才好办。这样，赔偿款这块我出。

三个人的表情既惊又喜，北京一个来回，换来这话也值。

陈凯站起身，与王自然握手，说：谢谢你，王总，我也替我的当事人庄小伟谢谢你。

汤建、小辜也与王握手道谢。

王自然说：感谢的应该是我，不是庄小伟救了一一，我唯一的儿子就没了。要不是你们把这事告诉我，我就是个不仁不义的人了。

陈凯说，王总明理啊。

王自然说：情理之中，情理之中，无论谁都会这么做。对了，应该赔偿多少呢？

陈凯说：这没有规定数目，有待与受害人家属协商。

王自然说：我明白，协商好了告诉我。

事情出人意外地圆满。出了香格里拉大门，三人互相看看，长吐了口气。事至此，还有什么可说的呢？

生活总是会有问题的，这是一外国电视剧女主人公说的话，很透彻。应中国的一句俗语："摁倒葫芦起来瓢"，王自然那里谈好了，受害人家属那边却起了波澜，谈不拢。陈凯带回来的情况，简单说是这样——去世老人的一儿一女，本来对庄小伟的赔偿是抱有很大希望的，后来得知他是个穷光蛋，希望落空，便搞起了内斗，儿子拿走了老人的存折、现金，闺女拿走了老人的首饰，可都觉得吃亏，发生争执。陈凯这回去，他们正闹得不可开交。一方准备告到法庭，而待这回陈凯来再谈赔偿，便意识到有戏，遂停止内战一致对外，于是狮子大开口。

提具体数目了吗？汤建皱着眉头问。

没有，只说低于一个数免谈。陈凯说。

一个数，就是一百万了。汤建说，问题是王自然能不能接受。

我觉得问题不大，王天一的命可不止这个数啊。陈凯说。

可不能这么说，此一时彼一时啊。如果王天一是此刻掉到水里，只有庄小伟能救，一千万他也肯出。汤建说。

这我相信。陈凯说，对了，他们还有个条件。

什么条件？

一手交钱，一手交谅解书。

汤建忍不住爆粗口骂了一句。

下面该怎么弄呢？陈凯问。

汤建叹口气说：还能怎么弄，问问王，对方提的数目认不认可。

陈凯说，要是王肯出，你得和我一块儿去和那家人谈。

汤建问：为什么？陈凯说：法官的话有分量啊。汤建说：可这是律师职责范围的事，法官出面，怎么说也有些越位。陈凯说：问题是庄小伟的情况特殊，本来这种事家里人最急着张罗，可庄的养父母不管不问。上回我动员他们把在镇上买的一处房子卖掉，替庄小伟赔偿，他们连考虑都不考虑，说那是给他们在镇上工作的儿子买的婚房，绝对不行。现在庄小伟有了这次机会，可不能丢失啊。所以……

汤建说：行吧，我的意见是先找受害人家属谈，尽量把数目压低，使王老板容易接受。

陈凯说：对，别把他惹恼了。

七

中午食堂吃水饺，汤建买了一份，端回办公室，上电梯时，何彬匆匆追过来，也端着一碗水饺，问：你那儿有大蒜吗？他说：有，来吧。

七楼是刑庭的地盘，汤建有单独一间办公室，配一张单人床，加班晚了就睡在这儿。这些年刑事犯罪猖獗，刑庭加班是家常便饭，特别是当了主审法官后，有时连续几周回不了家。

边吃边说起各自主审的案子，一是借机对某些拿不准的事征询对方的意见；二是压力大，需以吐槽的方式来释放减压。何彬这回审理的是“大案”，引起各方关注，甚至各种形式的干预。何彬发牢骚说：有言虎死有威，大人物成了阶下囚还威风八面哩。人刚押解过来，各路人马便聚拢过来，大有要劫狱的架势。

汤建说：劫狱不敢，却是各怀鬼胎，有的是案件相关人，自己或派人跟过来打探消息，以应对自保；还有的是哥们儿帮着前来搭救，运作，不能判无罪，也要最大限度轻判。

何彬说：可不是，现在的官员全部心思是一捞，二藏，三保命。解放初期张子善、刘青山区区几万块钱被判死刑，当被告知时张轻轻说了句，重了，确实是重了。可给出了一个法律尺度，再有人贪，也是小打小闹的。后来随着量刑尺度增大，贪的数额也水涨船高，几十万，几百万，以不被判死为原则。当后来修改刑法，经济犯罪无死刑，官员才长出一口气，能捞多少捞多少，案值几千万、几个亿便层出不穷了……

汤建说：官员放下包袱轻装上阵，这是一方面；另一方面是贪者被查出的概率太低，要真像说的那样“伸手必被捉”，也断不会像如今这样大面积贪腐了。

何彬问：汤建，从内心讲，你怎么看贪腐无死罪这个问题？

汤建说：我说不好，很矛盾。

何彬点点头：我也很矛盾。问题在于，连我们当法官的都不能无条件地认可接受的法律条款，本身便很说明问题啊。

如这般务虚，是圈外人难以听到的事。而对于身为法官的他们，最终务虚必然要转为务实。何彬问汤建：你手头的案子怎么样了？

汤建讲了讲近期情况，随之叹了口气。

何彬说：你这么执着，是不是有些感情用事了？庄小伟毕竟置人于死地啊！杀人偿命是中国几千年的信条，院里改判也是可以的。

汤建说：不改判也是可以的，对于一条人命，两可之间应取其生，不是取其死啊。何况庄确有从轻情节。

何彬说：院里也是从大局出发……

汤建打断：从大局出发就应该杀一儆百？当年严打，犯点生活错误，看黄色录像，便拉出去枪毙，造成多少冤案啊，连许多法官心理上都承受不了，得了精神病。

何彬点点头：说得也是，苛法不得人心。

汤建说：苛是观念，实际是不公。就拿庄小伟来讲，他如果能拿出钱摆平受害人家属，就能保命。说明什么？同样的罪，有钱人可以从法网的网眼里钻出去，死里逃生。

何彬说：有钱开路，在监狱里也受到照顾，立功减刑，养尊处优。某老板不是在监狱里负责养花草嘛，不久就保外就医了。有这么一个传闻——一厅官被判刑入狱，不久保外就医，晚上出来遛弯，恰被一揭发过他的下属看见，以为是鬼来找他报仇，吓得落了病。

大蒜呢？何彬吃完了饺子才想起来的初衷，又解嘲地一笑。

八

新年一天天临近，每年这个时候，法院便不立新案，集中力量清理积案，能结的结，不能结的令其撤诉，过了年重新起诉立案。这有点像脱了裤子放屁，可似乎成了惯例，谁都无奈。庄小伟的案子属公诉的重大刑事犯罪，检察院自然不会撤诉，还在当结之列。庭里几次催促合议庭择日宣判，名副其实地“催命”。汤建嘴上答应，却是阳奉阴违，转而催促陈凯加速与受害人家属联系，落实赔偿问题，一旦如愿，便以此向院里提出能复原死缓判决的理由，院里再坚持就没有道理了。

事情在陈凯那里耽误了几天，不早不晚，偏偏这当口他代理的一桩经济案在区法院开庭，他不敢掉以轻心，连日准备上庭材料。汤建只好等，心里却甚是焦躁。庄小伟这边一切均在不测中，拖不起。说起来，他与陈凯间，倒真形成“皇帝不急太监急”的局面。

冬至这天中午，陈凯来电话讲，区院那边的事暂妥，与受害人家属沟通，对方讲冬至是大节，不行，只能明天。汤建说：明天就明天，和他们定死。陈凯说：好。

下班前花花发来短信，两字：比，皮。换别人会一头雾水，汤建不会，他心领神会：是叫他买比萨和饺子皮。不知搭错了哪根神经，涛涛从小拒绝吃水饺，家里包饺子他吵着吃比萨，还没出国留学先练习吃洋食，未雨绸缪啊。

进门见涛涛在哭，一把鼻涕一把泪，很伤心。问了花花，方知是在学校里受了委屈，小组长拉拢全组同学孤立他。涛涛是小组长助理，负责收作业，小组长就让组员不给他，还朝他起哄。涛涛告诉班主任老师，老师也没好气，说他没搞好同学间团结。他更委屈了，回家就哭个不停。

汤建心里闷闷的，问：啥时候当了小组长助理？

花花说：刚上任两天。

汤建用鼻子哼了声：小组长助理？好大的官啊！前些天，花花就在他耳边嘀咕，说涛涛班级里搞竞选，班级干部——班长、班长助理，另有几个委员，下面是小组长、小组长助理。投票结果，涛涛当选一个小组的组长助理，负责收作业，很得意，也很敬业。只因小组长想让另一个同学给他当助手，没成功，便迁怒于涛涛，于是掣肘，让组员与涛涛对抗。

汤建想转移涛涛的注意力，提着比萨盒在他眼前晃。要在往常，涛涛看见比萨会立刻抢过去；可今天，看都不看一眼，依然伤心地哭。他觉得事情有些严重，应该过问一下，便问：你告诉老师，老师怎么说的？涛涛抽泣着说：老师说还是我不好，不然怎么会全组反对我？他就来了气，说这是什么话！花花说，什么话，有成见呗。过教师节，我说在贺卡里夹上钱，你反对。后来打听一下，许多家长都送钱了，班干部家长送得更多。他说：不送钱就这样对待？那咱不当这个小组长助理了。涛涛，不干了，辞职。涛涛边哭边摆手：不，不。汤建说：辞了，咱不收作业了，让别人收咱的，更省心。涛涛更大声地哭，更大幅度地摆手，以示坚决反对。他不再说什么，却想起近期院里搞的中层干部调整，不由得叹了口气。

在沉闷的气氛中，过了冬至。汤建收拾好厨房（这是他分担的家务之一），到客厅跟在看电视的花花说：咱爹咱妈……花花打断说：是你爹你妈。汤建胸口似被顶了一下，努力压住，说：对，是俺爹俺妈，过几天要上来看病……花花说：来就来吧，我也没说不让来。汤建说：我的意思是商量商量来了怎么住……花花说：来看病，住病房里多方便啊。汤建说：住院也不是马上住得上，总得先落个脚吧。花花说：两间房子，怎么落脚？汤建说：要不和涛涛一起住？花花说：这怎么成，会影响涛涛学习的。汤建说：要不你和涛涛一屋，我和我爹妈住涛涛屋？花花不吭声，汤建就等着她的回答。在他们家，花花是一言九鼎的，凡事没她的许可不成，这也是像他这样的“凤凰男”的共同处境。比方何彬，他爹妈来，媳妇坚决不让进门，在附近的小旅馆租了一间房。何彬恨得牙痒，却也无奈。毕竟是个孝顺孩子，他在一星级宾馆租了个套间，让爹妈住进去。爹妈以为这就是儿子家，高高兴兴回去向乡亲们炫耀儿子当官了，房子阔得很。

唉！汤建长长叹了口气，从沙发上站起身，向自己的“电脑间”走去，却又被花花叫住。花花说：我联系了一下郑律师，他们所要我，我想先去干着，等熟悉了这一套，便去大所当合伙人，或干脆自己注册……

汤建清楚这是这个家目前的一个“大题目”，回避不了，便坐回沙发上，说：上回姥爷姥娘的意见是值得考虑的。我在法院，你当律师，让别人说闲话。

说就说，这年头，就是肥水不流外人田嘛，有什么可避讳的？花花说。

这不妥，十分不妥。汤建连连摇头说。

不妥？那我问你，涛涛长大没房，找不着老婆，妥不妥？

涛涛还小……

乡下人的短视。

不是短视，是鼠目寸光。

对，就是鼠目寸光。花花针锋相对。

好，我不讲了。汤建说，站起来进了电脑房，却没打开电脑。

怔怔地坐着，心里翻江倒海。想，真正鼠目寸光的是女人，是花花这样自以为是却蠢如猪的女人。强势，蛮不讲理，岂不知在制伏人之前，先毁了自己的生活。都说男人有钱就变坏，摊上这样的老婆，不变坏对不起她。比如何彬移情别恋，正是基于对强势老婆的反抗。

不平的情绪越来越烈，怎么也不能咽下这口气，起身回到客厅，口气生硬地说：你拿了证，也不能当律师！

花花把眼光从电视上移到他身上，盯着问：你是在下圣旨吗？你没这个资格，干了快二十年法院，连个副庭长都没干上，还……

你……汤建一时说不出话来，气得嘴唇直哆嗦，这是他的软肋。

一吵架花花就拿这个说事，可这是事实，他难以反驳。年年评先进，可提拔总没他的事。后来他明白，先进是群众评的，提不提拔是领导定，两股道。所以这回院里大张旗鼓选拔中层干部，许多觉得差不多的人忙于做工作，他无动于衷。

他嘘出一口气，说：我当不上庭长也是法官，你是法官的老婆，就不可以当律师。

拿出文件看看。花花说。

没这文件，可院里的内部原则——这样的法官不能提拔。

我还没当律师呢，你怎么就得不到提拔？花花顶了句，弄得汤建哑口无言。心里恨恨地想，这娘儿们倒是长了一张律师嘴啊。将来有一天对簿公堂，还真辩不过她呢。

花花把眼光又对向电视，嘴上宣告：律师是一定要当的，你要怕受影响，离婚是条路啊。

汤建没接话，心里却想，若不是看涛涛可怜，十次婚也离了。

这时手机在电脑旁响了，他赶过去接，是陈凯，问明天谁开车。他说：我开。陈凯说：对，法院的车不怒自威啊。

九

在法院门口，陈凯上了汤建的车，小辜坐副驾座。汤建问陈凯：庄小伟写给受害人家属的赎罪信带了吗？陈凯“啊”了声，说：忘了，走得急忘了。小辜讽刺：当官掉了印啊。汤建说：回去拿。陈凯说：拿也是白拿，上回我拿出来人家连看都不看，这东西真没用啊，人家盯着的是钱。小辜说，这倒也是，时间紧，走吧，头儿。汤建没再吱声，踩下油门上路了。

受害人是市郊卜家庄人，村民以农渔为生。这些年，城市向四周扩展，卜家庄就成了城中村，拆迁每户都分得多套住房，将多余的房子出租，就可以坐享其成，不用劳动。受害人的男人早年出海遭遇台风，没能回来，受害人历尽艰辛将一儿一女抚养成人。儿子卜万成曾是村里的民兵连连长，现在接近退休年龄。闺女卜万华嫁在本村，如今二人都是儿孙满堂。

汤建是在庭审时见到卜家兄妹的，他们情绪相对平和，没有过激举动，给汤建留下了不错的印象。只是后来死磕庄小伟死刑立即执行，令汤建怏怏。

卜家庄被铲平后，前面建了一个大型商厦，后面建了居民小区，用于安置原村居民及商业出售。周围环境很好，卜家庄人在这里过上了悠闲的日子，用他们自己的说法是天天过年。吃饱喝足还有娱乐的地方，茶楼、棋牌室以及供老年人打扑克的亭子。卜家兄妹住的那座楼靠近一茶楼，协商就在茶楼里进行。

快到目的地时，汤建看到那座高耸入云的商厦，二楼的超市便是受害人遇害的地方，换句话说就是庄小伟作案的地方。公安侦查卷给出的情况是：庄小伟逃出商厦后慌不择路，直往东郊奔去，街头“天眼”捕捉到他逃窜的身影。当跑进一片野地，没了录像，人就消失不见了。警察就拉网搜查，却一无所得，人像钻进了地里。无奈，警方便采取通常的倒查方法，寻找到了庄进超市前的录像。以此为起点，往来路方向查看，就查到繁华区一处为楼房加装保暖层的工地。守候在工地的警察将摸黑回来取行李的庄逮个正着。一床破被子，换来一副锃亮的手铐。人穷志短，马瘦毛长。

陈凯来过这里，指挥汤建把车开到茶楼前面，进入二楼一间茶室，见卜家兄妹已候在那里。与法庭见时，汤建觉得二人神情平和多了，时间确实能改变一切。陈凯作了介绍后，大家握手落座，以东道姿态的陈凯问兄妹喝什么，二人说不喝。陈凯笑说：二位别客气，进来了，想不喝都不成。卜万成说：那就茶。

理所当然由陈凯作开场白，他望望卜万成又望望卜万华说：大爷大姨，上回咱们谈过，我回去向法庭报告了情况，法庭很重视，所以今天汤法官和辜法官亲自前来，目的就是取得共识，把问题解决好，争取双赢结果。

服务生递来了茶，放在桌上。小辜说：你忙你的吧，我们自己来。待服务生走后，小辜就担当了服务生的角色，为每人斟了茶，放在面前。

喝吧。汤建端杯向卜家兄妹致意，自己轻轻啜了一口，放下杯后说：在法庭上没机会向你们表达对不幸过世老人的哀悼，以及对你们家属的抚慰，今天就用这个机会补上，诚心诚意。十分理解你们的丧亲之痛，也希望你们节哀，生活还要继续，一切向前看。

陈凯附会：对，向前看，向前看。

汤建能听出陈凯的潜台词：不要向钱看。他的心蓦地沉重起来，恰恰是一个钱字，搅得生活那么浑浊，人心那么黑暗。作为一个职业上抄“生活”底的法官，他几乎没遇到过与钱无关的案件。即使对极力想免其一死的庄小伟，他也是心怀憎恨，他想救的不是这个有罪的人，而是一条生命，鲜活的生命。

他说：前面的事情咱们都清楚，在这儿不重复，直接就说赔偿问题吧。本来，这事是谈不到的，想谈也谈不到，因为庄小伟穷，不穷也不会为一张回家的车票铤而走险。当然，我们也可以拿工程队是问，让他们补发欠薪，这不难做到，可就算补发个万儿八千也是杯水车薪，解决不了问题。说白了，你们家属不会答应，是吧？

他顿顿，想等卜家兄妹接话，却没有。二兄妹相互看看，紧闭着嘴巴。

他继续说下去：这是现状，谁都没办法，我们法院也没办法。就是说如果没有转机，庄小伟只有为自己的罪行伏法，过不去这个年。

卜万成按捺不住，说：上回陈律师讲事情有了转机嘛。

他说：对。

他脑袋快速运转，要不要把“转机”的全部过程讲给他们听？即转机是从庄小伟从前的救人之功转换而来。想想，觉得还是讲出来好，王老板的知恩相报好情怀，也许会“转换”成他们对庄小伟的怜悯，或者说会减低些庄买命的价码。

主意一定，便说了。

卜家兄妹似乎都有些怔，过了许久，卜万成说句：原来是这样的啊。

卜万华说句：那王老板心眼还不坏，不认账谁也没办法啊。

汤建点点头，说：对，有句话叫人心都是肉长的，富人也同样啊。

卜万华点点头。

卜万成说：汤法官，我明白你的意思，你说吧，这事咋办？

汤建心头一喜，说：还是我刚才说的，咱们协商一下，协商出一个可行的赔偿数额。可行，就是王老板能接受。

卜万成打断问：王老板讲没讲他能接受多少？

汤建说：没有。但有一点，你们上回提的百万以上，这数目怕难以接受。

卜万成问：一百万多吗？又自己回答：不多，他儿子的命可不止值这个数。

汤建说：没错，不止值这个数。可此一时彼一时，要是现在有人把刀架在他儿子脖子上，向他要一千万、一个亿，只要他有，一定会毫不犹豫地往外掏。

这时，小辜被服务生叫出去，回来塞给汤建一个字条。汤建扫一眼，上写：卜家老太太有癫痫病。他装进口袋，心中愤愤想，这一对庄小伟有利的情况，陈凯本应调查得到的，有言"群众的眼睛是雪亮的"，而这陈却热衷于写狗屁诗，把该干的忽略了，他不由得瞥了陈凯一眼。

陈凯有所误会，以为汤建让他接着往下说，于是便开口道：卜大爷、卜阿姨，汤法官说的是实情，虽然王老板不是忘恩负义的人，可要是让他觉得你们是在讹他，以有钱人的脾气，一翻脸，一个子儿也不会出，信不信？

卜万成、卜万华没回答信还是不信，只相互看看。

汤建心想：陈凯这话倒是有力。希望卜家兄妹能受到触动，或者说担忧，面对这一现实。

可没有，卜万成黑了脸，恨恨说：他有钱人脾气大，俺平头百姓脾气也不小。还是那话，他出不够数，免谈！

陈凯问：这样吃亏的是谁？是王老板，还是你？他一发脾气，省了一笔；你一发脾气，丢了一笔。

卜万成不吱声了。

卜万华试探地问：那么要多少不能把他要毛了？

陈凯说：这个谁知道呢，看他的心情了。心情顺溜，给你四五十万，心情不好呢……

卜万成打断：哈，俺老娘一条命就值个四五十万？开什么玩笑？

陈凯说：这是往多处说，要给个二三十万呢，你要不要？

卜万成：不要！四五十万也不要！

陈凯问：那么，他给多少你能要呢？

卜万华说：这个嘛……

卜万成担心妹妹言说有错，连忙说：俺们不是说了嘛，健健康康一条命，低于一百万免谈。

又回到原点。汤建心里有些窝火，顶了句：真是健健康康的吗？据我们了解，老人家是有病在身的。

胡、胡扯，卜万成有些急，你讲清楚，有啥个病？

癫痫。汤建轻轻说。

卜家二兄妹瞪大了眼，包括陈凯。

卜万成有些急，问道：你们去医院查病历了？

汤建没回答，也无须回答。只是看了陈凯一眼。

陈凯说：法院完全有权力在全市、全省、全国追查事实。

卜万成承认了事实，说：俺妈是有这病，可有病庄小伟就无罪了吗？

陈凯说：有罪，但情况就不一样了。

卜万成问：怎么不一样？

陈凯说：这个你问问二位法官吧。

卜家兄妹把眼光转向汤建和小辜。

小辜说：陈律师，你通法律，还是你讲吧。

陈凯说：行，我说就我说。你们的母亲有可能是惊吓中犯了癫痫才滚落下去致死，作为庄小伟的律师，我会向法庭申明。

卜万成说：就算是这样，癫痫也是因为庄小伟的犯罪行为引起的。

陈凯说：这和直接推下去，情况就不一样了。

卜万成问：咋不一样？

陈凯说：量刑不一样。也就是说，即使你们不给出谅解书，法院依然可以从轻处罚，判死缓甚至无期。

卜万成哑然，验证似的看看汤、辜二法官，后者表情淡淡。

陈凯说：这样，到手的钱你们是要还是不要？

十

苍蝇也是肉，何况这笔钱能买若干吨的肉。最后停留在六十万人民币这个数目上。

卜万成又提出加六万，六十六万，六六大顺。汤建应了。

离开茶楼，小辜开车，汤建迫不及待地给王老板打电话，讲了与受害人家属商定的赔偿数目。王说可以的，让他给个账户，让北京的公司打进去。大家松了口气。

回到院里，汤建立刻找到董庭长汇报，董庭长用鼻子哼了声，说：算识时务的，不然一分钱也拿不到。又说他会把这新情况向院里汇报，争取……董没再往下说，可他清楚争取的是什么。

回到办公室，汤建有些疲惫，更多的是兴奋，身体与精神脱节，他想到那个从天而降又起了关键作用的字条，不用说是知情人出于对卜家的恶意透露出来的。恶倒生出了善果，也是生活的怪异。小辜没见到这个人，是服务生转交的。没自报家门，只说交给法院的同志。提供的情况应该是真实的，能否起到作用还很难讲。好在已与卜家达成了协议，且王老板已认可，这一条就不重要了，只等钱来了去换回庄小伟的救命书。有了这个，院里也就不会坚持原来的意见了。

有电话来，座机，是郑律师，也就是花花欲投奔的宏程律师所的郑主任，一听是郑的声音，他立即清楚为何事。果然，郑说到花花的要求，并立即向他表态：大哥，我们欢迎嫂子前来加盟，没问题，一点问题没有。

是没问题。哪个律师所不希望有个法官的老婆当卧底？便生硬一笑：郑主任，你没问题，我可有问题啊！对你讲，这事不行。

郑说：大哥我明白你的想法，可你见外了，到老弟这儿还不放心吗？

他说：不是放心不放心的事，是原则。

郑说：没原则这一说，这种情况不是很多吗？

他说：别人我管不着，我只管自己。

对方不言声了。

他意识到自己的态度有些生硬，和缓些说：小郑，谢谢你的好意，既然你叫我大哥……

郑打断说：你是我永远的大哥。

他说：那就听大哥的。

郑说：我当然听大哥的，可嫂子那边？我已经答应她了。

他说：找个理由，变卦，或者干脆说我坚决反对。

郑说：好，我听大哥的。其实我是好意，你知道的，我欠你老大一个情，一直想……

他说：好了，小郑，别说这桩事了，我还有事，挂了。

中午，在食堂遇见何彬，所谓遇见就是会合，面对面坐一张餐桌，边聊边吃，吃完聊完。都知道他俩是同学兼好友，习以为常。

何彬低声说：倒霉了，倒霉了。

何事惊慌？

小廖那个了。

哪个了？

怀上了。

做了没？

做了。

这不结了？

没这么简单。

简单？莫非你们想生下来？

不是。

那是啥？

让李山山发现了。

哦，这麻烦了。她想咋？

说要找院领导。

早警告过你，这一套不好玩，早晚不利索。

现在说这个没用，没后悔药。有，一定吃。

要我做啥？

请嫂子出出面，她俩好，劝山山别把事闹大。

时机不对。

你俩吵了？

可不。

那咋办？

回去，我见机行事吧。

OK！OK！

没有OK，傍晚下班前董庭长把汤建找去，告诉说何彬的老婆已在院领导处控告了何彬。汤建在心里喊声：糟！问院里有何处理意见？董说，这种事怎么处理，只能做做表面文章。正好市里让院里出一名党员干部去市郊村里当第一书记，叫他去。汤建心想，院领导高，实在是高，表面看起来是处理了何彬，实际上让他出去避避风头。另外也是对那个强势娘儿们的变相惩罚，瞧不起从农村出来的老公，把他送回农村去，让你单起来，自己带孩子忙家务。他问董庭长：那何彬手头的案子呢？董庭长说只能换人了。他“哦”了声，想这又对了何彬的心思，他一直抱怨这个“副省”案弄得他焦头烂额，从省城和京城来为其“运作”的人络绎不绝。本来这样的案子应该由领导挂帅担任审判长，以示重视。交到何彬手里，显然领导有意回避难题，这就叫何彬受罪。现在何彬得以解脱，也算是因祸得福了。他问董庭长：让何彬撤，谁顶上？董庭长说，你。

我？汤建不胜惊讶。

对，你。董庭长确认。

可我手头有案子，没法啊。汤建连连推辞。

情况我知道，这两天抓抓紧，结了。结不了也不要紧，两边兼顾。

我……汤建嗫嚅说，无法反驳。一般来说，法官是愿审理重大案件的，那是领导看重你，让你挑重担。另外对自己也是种历练，有利于仕途发展。然而对于汤建，事情就不是这样，多年得不到提拔，心已经疲了，没上进心了。更重要的是这些年看透了许多事，法官是一高危职业，尤其是中层以上的领导，手里有左右案子的权力，出事就多。只说近处，本院就有一名副院两名庭长锒铛入狱。自己在乡下教了一辈子书的老父应是看清了这一点，不赞成他热衷于升迁，树大招风，位置越高，跌下来越重，平安是福。

他看着董庭长说：庭长，这个案子太大，我怕担不起来。

董庭长笑说：没问题的，案大案小一个路数。大案反倒事小，现在经济犯罪，不用死刑，压力小多了。

他说：这样犯罪嫌疑人更难缠，嚣张。何彬说他的副省级干部全盘翻供。

董庭长说：铁证如山，还怕他翻供？

他说：董庭长有事你得替我顶着啊。

董庭长说：这还用说，放心，明天我就让何彬和你交接一下，让他早点下去。

他点头称是，心情却一点也不轻松。

十一

与何彬交接后，汤建开始阅卷，边阅边与合议庭另两位年轻法官交流切磋。这期间，为副省级干部辩护，来自北京的金律师打电话约见，他回答等阅完卷再说。金律师说有重要事情相商，请他屈尊到香格里拉咖啡厅一见。汤建对这一套自然不陌生，生硬地说，不必了，等庭里的电话吧。金还想啰唆，他挂了电话，心想，他刚接此案，金从哪儿得到自己手机号码的？当然了，律师的本事正体现在这里，这些年与律师打交道，他的信条是你有千条妙计，我有一定之规，就是不收钱财。有这一条，就能腰上绑扁担——横着走。

看完卷宗，汤建不由得陷入沉思，官员贪腐的案情就像从一本教科书上扒下来的，惊人地相似。这位副省级干部很年轻，“60后”，出生在农村，背着破书包从乡道上一步一步走进城里的大学校园，然后工作、升迁，结婚生子，算是一个老牌“凤凰男”。其人生轨迹是一条攀山的索道，升上去又滑落下来。一般来讲，看完案卷，法官首先在心里掂量的是刑期，以这副省的案情，以前应是死刑到死缓之间，现在应是死缓到无期之间。由于出现翻供，该案将会经历一个漫长而艰难的过程。因此，他想尽快将庄小伟案终结，以便集中精力投入后案。

说起来，庄小伟案也确如董庭长所说只是一个扫尾，只等卜家给出谅解书再向领导汇报。如同中东的"石油换食品"，是赔款换谅解，只有赔偿款到位方会得到谅解书。问题在于达成了协议且已得到王自然老板的认可，过去好几天了，事情没有进展。卜万成一天三遍电话告知没一分钱打进他的卡里，这是怎么回事？是王变卦？不大可能，这点钱对于王可谓九牛一毛，何况还有一个信誉问题。可问题到底出在哪里，他几次想打电话向王询问，又觉不妥，心中忐忑不安，直到第五天王给他打来电话。王先表示歉意，解释说有事回北京一趟，刚回来，他带回一张卡希望由法庭转交卜家，这般更稳妥。汤建的心松弛下来，觉得王自然想得更周到妥帖，便说此般甚好甚好。问他在哪里交接。王说：我还住香格里拉，你过来吧，晚上咱一块儿吃个饭，叙叙，你这人可交。一听吃饭，汤建不由得皱起眉头，刚想婉拒，王将电话挂了。他想打回去说辞，又觉不妥，旋即给小辜打电话，说了说情况，让他过会儿一块儿去。小辜听了也十分高兴，说这个饭得吃。

冬日天短，下班时天已黑下来，下着小雪，路面在路灯下闪着惨白的光。到了路口，红绿交替的信号灯在眼前呈现出无限的诡异。

小辜突然开口说话：老汤，是不是应该叫上陈凯，律师在场好。

汤建说：我叫了，他说今晚参加朗诵会，不能缺席。

小辜愤愤地说：他应该清楚这是工作，更不能缺席。一直不在状态！

算了。

五星就是五星，永远有泊车的空车位。进了富丽堂皇的大堂，立刻有一服务生上前鞠躬：请问二位是王总请的客人吗？小辜说是。服务生说，王总在房间等候，请跟我来。

果然，王自然已在宴客厅的沙发上吸烟了，见他们进来，起身与他们握手，笑道：谢谢赏光，入座吧。

刚坐下，从外面进来一个西装革履的中年男子。王自然为其介绍：这位是汤法官，这位是——

汤建说：辜法官。

小辜伸出手：小辜。

王自然指指中年男子：这位是金律师，在京城大名鼎鼎啊！

金律师：过奖过奖，与王总比……不值一提的。

金律师？汤建在心里沉吟，好像……

王自然并未为他解疑，询问客人吸不吸烟，喝什么酒，喜欢什么菜肴。

汤建一一回答：不吸烟，喝点啤酒，菜随便。

金律师说：这里的法式菜还行，就……

汤建说可以的。

金律师说：法式菜应该配葡萄酒，我带了瓶三十年拉菲。

汤建不愿再啰唆，说句：也行。

寒暄从谈雾霾始，不是时尚也是时尚。王自然说，回去这几天，北京的 PM2.5 超过了 300。赶紧撤，没想到这儿也好不到哪里去。金律师说：可不是，这熊东西跟得紧，让人插翅难逃。网上说若在北京街头站半个小时，吸进肺里的雾霾等于吸了八盒香烟。王自然说：这么讲我一天吸一包烟可以忽略不计了。小辜说：王总这是给自己不戒烟找理由啊。王自然说：有人问大画家黄永玉长寿的秘诀是什么，他讲了三条：喝酒、抽烟、不锻炼。小辜说：王总是自我安慰啊。不过，人有时候就得有点阿 Q 精神。汤建说：是的，阿 Q 精神有利于身心健康。若是阿 Q 不被假洋鬼子砍头，活过百岁是不成问题的。电视台会去采访，问他咋这么能活？小辜说：试想他会怎样回答呢？金律师说：因为心里总是装着革命，别无挂碍，所以才长寿。都笑。小辜说：恰恰正是那无厘头的革命要了他的命，没给他长寿的机会。

说话间酒菜便上了桌，王自然端杯表示欢迎，碰杯后一饮而尽。

汤建、小辜也不失豪爽，一仰脖全喝了。

王自然带头鼓鼓掌，金跟随。

下面，就是王在电话里说的边吃边聊了。

不想王一开口，便让汤建心头一惊，原来是场鸿门宴啊，见过直抒胸臆的，没见过这等直抒胸臆的。

归纳起来，王说了这么几层意思，或者说交了这么几个底：他这次来海城是为“副省”的案子来的，副省是他的好友，也是贵人，为副省他可以两肋插刀，现在副省绊倒在这个坎上，是不能坐视不管的。

金律师同样实话实说：我是当事人的辩护律师……

汤建在心里“啊”了一声，这人给自己打过约见电话的……

金似乎走进了汤建的内心，说：是的，我给汤法官打过电话，汤法官非常自律，回避，我理解。不过，见见其实也没什么……

汤建说：金律师应该清楚，见应该在法庭上的，不可以在别的场合，更不能一起吃大餐。

金一时哑口。王自然赶紧解释，说：汤法官别多心，今天我是东道，是我把他叫来的，为一个共同的目标走到一起来的。哈！咱们干杯！

金：哈，干杯。

汤、辜对视一眼，也端起了杯。

干杯后气氛有些异样，失去话题，一味地喝酒吃菜。心也不在这里，听不见服务生报的菜名，也吃不出什么味道。

还是王自然打破沉寂，依然是不藏不掖，说：是这样，我们知道何法官犯了生活错误，已离职，案子到了汤法官手里。也没什么，就是想问问情况。

汤建问，哪方面情况？

王自然说，到了这一步，自然是量刑了。

汤建想，王自然今天打的是豪放牌。说：能理解王总的心情，人之常情嘛。从进度上看，还不到着眼量刑的阶段。不过案子摆在那里，前有车后有辙，依我之见，应该在死缓与无期之间。

小辜不由得看了汤建一眼。

汤建说，没关系，王总不是外人，可以谈谈个人观点，反正最后一切还是领导定。

金律师：领导定也是在合议庭意见的基础上，所以合议庭或者汤法官的意见至关重要啊。

汤建意识到，他们已经与院里相关领导接触过了，领导能怎么说？也只能这么说，这倒意味着是敷衍，没有帮的意愿。

王自然说：汤法官，这么量刑，重了，太重了。

汤建说：这是现在，从前判死刑也是正常的，这个金律师应该清楚的。

金律师辩驳说：从前这么量刑也是偏重了，经济犯罪，国外没死刑这一说。

小辜插了句：可这是在中国。

王自然像下结论似的重复着：重了，太重了，汤法官！

王领导人般的语气让汤建在心里打了个怔，很快明白过来，王这种反常的说话方式是因为他有底气，他手里有个人质——庄小伟，可以此交换。他出钱保下庄的命，你汤，须对“副省”放一马，从轻量刑。想明白这一点，酒便一齐往脸上涌，气也喘粗了，可恶，王是绑他的架呀。他第一个念头是回击，不能让他牵着鼻子走，对于一个法官，这是奇耻大辱。刚想言声，另一个念头升上心头：如此，庄小伟怎么办？费了这么大的周折，最后功亏一篑。他咋这么倒霉？对于自己，也不甘心。

小辜自不是个迟钝的人，汤建意会到的东西他同样意会得到，他担心汤建完全把事情搞糟，看着王自然说：王总的想法我们是理解的，如何量刑是今后的事，我想我和汤法官会考虑王总的意见的。

汤建附和：是的，是的。

王不依不饶，说：谢谢，谢谢你们给我这么大的面子。不过，我还是想听听你们稍稍具体些的意见。

金附和：对，还是具体说说想法为好。

汤建问：那你们的具体想法是什么？说说，看看我们能不能达到。

王看看金，点点头。

金说：十年，不得超过十二年。

汤建说：知道了，知道了。这个嘛，你们自然希望越轻越好了。

王问：汤法官、辜法官，我想听个准话，到底行还是不行？

简直是讹诈！谁给他这个权力？汤建陡然意识到，他们在录音。自己一旦给了许诺，录音会让自己百口难辩，陷入极度被动，甚至万劫不复。他清楚谈话只能到此为止，这是条底线，万不可逾越。

他端起酒杯，向王老板敬酒，说，谢谢王总的盛情款待，干杯！

王端起杯，摇了摇头。

告辞时，小辜婉转提醒王自然这次会面的初衷，说明天就带卡去卜家换出谅解书。

王自然似乎没听到小辜的话，打起哈哈，冲金讲，律师替我送送客人。二位，后会有期，后会有期……

回程车上，汤、辜二人一句话没讲，心情坏得无以复加。

十二

回到家，小辜打来电话。这是必然的，他不打自己也会给他打。刚经历的这件事太“他妈妈”的了，谁都咽不下这口气。

一听电话，汤建倒有些意外，他本以为小辜会大骂王自然，却没有，还表示对王理解，说王将“副省”与庄小伟绑在一起，也属无奈之举，他想帮庄小伟是真，帮“副省”也是真，希望合并同类项，双赢。问题在于在他那里可以，在我们这里就不可以。现在需要考虑的是，我们要不要放弃庄小伟，能不能放弃庄小伟？要是能，事情倒简单了。要是不能……

他打断说：就是不能嘛。能，这个案子早就结了……

这时花花走进电脑间，似有话说，他赶紧摆摆手，继续对小辜讲：明天一上班，我就找董庭长汇报，如果他能同意给王老板一个许诺……反正我看够呛。

小辜说：够呛不够呛也得这么做，孩儿哭抱给他娘。

他说：明天咱俩一块儿找董庭长。

放下电话，花花问：汤建，你今天跟郑律师说什么了？

汤建说：没有啊，连电话都没通，能说什么？

花花质疑地看着他：这就奇怪了，怎么讲好的事说变卦就变卦？

汤建依然装糊涂：讲什么事？不行我和他讲讲嘛。

花花哼了声：你有那么好？不砸锅就谢你了。

汤建在心里说：告诉你老花，这锅，老子是砸定了哟。

董庭长的意见很明确，说：和法院来这套，开哪国玩笑？凭昨晚这事就可以把他先抓起来。干扰司法。

小辜说：所以才向你汇报嘛，有这话我们就有底了。

汤建却是另一番心思，说：董庭长，庄小伟好不容易得到这么一个机会……

董庭长说：事到如今就别说这个了，总不能拿原则与他人做交易，这要犯大错误。

汤建说：我知道。要这样，庄小伟是会打上诉的。

董庭长说：这是他的权利。哎，不是听说不上诉吗？

小辜说：那是本人不抱希望，连律师都告诉他上诉没有用。

董庭长问：律师能说这话？

汤建说：对，是庄小伟亲口对我讲的。

董庭长愤愤道：还有这样的奇葩律师？他不想吃这碗饭了？

汤建说：确实，他的心思不在这上面。

董庭长问：在哪儿？

小辜说：写诗，朗诵。

汤建说：有业余爱好不是问题，问题是不能忽视本职工作。要是律师给力，庄小伟的案子也不至于到判死刑的地步。所以我想，一是让庄小伟打上诉，二是换律师。

董庭长沉思一下，说：我们是法院，不是他的家属、律师，这样是越俎代庖啊。

汤建说：庭长说得对，可面对明显的不公正，法院是可以干预的。

董庭长说：这没错，可你想过没想过，一旦二审打赢，就是对一审的否定，作为一审法官，这可不是好事，会影响一切啊……

汤建说：这个我知道。说来说去，是觉得庄小伟罪不至死。对了，庭长，我想问一句，我们一审的死缓判决，院里是应该认可的。院里领导都算是法学专家，有理论有实践，为什么这回要死磕庄小伟。

小辜说：论究起来，是院里与我们合议庭死磕，也包括庭长你。

董庭长不言声了，过会儿说：对你们讲，院里有院里的苦衷。

汤建说：有什么苦衷？能不能对合议庭透透气？

小辜说：庭长说说嘛。

董庭长摇摇头，苦着脸说：其实是不好讲的，不讲你们又死磕我。简单说院领导去政法委汇报工作，说到近期频发的抢劫杀人案，也是庄小伟背时，另几个比他的案子大，偏偏没致死人，庄小伟致死人了。领导怒道，像这种恶性犯罪可杀不可留……

领导终于亮出了领导的底牌，原来症结在这里。

汤建说：这属于情绪化语言，不算指示，何况司法是不能听任何人指示的。

董庭长叹气：唉，真这样，咱不就成了“法制国家”了？

汤建有些激动：要这么讲，我们普通法官又有什么必要认真办案呢？领导发话，我们走过场，不就OK了？

董庭长又叹口气，说：各有各的难处。唉，不说这个了。庄一审宣判后，可以暗示他二审，律师不给力，也可以换。

小辜：换哪个？哪个愿无偿劳动？

汤建灵光一闪，想起一个人来，郑律师。

十三

回到办公室汤建即刻给郑律师打电话，郑像往常那样嘻嘻哈哈：首长，有什么指示？讲。

当然不能在电话里讲，他说：没指示，晚上请你吃韩国菜。郑律师说：我请你请不动，也不用你请我。是不是嫂子的事？和你闹饥荒了？你想想，好不容易考出来了，不让人家干，能甘心？汤建说：自作聪明，不是这档事。

韩国料理在城东，一条小巷子里。进口牛肉，是肉香不怕巷子深了。郑律师从包里拿出一瓶从台湾带回来的“金门”，配肉正好。房间小，气氛静穆，加上两人相熟，没什么客套，吃就吃，喝就喝；汤建多次受理过郑代理的案子，也是巧了，都是郑胜诉，尤其是一个大诈骗案，郑帮当事方挽回上千万损失，事后送了汤建一张10万元的卡，汤建退回。郑讲欠汤建一个人情，应是指这个。

就说事，反正时间充裕，汤建就一五一十将庄小伟案的前前后后讲给了郑听。

哪个所的律师？郑律师问。

先别问这个，谈谈案子。汤建说，当局者迷，旁观者清，你帮我理理清楚。

郑略加思索，说：重罪不疑，辩护不力，判决正确，干预无理。

汤建说：大实话，这些我清楚，我是问假若打二审，情况会怎样？改判的可能性大不大？

郑说：就本案说改判的可能性有，大不大，不敢说。

讲。

不确定因素太多，也就是人为因素太多。

比如？

比如代理律师的能力，是否认真努力。比如二审法官是否认真阅卷，对法律条款的掌握，甚至人性的善与不善。

人性善与不善？

不错，要是碰到你这样的，庄小伟二审肯定能过关。

这是什么话，讲过关，我一审就让他过了，倒不是善良不善良的问题。

那是什么？

说不清。

二人干了一杯。

汤建又问：老郑，你说可不可以豁出去，就与王老板妥协？

郑想想说：既然你们庭长不同意，你这么做，可是犯上作乱啊。不可取。还是让那庄打二审吧。你请我吃饭，不就是打我的主意，给庄当律师吗？

汤建没言声，向郑举起酒杯。

干！

十四

世事无常，还真是这么回事。就在要开庭对庄小伟宣判死刑的前几天，郑律师给他打来电话，讲他回去，想想觉得打二审对庄小伟实在是不利，还是争取一审解决为上。便先后去了两趟卜家庄找卜家兄妹协商，看是否能在最后关头放庄小伟一马。头一回没解决，可看出些端倪；第二回去便分头与卜万成、卜万华谈。卜万成仍然油盐不进，卜万华倒有些怜悯庄小伟了，说：这孩子没有一个亲人管，可怜见的。又说这事容她再想想。汤建问后来呢？郑说刚才给他打来电话，说她可以给庄小伟出谅解书。汤建一怔，问：不要赔偿了？郑律师说：对，问要是她自个儿在上面签字管不管用。我告诉她管用。她说那你们来吧，我出证。汤建一拳砸在桌子上，说声：老郑，咱们去。郑说：不过……

汤建的心一沉，问：怎么啦？郑说：她有一个条件，让我们帮她打一个官司。汤建问：她和什么人的官司。郑说：她哥卜万成。汤建“哦”了声。郑问：要不我去你那儿当面说说情况？汤建说：你先在电话里讲讲怎么回事。郑就讲：简单扼要——原本卜家老太太名下有一套房产，自住。后因癫痫病频发，就搬进卜万成家，房子出租，租金作为老太太的生活费由卜万成收取使用，卜万华亦认可。而在老太太遇难后，卜万成并未与妹妹分割租金。卜万华提出异议，卜万成置之不理。也就在前几天，卜万华发现该房产已过户到卜万成名下。她追问，回答是他是卜家唯一的儿子，又一直扶养老太太，房子理应归他。卜万华不认同，决定打官司讨回应由她继承的一半房产。汤建想想说：如今这种官司很多，法律上的规定比较明确，这官司应该好打，你也可以代理。郑说：问题是她要保证能赢。汤建心中一阵不爽，苦笑笑。又是要挟。可谁又能打这个包票？他问：郑律师你能吗？郑说：她不是要律师保证，而是法院。汤建说：开什么玩笑，官司还没开打就让法院出保证？郑说：为了达到我们的目的，也不是不能，只是工作做在前面，与民庭谈谈情况，看看能不能赢。汤建顿了顿，说：先挂了，等我想想再打给你。

想什么呢？他真的有些茫然，苦笑笑。如果面对镜子，他定会发现自己笑得很难看、很无奈。刚才听郑讲，卜万华宽宥了庄小伟，即使是在她已知赔偿无望情况下做出的决定，他依然对她充满尊重与感谢。却不料她后面还有个“附加”，即与王老板同样的“石油换食品”。这让他无限悲戚，世事诡异人心不古，正如人们所讲，生活如同拉满弦的弓，只要发现猎物便万箭齐发，只有“宜将剩勇追穷寇”，没有“退一步海阔天空”。不过与王老板的要挟相比，卜万华的这一要求还好接受一点。正如郑所言，只要从民庭弄清相关法律刻度，如果能打赢，给她个口头保证亦未尝不可，即使有些剑走偏锋。

他用座机拨了民庭小马的手机，小马听明白了事情的症结，笑说：老汤，你问我算问对了，我刚刚审结一桩与你讲的一模一样的房产案，没有老人的有效遗嘱，过户无效，房产平分。他仍不放心，又问小马有没有例外？小马说：没有例外，哪个法官都会这么判。他的情绪顿时高涨起来，谢过了小马，他长长嘘了口气，然后拨了郑律师的电话，哆嗦着嘴唇说：老郑，咱们走，去见卜万华，立马！

（原载《北京文学》2016 年第 6 期）

末代镇长

张奇

区里届中调整的时候，赵亚馨被交流提拔到东岗镇当镇长。

一个长得不难看的女人，突然被提拔为镇长，外界自然要议论、猜测一番。特区是副省级市、区下面的镇，与县同级，但财力超过内地一个地级市。市场经济，有钱好办事、能办大事，哪管这大事是公事还是私事。

镇长一职炙手可热，仅次于镇委书记。

换了旁人，所有猜测肯定不离钱与色，但放在赵亚馨身上，大家都认为是她丈夫在起作用。

赵亚馨的丈夫汪明夏在市委组织部工作，与区委高副书记有交情。高副书记从副区长、常委到党群副书记一路提拔上来，组织考察都是汪明夏经手的。在市委组织部工作就有这点好处，官不大，隐性权力不小，不能成人之美，却可以败人之好，正所谓成事不足，败事有余，皆因官场中人难有十全十美，都只能吃补药，不能吃泻药。且不说关键时刻有没有人关照结果大不一样，就是有人关照，也不能忽视细节，比如提拔前的组织考察，如果实事求是把群众反映的问题写上几条，就有可能前功尽弃。

高副书记升常委那次，就差点出问题，幸亏汪明夏及时掌握情况，才没有让高的老婆利用丈夫权力做生意的事情在组织部的考察材料中反映出来，反而换上了“特别能开拓创新”的优点。当然，真正有料的人不在乎你如何写考察材料，但官场怕就怕节外生枝，鸡蛋没缝才不怕苍蝇，可如今的鸡大都是人工饲养，身体弱，蛋壳薄，哪里能保证个个严实。其实，汪明夏帮高副书记美言，也都是奉了领导的旨意，但高副书记却很愿意结下这份人情——这对自己的长期发展只有好处，没有坏处。前不久，汪明夏当上了干部处的副处长，高副书记更加珍惜他们之间的友谊，提名赵亚馨当镇长，就是一份隐性大礼。

赵亚馨是个自命清高的女人，她觉得凭自己的资历和能力，早就可以当镇长，退一步讲，她现在已经是政法委副书记，手中有点不大不小的权力，多少可以协调一下公检法司的副职们，当不当这个镇长，实际意义不大。如果是组织看中了自己的才华予以重用则另说，若只是因为自己是汪明夏的家属予以特别关照，她自尊心大受打击不说，还因此欠了高副书记莫大人情。官场里没有来路不明的提拔，这个人情以后怎么还？难道真的还要假汪明夏手中那点依附于组织的权力？想到这一层，赵亚馨有点郁闷。

赵亚馨已经与汪明夏离婚，没有公开，算隐离。离婚的原因很简单，汪明夏有了外遇。汪明夏的情人是赵亚馨的同事、下级兼闺密，法院的一个副科长。两人在同一栋楼上班，两家的关系也好得不得了，每周有聚餐，时不时一起外出旅游。赵亚馨做梦也没想到天天称自己为姐姐、明显想巴结自己的女人，为了汪明夏手中那点可怜的权力，就不惜背叛友情，偷偷爬上了那原本只属于她赵亚馨的大床。遭遇这样狗血剧情的赵亚馨除了选择离婚，实在没有勇气面对自己感情的过去与未来。不过夫妻俩达成协议，暂不对外公开，一半是怕孩子受打击，一半是因为都有一官半职在身，离婚还是低调的好，不然总得说说离婚的原因吧。他们的离婚原因是没法说的。

领导给前夫的人情，落到了前妻头上，这算怎么回事？该感激还是受之有愧？赵亚馨跟自己的死党肖玲说。

悲剧刚刚落幕，喜剧就开始上演，也许这就是所谓的大悲大喜，大起大落，肖玲调侃道。她在南方大学政治系当副教授，赵亚馨的大学同学，目前唯一知道他们离婚的人。

看戏不怕台高！这算什么喜剧？赵亚馨说，我正处多年，与镇长平级，东岗那个地方有多落后你是不知道，本地人至今还说着几百年前的土话，如今上哪儿找这么闭塞的地方？别以为凡是镇长就财大气粗，东岗的财政连养活自己都成问题，一直靠吃救济过日子。当一个四处化缘的镇长，也叫重用？换个地方还是“二把手”，而且是个不值钱的“二把手”，能叫提拔？当着自己死党的面，赵亚馨心里想啥就说啥。

肖玲问：你到底是不想要这份人情，还是嫌弃这个小镇之长？

都一样，鸡肋，赵亚馨说。

肖玲劝道，官吏官吏，一级政权的首长才是官，政法委虽然有权也只能算吏，政治上的分量谁重谁轻，不言自明，总之，此“二把手”非彼“二把手”，组织部说重用也不全是糊弄人，机不可失时不再来，你应该高呼万岁，谢主隆恩。人家汪明夏暗中帮忙，说明他还在爱着你，男人的身体有时不受大脑控制。

赵亚馨皱起眉头，表情有些难受地说，连你都这么认为，外人怎么看可想而知。这正是我头疼的地方。真的提拔重用谁不高兴，但非把我和汪明夏扯在一起就特没意思，我一个名牌大学的硕士，还当过大学副教授，凭实力竞争上岗当上的处级干部，现在去一个小镇，倒要借助他汪明夏的面子？

肖玲笑道，在官场这么多年白混了，汪明夏打过招呼又怎么啦，他还是你名义上的丈夫，比朋友还要多一层床上关系！算不得嗟来之食，顶多就是个飞来横财。如今官场的风气，不跑不送，原地不动的说法，都快写进现代汉语词典了，你既不献金，也不献身，官帽子就自动飞到头上，怎么说还是得了便宜，能力水平能说明什么，贵区也不止你一个能人吧？你眼里这个又穷又小的镇长，多少人打破头还争不到，难道就公平吗？也别标榜什么干净的成功，你这个历史系的硕士，应该比我明白，成功从来就不分干净与肮脏，历史只记得不择手段的成功者，从不记得高风亮节的失败者，何况你也不是道德楷模，在商言商，从政言政，既然已经走上从政之路，没必要羞羞答答、遮遮掩掩。看看人家，为了巴结你们家汪明夏，硬是不惜献身，别身在福中不知福。

肖玲这番话切中要害。尽管只是个小镇之长，没人关照一样当不上。政法委副书记外放，有当镇委书记的，也有当镇长的。赵亚馨的副书记才当了一年，资历尚浅，一步到位当镇委书记的可能性不是没有，那得区委书记钦点，有能力干是一回事，让不让你干是另一回事。

被噎得无话可说的赵亚馨只好反唇相讥，你平时就用这套厚黑理论教育学生？怪不得现在的年轻人一进公务员队伍就会察言观色、四面灵光，原来根子在老师！还有，你不要总帮着汪明夏说话，少在我面前提那个低素质的情敌。

肖玲笑得差点喷了一口咖啡出来，人家素质低咋啦，床上功夫比你好。闻此言，赵亚馨也笑了。汪明夏出轨后，赵亚馨咬着牙和他生活了一阵，她要弄清自己到底败在哪里。汪明夏招供，说她床上功夫好。赵亚馨问，好到什么地步？汪明夏红着脸说，和A片里一样，想咋样就咋样。赵亚馨说，原来你要的是妓女。她把这话学给肖玲听，两个女人当成笑话听，男人用下半身思考的说法，果真不错。

最后，肖玲言归正传，她说如果想去，就不要瞻前顾后，只当高副书记欣赏你的才华，人家不是一直拿你当朋友吗？朋友之说，的确是高副书记的话。高副书记到区里工作后，有一次与赵亚馨一家吃饭，酒桌上，他说小赵，你是明夏的老婆，我没拿你当部下，只拿你当朋友，有事你尽管找我。特别讨厌被人看成组织部家属的赵亚馨，听这话的意思似乎是，朋友不朋友，与自己无关，只与汪明夏有关。按这个逻辑，自己现在已经不是汪明夏的家属，那就不应该享受朋友的待遇。除此之外，她还有两个顾虑，一是自己不熟悉经济工作，二是没有基层工作经验，干砸了怎么办？

肖玲听了又大笑说，你怎么比我还书呆子气呢，一张白纸好画最新最美的图画，是万丈高楼平地起难，还是百尺竿头更进一步难？发达有发达的难，落后有落后的好，经济不发达最好不过，你只要抓出一点成绩就足够了，如果实在抓不出成绩，人们也能理解，至少不能全怪到你头上，否则为什么那么多年都发展不起来呢。肖玲劝赵亚馨，别把喜事弄得跟丧事似的，老想着这个位置是怎么得来的，你们官场中人，谁的位置都不是白捡来的，更不见得都是凭本事上的，也没有几个人心中有愧，与其花心思想这个，不如从现在开始好好想想怎么当好这个一镇之长，用事实证明自己，才可以堵住悠悠之口。

赵亚馨原先也在大学里当过老师，知识分子烙印比较明显，变通不足，较真有余，直来直去，用汪明夏的话说，心无城府，缺了官场特别不该缺的那个心眼。但偏偏在当镇长这件事情上，她却满脑子官司，瞻前顾后。主要因为这个喜事与之前的汪明夏那个丑事一样，都来得太过突然，完全没有思想准备。生活节奏打乱了还没来得及调整，工作节奏又突然被打乱了。

其实，对于半路上跑出来的这个镇长职位，不独她，很多人都始料未及，不然早就有人四处活动，恐怕也就落不到赵亚馨的头上了。

两个月前，区里就已经启动镇级班子的届中考察，这后一个月主要是酝酿必要的人事调整。一般来说，届中调整不同于换届，宜粗不宜细，小调整、大稳定是基调，没有特殊情况，班子主要领导不会中途易主，怕影响工作的连贯性。但就在班子即将敲定的前夕，区里爆出一个巨大的“政治事件”，打乱了原先的部署，组织部不得不临时改变方案。

这个轰动一时的政治事件，有人说是一出喜剧，也有人说是闹剧。主角之一就是这次被交流到区直部门的东岗镇镇长。他与另一个镇长都任期过半，想在届中调整时当上镇委书记。他们估计用了很多办法，均宣告无效，不知道是因为同乡沟通得多就想法趋同，还是谁出的馊主意，他们居然找到一个北京的官员冒充中纪委领导，向现任区委书记逼宫。他们把假纪委领导请到区干部疗养中心后，向区委书记汇报说，中纪委的领导要见他。书记不知是计，到了之后才知道是鸿门宴。酒喝到一半，假纪委官员叫两个镇长回避，说有要事跟书记说。此人拿出一封举报信，说有人举报书记七个问题，还把信装模作样给书记浏览了一遍。书记是见过世面的，没有惊慌，只问领导有什么指示。假纪委领导说了一些冠冕堂皇的话后，又拿出这两位镇长的简历，说这两个兄弟在您手下工作表现咋样？如果可以的话，是不是提携他们一下？假纪委官员扬了扬举报信说，这个我带回去处理，您放心，咱们既然是朋友了，我就自己消化了。两位镇长回来后，宴席继续。书记还当假纪委官员的面表扬了他俩，说他们干得不错，工作很辛苦。最后主客尽欢而散。

当晚，书记就派人彻查事情的来龙去脉。这么蹩脚的演出当然不会有预期的效果。不管怎么保密，两位镇长的部署还是走漏了风声，围观的人越来越多——两个镇长被描绘成跳梁小丑自不必说，书记也不免遭受连累，形象大大受损。最要命的是有人说，书记一定是有什么把柄落在人家手里了，所以才赴宴，否则，用得着那么晚和一个身份不明的人吃饭？

书记审时度势，找来区长和高副书记，三巨头一起商量如何处理这两个目无组织纪律和不讲党性原则的干部。

区长非常理解书记的担心，此事越传越走样，再不处理，只会给人造成“书记真的有把柄被他们抓住了，所以不敢动他们”的错觉。但要拿掉他们的镇长职务，必须有一个名正言顺的理由，不能说他们敲诈领导，也不能说跑官要官，惹急了人家狗急跳墙乱咬人，局面就更加被动了。

书记问高副书记的意见，高说，两位老板定了调子就好办，他们不是想在届中调整吗？就按他们的意思，把他们调整交流到区直部门，再派两个人去接替他们就行了。这跟书记想的一样。书记说那就交给组织部去操作了。随即，书记征求了区长和副书记对两位新镇长人选的意见。区长很知趣，说自己只管抓经济工作，人事的问题还是书记拿主意。

书记提了一个人的名，叫高副书记也推荐一个。

高推荐了赵亚馨。

按理说，各镇和区直“一把手”的人事安排都是区委书记的专利，象征性地听取一下班子里其他人的意见，也是为了走个民主集中制的过场。但书记与高副书记平时关系不错，这次突发事件又需要高副书记出面与班子里其他人圆场，他便请高副书记在新镇长人选上也一并考虑考虑。

没想到高副书记真有人选。

书记起初不愿意派一个女同志下镇里，但高副书记说，东岗经济落后，在区里的分量并不是很重，只不过在到处发展的今天，不发展反倒成了优势，生态良好，风景优美，主要工作是搞接待，她这样的女同志去还是比较合适的。话说到这个份上，书记只好表示同意，他也知道，赵亚馨的老公在市里工作。

组织部按照高副书记的要求，马上补充考察了赵亚馨等人，给逼宫的那两位狠狠地写上几条非换不可的缺点，随后交流到了区科协与残联，一人当了一个正处级主席。

一场乍看来有些惊险的政治风波，在几位领导的运作下，悄无声息及时化解了。都说一山不容二虎，除非一公一母，但这回看热闹的人还真没等到下文。市级班子明年换届，外面盛传书记要高升当市领导，区长接班是迟早的事情。一个和谐团结的班子才能出干部，互相补台才好戏连台。两个镇长落得如此下场，完全是咎由自取，没人同情背后搞小动作的阴险狡诈之徒。

赵亚馨最早听说这个“官场奇遇记”，居然来自汪明夏的情人孙某。

孙某求进步心切，除了把汪明夏哄到自己床上，还特别喜欢到处打听。她最大的特点是不拿自己当外人，从不觉得白天巴结女的、晚上伺候男的，一仆二主有什么尴尬，反而亲热地叫赵亚馨姐姐，称汪明夏为姐夫。孙某说，官场之人不想进步是假的，只不过他们的表演太拙劣、太儿戏了，谁像姐姐你有这样的好命，姐夫随便打个招呼领导就会给面子。赵亚馨很严肃地回应她说，我可不是靠你姐夫，你最好也别这样想。她想不到，孙某不但这样想了，还已经这样做了。

事到如今，赵亚馨觉得很讽刺，“官场奇遇记”男主角的手法是很拙劣，“情场奇遇记”女主角的手段却未免太高明，自己几乎天天和她在一起，硬没发现卧榻之上睡的竟是此人；她更想不到，这个从孙某嘴里透露出来的政治事件，发展到最后，自己倒成了受益者。人生太过戏剧，这岗位换人与床上换人，两件没有必然联系的事，在赵亚馨看来，其实很有联系。

自感情被颠覆后，赵亚馨的生活再也回不到从前，早上眼睛一睁，满脑子都是那不堪入目的场面，晚上眼睛一闭，满脑子还是自己丈夫与好妹妹交往的点点滴滴。最要命的是，孙某每天还在她的眼皮底下晃来晃去，中午到食堂吃饭遇到，孙某完全若无其事，赵亚馨恶心得想吐！

汪明夏不想因此毁了婚姻，除了百般检讨甚至下跪求饶之外，还安慰她说，实在不行就调离这里，到市里找个单位。赵亚馨心有不甘，她说凭什么我要回避那个婊子？你不是很有本事吗，把她弄走！女人在遭遇感情背叛时最容易失去理智，即便像赵亚馨这样自我标榜有修养的人，这个时候也是一口一个“婊子”。

事情都过去了，赵亚馨内心逐渐平静。爱情死了，生活还要继续，只是她万万想不到，这个突然冒出来的提拔，硬生生把自己与汪明夏绑在了一起。就在自己默默地忍受丈夫与闺密合谋背叛、承受莫大痛苦之时，外人却在大谈特谈自己是如何沾了老公的光。

汪明夏也自鸣得意，觉得帮了她一个大忙。他虽没明说，但赵亚馨从话里全听出来了。他说，你是个要强的女人，有一份事业，对你来说，也许比家庭生活更充实些，你不是很想摆脱目前的工作环境吗？这是难得的机会，值得好好把握。

赵亚馨很想告诉他，别以为事业上的成功能淡化女人情感上的失意，同样，什么样的努力也无法弥补那不可饶恕的出轨。但她什么也没有说，她第一次意识到，一张床上睡了十八年的两个人，原来并不那么了解对方。

赵亚馨最终“愉快”地接受了组织安排。她走这一步，出于两方面考虑：一来镇长之职的确是个不一样的平台，这一工作经历对将来发展毕竟有利；二来如果拒绝高副书记的好意，不但驳了人家面子，还得有个说得过去的理由，说自己能力不行，说自己不是汪明夏的老婆所以不敢接受？还是说看不上这个位置？天上掉馅饼不接着，不是脑子有问题，就是狗子坐轿——不识抬举。

上任之前，高副书记专门找赵亚馨谈话，传递了三层意思。第一，东岗虽然是个经济落后的小镇，但地理位置重要，未来在建设现代化国际化的海滨城市进程中，有着不可替代的作用；第二，女同志当镇长全区没有先例，这是组织有意给你压担子，迈上了这个台阶以后就不一样了，党政“一把手”才是从政的主渠道，镇长干好了换届就能当书记；第三，感谢明夏同志的支持，向明夏同志问好。

公事私事一块儿说，是高副书记的套路。人家还真拿自己当朋友，官话套话里夹着真心话，甚至还有那么点提前许愿的意思。赵亚馨惭愧之余，除了表态坚决服从并衷心感谢领导栽培之外，一句啰唆话都不敢多说，切不能让人家误以为自己不识好歹。

上任第二周，东岗发生了一起特大交通事故，给初来乍到的赵亚馨当头一棒。

事发午夜三点。

赵亚馨值了三天的班，才轮休回家。

被秘书阿美的电话吵醒时，她连衣服都来不及披，半裸着身子坐在床上听汇报。

阿美二十出头，高中毕业后在镇政府办公室当服务员，属于照顾本地人就业性质，现在，她专门为赵亚馨一个人服务，成了事实上的镇长秘书。她告诉赵亚馨，半个多小时前，海边路上一辆车侧翻，死了好几个人，自己和家在镇政府附近的工作人员，都被叫去办公室帮忙。现在骆书记他们几个镇领导都去了现场，其余的工作人员在办公室待命。

好了，我知道了，有新情况再报，赵亚馨挂了电话，马上起床。她迅速穿衣服，连打了几个喷嚏，十二月，多少有些凉，这么一会儿工夫，竟有些感冒的意思。

离婚不离家睡在书房的汪明夏被惊醒了，他见赵亚馨半夜三更急着出门，料定有大事，便主动提出帮她开车。司机住得远，过来起码半小时，赵亚馨犹豫片刻，没有出声，脸上毫无表情，算是默认。没洗脸、漱口，两个人就匆忙下楼了。

赵亚馨一边走一边不停地拨电话。

第一个电话打给骆书记，再忙乱也不能出现程序错误。她一面请示书记自己应该怎么做，一面说已经在路上，态度和语气保持一贯的谦逊。

骆书记说，情况来得太突然了，刚才手忙脚乱没来得及通知你，既然已经知道了，赶来也好，辛苦你大老远跑一趟，不要着急，我和值班的同志已经在现场了。书记接着简单地介绍了现场的情况，说已经向区委、区政府主要领导报告，区长和常务副区长已经在赶来的路上了，有一个副市长也要来，区公安局局长、交通局局长、应急指挥中心主任等有关部门的领导，都已经到了。事故现场正在清理，共死了三个人，还有几个在镇医院抢救，两个重伤的已经被救护车拉到区医院去了。

骆书记语气镇定，并不紧张，似乎见怪不怪，受他的影响，赵亚馨紧绷的神经多少舒缓了些。

第二个电话打给了负责安全生产的直接责任人、常务副镇长葛副镇长，问为什么半夜三更还有那么多人去码头卸货？是不是有人走私？车主是什么人？和死者是什么关系？政法委副书记出身的赵亚馨，问的都是要害问题，语气也很严厉。

葛说，目前还不清楚这些是什么人，车子是借用的，据说是去海边装东西，没有确定是走私，公安已经介入，大家都在等上级领导，也许等一下会有更明确的结论。他的回答不紧不慢，不但没有主动担责的意思，似乎还有辩解的味道，这让赵亚馨有些不舒服。

葛副镇长是名副其实的地头蛇，家住在隔壁的镇子，那地方原先隶属东岗，后来才一分为二。葛虽然只有高中文化，但人很精明，非常熟悉本地情况，就是没有高副书记的特别交代，赵亚馨也会主动团结他，何况有这层共同的关系。奇怪的是，第一天接触，她就感觉到了他的挑战。当天组织部宣布任命决议之后，镇班子马上召开了一个临时会议，主题是欢迎新镇长的到来。当以书记为首的其他人都纷纷热情表示欢迎时，只有葛副镇长，简单客套几句后，立即说有一项旧城改造工作区里催得紧，要请镇长马上研究后上报。赵亚馨还没有进行工作交接，不好表态。书记打破尴尬说，暂时由葛镇长主持研究吧。于是，葛便把她晾在一旁，大模大样在那与大家研究工作，所谓的“紧要”，其实并不紧要。后来赵亚馨才知道，自己抢了人家的饭碗。

汪明夏见她打完这个电话停顿在那里，便问怎么回事，是不是情况很糟糕？赵亚馨没理他，继续拨第三个电话，打给镇里分管政法的李副书记。李算是她的老部下，他们原先都在政法一条线上，关系自然比一般人亲近。

李副书记总算把情况说清楚了。半夜两点，一伙人在海鲜排档吃完消夜后，挤在一辆改装过的破旧小面包车里，准备去帮别人卸货。车到海边盘山路时，撞上一个土坡，侧翻，一些人滚出车外，车压人加上人压人，居然压死了好几个。派出所赶到现场时，司机已经跑了，其余十几个人在那里爬的爬，哭的哭，喊的喊。

小面包车能装那么多人？真是乱来！查清楚这些人来自哪里，去海边的目的了没有？赵亚馨问。

李说基本搞清楚了。一个叫大头蛇的找了二十来个外地人，乘一个改装过的破旧面包车，说是半夜去帮忙卸海鲜。他让大家凌晨一点到指定的海鲜排档消夜，当场给每人发五十元，答应卸完货后每人再给两百元。面包车是九座的，装的人太多，全都人贴人站着。据现场伤者说，车内呼吸很困难，开快一点就挤得疼，翻倒路边时不知道怎么就死人了。出事后大头蛇正要跑路，被派出所抓住了，突击审问下他交代：海边这样的活儿很多，货主有生有熟，一般都出手大方，拿到钱后付一小部分给外来民工，就能把事情办了。这次的货主是外地人，现在电话关机，其他情况一问三不知。

李副书记如实说了自己的怀疑。大头蛇肯定说了假话，表面看来，他是个海边搬货的小包工头，实际上他长期与走私分子暗中勾结。这船货极有可能是走私货，否则货船不会事发后便离开海域消失得无影无踪，多半是大头蛇给对方通风报信了。据派出所分析，大头蛇的背后还有大鱼。现在走私分子越来越狡猾，有的先卸正货，后卸私货；有的在这个地点放风，在那个地点卸货，玩捉迷藏。如果要搞清到底是不是走私，只有先稳住大头蛇，通过他才能找到幕后的人。

赵亚馨追问这个大头蛇什么来历，李副书记说，当务之急是处理这起事故，关键是如何定性，如果是一起交通意外就好办，不然就要追镇里的责任，现在市、区有关领导差不多都到了，马上要开事故原因分析会，一些媒体也赶到了，天亮前要出新闻通稿。

赵亚馨一路不停地打电话，快到镇政府办公楼，她叫汪明夏把车停在大门口外面，自己走着进去，她说领导们都在准备开会，遇到还得打招呼。说完，她头也不回急步奔向二楼会议室。

会议室已经满了，副市长、区长和市、区有关部门领导坐成一排，镇委骆书记与区属有关部门领导坐在对面，葛副镇长坐在骆书记左边，赵亚馨就在右边空位坐下来，与市区领导点个头，算是打招呼。

会议在区长的主持下，先由骆书记汇报事故发生原因、现场处置情况与善后措施。此后，李副书记和葛副镇长做了补充。赵亚馨不了解情况，只能代表镇政府检讨工作失误和给区里造成的被动。

接着，公安和交通部门分别发言，表达了对这起事故的看法。

听得出来，他们都想尽量摆脱干系。公安局局长的中心思想是，由于没有证据表明是走私行为，只能认定为交通运输方面的事故；交警大队长当然赞成自己局长的意见；交通局局长却说走私的可能性很大，出事地点路面虽然破损严重，但关键问题还是深更半夜出门，没有注意安全，如果不是走私，真的是去卸货，应该算安全生产事故。

骆书记急了，不等其他人开口马上说，怎么能算安全生产事故呢？据说车辆不仅经过私自改装，而且过了报废期，这样的车子怎么能上路？骆书记很清楚，虽然镇长是安全生产第一责任人，但赵亚馨刚来，真要追责任，自己难辞其咎，而且还会牵连区长。

最后大家基本达成共识，算是一起交通意外，责任主要在车主和司机。司机在逃，公安部门将全力缉拿。车主一时无法追究，因为这辆报废车已经几次转手，挂的是外地套牌。

第二天的新闻通稿这么说：昨日凌晨，我市东岗镇境内发生了一起严重的交通意外事故，一辆过期报废的面包车严重超载，在驶往海边的盘山公路上侧翻，造成当场死亡三人、伤多人的严重后果。至记者发稿时，仍有两名重伤患者在区医院抢救，其余轻伤者送镇医院做简单治疗处理后，已陆续离开。针对这起意外事故，市、区两级领导除亲自赶赴现场指挥救援外，当即责令查清事故原因，依法追究有关当事人的责任，并要求进一步重视安全工作，迅速在全市开展废旧车辆的检查清理工作，等等。

通稿好写，死者家属的工作可不好做。每个死者家里至少来了三个人，都住在镇政府安排的酒店里，由专门的工作人员陪着。偶尔没看严，家属便跑去镇政府大哭大闹，要求追查责任、严惩凶手，弄得镇机关的工作人员很紧张，当然也有一些人很同情他们，说这几个贵州、四川人真可怜，为了二百五十块钱就把命丢了，不值。

骆书记听了很不高兴，什么二百五十块钱，乱讲话，你们还有没有群众感情了？他马上叫来李副书记和派出所所长，说这件事光有民政部门还不行，他们只会谈判，有的时候太软了不行，从今天开始，由你们负责，要尽快解决，越快越好，只要能做通家属的工作，安抚好他们以后不要翻旧账，花点钱买平安也值，不要因为这件事情影响了安定团结，更不能影响到接下来十分艰巨的城市化工作。

李副书记做了一通工作回来，在班子碰头会上说，恐怕还是要花点钱，不然死者家属要去市政府上访。有人不同意，说一帮走私分子雇用的人，本来就涉嫌违法，死了不说咎由自取，政府适当给点人道主义救济就行了，一拿就是十万元，以后大家都抢着去帮走私分子卸货怎么办？骆书记打断说，谁说是走私卸货了？就是一起交通意外，我们自己不要乱对号入座，还有，他们要十万元，你们就不跟他们讲讲价，买东西还讨价还价呢。

赵亚馨比在座的都清楚，这种事最后总要落到一个钱字上，她在政法委工作多年，不但经常强调花钱买平安，也处理过多起花钱买平安的事情，现在，只不过角色变了，她要亲自经手买平安，所以她提出一点补充意见，说是否走私先不去管，但这个钱应该由肇事者出，政府为了息事宁人，安抚家属，可以先垫支，不过最终必须和肇事者算这笔账。

第二天，大头蛇写了个借条，镇财政给每个死者家庭五万元，共付了十五万元赔偿金，总算买到了平安。

赵亚馨当镇长不到一个月，就赶上特区推行全面城市化。媒体说，这是继八十年代土地联产承包责任制之后，又一项史无前例的土地改革，特区又创造了一个全国第一。从今往后，这里再也没有农村和农民了。原先的镇都要改成街道，土地收归国有，农民变成居民，村委改成居委会。

动员和吹风在春节前就开始了。消息灵通的华侨提前回乡过年，有的跑到赵亚馨的办公室问，空置多年的祖屋能不能得到保护？如果可以，他们不愿意要经济补偿。另外一些有香港和大陆双重身份的人，则关心未来的社区股份公司有没有他们的股份。

骆书记在春节各界座谈会上致辞说，这将是东岗镇最后一个春节，过完年就搞城市化，镇以后改叫街道了，希望所有关心支持东岗的父老乡亲和港澳同胞都能理解上面的政策，一个完全城市化的东岗会更美好。敬酒的时候，有人便开玩笑，说赵镇长是末代镇长，是组织派来终结东岗镇历史的。骆书记很严肃地纠正道，不是终结历史，而是开创东岗的新历史。

终结也罢，开创也好，指的都是即将进行的大规模城市化转地运动。红头文件说，城市化转地是实现特区内外一体化发展的重大举措，将给原特区关外的农村地区带来前所未有的发展机遇，不但彻底改变千百年来的农耕社会形态，真正融入现代化的时代洪流，还将大大提升广大居民的生活质量。

按照这样的口径，干部们下到各村做宣传发动工作，重点强调农民变成居民后的种种好处：老人都能拿到社保，看病不用自己花钱；每个村都有股份公司，村民全是股民，坐在家里便可分红；基础设施由区里统一建设，市容市貌很快焕然一新，等等。

但农民不太领情，不喜欢变成居民，更愿意当有地的农民。他们认为有地就可以建房，有房就可以出租，租出去就可以在家等着数钱。这的确是早年本地人最省事的生财之道，特区大开发以来，很多本地人就是这样发家致富的，传统意义上的农民和农业早就不复存在。种田的农民改“种”房子后，房租收入不断上涨，拥有多栋房子的家庭每月能收到几万元到几十万元不等的房租，过着睁眼就数钱，天黑就打牌的悠闲日子。时间长了，不读书、不经商、不务工、不就业的“四不青年”，成了特区原居民的一大社会问题。集体经济的情况也差不多，各村都盖有大大小小的厂房，建成所谓“工业区”，出租给外来客商开厂办企业。有学者将这种个人靠出租私房、集体靠出租厂房来支撑基层和本地居民经济发展的现象，总结为独具特区特色的“两租经济”。两租经济大发展的结果是房子越盖越多，不管国土部门批与不批，大家都抢着建，密密麻麻的农民房四处开花，有的楼房之间伸手可及，被媒体称为握手楼。城中村现象越来越严重，治安、消防、环境卫生管理等诸多问题越来越突出，官商勾结乱批乱盖的腐败寻租问题也日益增多，房地产行业的历史遗留问题层出不穷。

东岗属于特区的欠发达地区，农民“种”的房子不多，集体盖的厂房也很少，他们本来就觉得吃亏，城市化要收地的风声一来，人人自危。阿美偷偷问赵亚馨，镇长，是不是以后真的不能在宅基地上建房，不能在山上种果树了?

赵亚馨没有正面回答阿美的提问，反问是不是村里的人都这么看，干部没有给大家传达文件精神吗?阿美说，文件是读了，但大家还是搞不明白。赵亚馨说，给你们的街坊邻居都说说，符合一户一栋的政策，房子照样可以建，经过批准的地上果树一样可以种。

阿美过了下班时间还没有离开，是在等赵亚馨的指示。赵亚馨叫她给西村村长打电话，说下班后要过去看看。阿美就打电话吩咐司机开车到门口，然后才打电话给西村书记。

车子经过圩镇，赵亚馨看到靠近海边有一排排的房子，大都两到三层，比发达镇动不动就四五层甚至十几层矮了很多，房子的式样与外观也比较老旧，与市区的城中村比，不在一个发展阶段。离开圩镇，村庄开始出现，这些村子，多数处在半城市半农村状态，有楼房也有瓦房，有漂亮的小车也有牛车，再往远处，房子越来越少，几公里才有一个村子。赵亚馨感觉仿佛回到了儿时的老家，黑瓦矮墙，夕阳西下，炊烟袅袅。

穿越了大半个镇，到海边的西村，村长已经在路口迎接了。他陪赵亚馨先到一处破旧的平房，介绍说这是村里的办公用房。赵亚馨与村干部一一握手，闲聊几句后，其他人散去，副村长陪她一起到村长家吃晚饭。

村长家中的摆设跟城里差不多，只是装修带有农村特色。村长说自己有几个亲戚在香港，每年回乡，他们都会带来各种电器和衣物，副村长笑着补充，自己的弟弟妹妹小时候必须学会的技能就是游泳，一般都能在海里游两小时以上，为的是一有机会就游去海那边的香港。

赵亚馨也知道这段逃港的历史。现在东岗常住人口不到五千，他们在香港和东南亚的亲戚却有三万多，留守的多是妇女和儿童。如今内地人到特区打工的做法，只不过是把东岗人多年前到香港与海外打工的路子复制了一遍，不同的是，东岗人去的是国外，漂洋过海，更加艰难。难以理解的是，如今特区的变化翻天覆地，但东岗人的生存状况却没什么改变，产业没发展起来，旅游业也处在低端水平，日常生活还要靠香港的亲戚帮忙。

村长埋怨说，这不能全怪我们，都说靠山吃山，靠水吃水，我们这里海岸线最长，沙滩最美，可惜这些美景既不能当饭吃，也不能当衣穿，政府不许我们开发，村里没有工厂，村民没地方就业，老百姓还骂我们当干部的无能，我们这是捧着金碗讨饭吃，现在上头突然要收地，政策补偿的又不包括海边的山地，不要说老百姓想不通，村干部的工作都不好做。

副村长也帮腔说，别看我们家里电器什么的都有，条件也不错，都是以前抓得不严的时候走私发的小财，这次转地有果园的家庭可以拿到一些补偿，但很多村民过去没有走私、现在也没有种果树，平时生活就靠出海打点紫菜、捞点鱼虾来维持，没有香港亲戚的家庭生活确实困难，实在没办法，有些人才去海边沙滩搭帐篷、卖烧烤，接待外来游客，赚点外快。

赵亚馨问了他们一个问题，如果政府给每家一定的生活补贴，村里能看住这些沙滩和青山不让乱动吗？村长说，如果有钱领，谁愿意冒险偷偷种树？果树几年才能挂果，万一被发现，花的还不都是冤枉钱。我们也想保护好海边的沙滩，祖祖辈辈生活在这里，谁对这里没有感情。

回来的路上，赵亚馨问司机打紫菜是什么意思。司机说，就是从海里面捞野生紫菜，还说这里面有个故事。赵亚馨问什么故事。司机先笑笑，然后才说，海边人家几乎年年都要打紫菜，野生紫菜长在海底，想要得到一般要从海边岩石上攀岩下去，绳子系在打紫菜人的腰上，通常是一人在上面放绳子，一人在水下捞紫菜。有一次，一对夫妻吵了架出门，结果，在上面放绳子的妻子故意没拉丈夫上来，男人就命丧大海了。从此，打紫菜不能是夫妻搭伴，一定要父子携手。司机说完笑了，强调这只是个传说，不能当真。

赵亚馨也笑着说，东岗的野生紫菜的确比外面商店的紫菜好吃，味道特别清甜。

第二天，赵亚馨便收到西村送来的紫菜。

南村村长有一天跑到赵亚馨办公室诉苦，村里去年有一块地被征用，补偿价格是现在转地价格的三倍，村民打死也想不通，为什么两块连在一起的地，过了一年，这块地的价格不涨反跌？还有，大片大片的山地空在那里，政府为什么不出钱收上去？

南村村长前脚刚走，李副书记后脚就到了。他也是来发牢骚的。他说转地政策对东岗不公平，发达镇发展快，靠的就是盖房子，工厂一片片、房子一排排，收入和房租都有了，我们这里可好，美其名曰生态保护，保护了半天就是挨饿！你看看这里，工厂没有几个像样的，民房就那么几间也租不上价，老百姓的生活来源不多，毁林种果树犯法，下海打鱼近海也没有多少鱼可打，很多家庭穷得连政策容许的一户一栋也建不起来，一半以上的村全年没有一分钱分红，现在告诉他们说地要收回，村民直骂我们是在断人后路。

赵亚馨有几次到村里走访，也听到村民骂骂咧咧，虽然她听不懂本地方言，但看得出来老百姓很不满。她跟李副书记说，看来，城市化对特区来说是个政治命题，对我们东岗来说却是个民生问题，不过同情不等于同意，我有一个初步想法，在时机成熟的时候提出生态保护的经济补偿问题，也许可以多少解决一些居民的基本生活问题。李说，如果能这样当然两全其美了。

元旦一过，市里就召开了声势浩大的城市化转地动员会，要求村以上干部统统参加。市长在大会上说，转地好比新时期的土改，这是特区独创，全国没有先例，各级领导干部必须带头以身作则，不能阳奉阴违。由于这项工作涉及人群广，牵扯利益大，必须全党动员、全民动员，传达到每一个人，不放过每一寸地。

区里随即召开传达动员大会，除了市长说过的那些话，区委书记进一步强调，要用转地工作的好坏来衡量干部，到时候不但要检查评比，还要根据工作中的表现来选人、用人，凡是转地工作做得不好的一律不予重用。联想到两年后区级换届，干部们都听出了这话里面的威胁——无非是拿帽子压人，图穷匕见。不过这招确实管用，干部什么都不怕，就担心头上的乌纱帽。

镇里照样要再传达动员一回。赵亚馨念文件，骆书记作指示。骆书记说，区领导已经说了，完不成任务打大家屁股，一个个都给我听好，如果工作没做好，领导撤我和赵镇长的职之前，我们一定先撤你们的职，以后我们都由组织直接任命，不需要你们选举，不怕你们拿选票威胁，相反，我们有权撤你们的职，信不信？台下有人哄笑。赵亚馨没笑，书记说的是事实。

但在小范围的班子会上，依然有几个干部牢骚满腹。有的说，本指望改革开放的阳光早日照进现实，给我们这个被遗忘的角落也来个大开发、大繁荣，没想到等了几十年，等来这样一个结果，这下好了，老实人吃亏，原先那些不听话乱开发的地方因为造成既成事实，在这次转地中合法化了，我们听话守规矩的，土地统统上缴。说话的是民主党派副镇长，他向来口无遮拦。镇人大主任接话说，穷人吃贵米，有钱人抢建房子抢种果树，现在可以拿到补偿，没钱人刚攒点钱建房子，就说人家是抢建要强拆，还有没有道理可讲？

赵亚馨没反驳，更没打算说服大家，反而用调侃的口吻说：城市化的政策已经天下皆知，什么叫大势所趋，什么叫势不可当？奉劝大家，牢骚尽管发，意见只管提，但任务必须完成，总之，你们的意见都有道理，但是我没法采纳。

自嘲过后，大家散去。赵亚馨请葛副镇长留下，她想听一下他的具体意见。葛说：任务和分工已经明确了，自己没有意见要补充，镇长有事尽管吩咐。

她其实是想与他拉近感情距离，讨论工作不过是个借口，但人家总是这样一种不冷不热、不卑不亢的态度，明显不给她机会。上周，葛的老婆在镇医院待产，赵亚馨得知，不但去医院看望，还硬帮忙联系到了市内最好的妇产医院。她以为已经释放了足够多的信息示好，此刻她终于明白，人家还是不买账。赵亚馨有些不明白，就算我不来，别人也会来，你当不上镇长怎么能怪我呢。

其实，葛倒是没有恨过她，只不过他一直按镇长方向努力得好好的，只等三年副处任职到期后当镇长，这是有人许诺过的，没想到计划赶不上变化，原镇长突然出事，半路杀出个程咬金，冒出个女镇长。葛心里就时常有些别扭。当然，这背后还有一个原因，骆书记提醒过他，女镇长是来基层过渡的，干不了多久还是要回机关，言下之意，未来东岗这个地方还是他们俩搭档。葛是个聪明人，骆书记是区委书记的嫡系，县官不如现管，在骆书记与赵亚馨之间，他就算不支持骆书记，至少也要保持中立。眼下，他不想留下来与赵亚馨讨论工作，就是因为已经答应了骆书记，下班后要一起见个开发商。这开发商很有来头，盯上了东岗一个旧城改造的项目。

旧城改造一直是葛副镇长主抓的，赵亚馨给班子分工时，将这一摊子继续交给他打理。旧城改造被视为特区城市更新战略的一部分，骆书记很重视，经常亲自挂帅。赵亚馨不喜欢与开发商打交道，那些人很难对付，小的开发商会缠住你要项目，甚至搞点小恩小惠让你很为难，有来头的开发商动不动就拿上面的领导压人，得罪不起。既然有书记和常务管着，赵亚馨就图个省事，放手交出去，而且，作为一镇之长，她每天要处理的事情很多。

东岗虽然贫困弱小，但麻雀虽小五脏俱全，上面布置的工作内容比大镇一样不少，一些本来简单的事情，因为转地矛盾变得异常复杂。村民遇到事，常常不相信村干部，直接跑去镇政府上访。镇办公楼就在海鲜大街上，算得上是全区最差，低矮狭窄的三层小楼，被两边各种海鲜大排档挤作一团。门口的守卫也比较随便，完全不像富裕镇三岗五哨把守得那么严密，村民熟门熟路，隔三岔五就找到镇长办公室扯皮。

这天快下班时，北村村长带着一帮人找上门来。村长激动地说，村里多年来都没盖办公楼，有几户居民也一直住在海边的破房子里，都是因为穷，现在开发了后山上的矿泉水，手里有点钱了，正打算盖办公楼和住房，上头却不让动工，这是什么道理？人家有钱的村建了好多房子，我们一栋也不准建，难道是二奶养的？村长这话还算客气的，其他村民说着说着竟质问赵亚馨，你们是不是共产党的干部，为什么不为群众说话？有一个人干脆指着她说，你们这些外地人来了，不是扒我们的房子，就是拔我们的果树，一件好事都没干过！

这班人说话声音很大，葛副镇长在隔壁听得一清二楚，但他没过来解围，反而把门关紧了。阿美只好跑到李副书记那里搬救兵。

李副书记劝村民先离开，要相信组织一定会妥善处理他们的历史遗留问题。村长不干，说镇里经常这样说，从来不兑现。另一个人就嚷着要领导写个字条做保证，说空口无凭。赵亚馨想这也闹得太不像话了，就算合理诉求，也不能逼人写保证吧，她正要驳斥，李副书记朝她使了个眼色，改用很严厉的口吻对村民说，有问题镇里会研究解决，但干扰领导上班是要负责的，不要以为谁都管不了你们！

一帮人这才悻悻而去。

按倒葫芦起了瓢。这些人走后，李副书记也反映了一个情况。东村有人偷偷摸摸在半山腰上抢种果树，他问赵亚馨知不知道。

赵亚馨说知道一点，但吴村长解释，果树不是现在种的，是很多年前农业学大寨，鼓励开山造林时就种下的，还说不信可以去看看，都几米的树冠了，如果是现在种的树，哪里能长这么大、这么快？

李说，镇长有所不知，他们种的就是大树，是从别的地方移过来的，等转地面积丈量完了，这些果树不是死了，就是消失了。他还说，近年拆迁补偿工作开展多了，当地人发明了一套骗取补偿的办法，就是临时“栽树”，一栽一大片。为了满足这种需求，有些园林花木公司专门出租果树，按天收钱，或者按数量收钱，等清点数量完成了马上归还。有的地方没有开始征地拆迁时，树木繁盛，过不了几日，就稀稀拉拉了，原因就在这里。

赵亚馨明白过来了，她说不用担心，文件有规定，山体斜坡达到25度，上面种的果苗不予补偿，他们那个山头好像目前还不属于可开发利用的范围，种了也是白种，不纳入转地补偿范围。

李说，不见得，我听说他们好像刚好在25度左右，手一松就过了，您最好还是过问一下，毕竟这个工作是您亲自抓的。

李副书记走后，赵亚馨给吴村长打电话，说下午要去村里山上看看，听说有人抢种。这个吴村长，仗着书记的信任，不把赵亚馨放在眼里，转地这样重要的工作，他竟然一次也没有向她汇报过。赵亚馨故意把来意先告诉他，就是想看他的反应，最好他自己把屁股擦干净。毕竟这是骆书记包的点，跑去兴师问罪不合适，给人留下与书记不团结的印象，那就因小失大了。

阿美端进来一杯莲子绿豆汤，天气太热，她妈妈送来消暑的。赵亚馨谢过，顺便问她家这次可以得到多少补偿。阿美说村里的人以前都是渔民，既没多少地盖房，种的果树也很少，不像东村，地多果树多，除了本村人，连外地人租种的果树这次都能得不少钱。

赵亚馨问：你们村的荔枝树以前没那么多吧？

话题一打开，阿美有些收不住，她说以前村里有料的人都不种树，喜欢出海，出海来钱快。前些年电器、汽车、电子产品可多了，随便拉一些进来卖了就发财了，现在只有一些旧衣服、鸡爪、轮胎，很多都是外国垃圾。听说上次大头蛇准备搬的货就是鸡爪，鸡爪是人家不吃的东西，几乎不要钱，到我们这里转手卖给酒楼赚的钱可多了。阿美感叹说，有些人真是聪明，过去走私发财，现在种树发财，东村的山上都种满了树，这次又要发大财了。

赵亚馨问，上回大头蛇拉的鸡爪是谁的？

阿美迟疑了一下，听说是马老板的。

马老板是谁？

阿美小声说，您不知道马老板吗？吴村长的妹夫，我们这里最有钱的人，以前他专门卖汽车发了大财，镇上最大的港货店也是他们家开的。听说他早就买下了镇政府左边那个山头，要建别墅群。

原来如此，怪不得看起来不一样。赵亚馨一直觉得吴村长不像土著。

聊了一会儿，赵亚馨喝完汤，感觉嗓子好多了。阿美一走，她马上给李副书记打电话：让大头蛇赶紧还政府的钱。李说，钱已经还到财政所账上了，人也保释了，具体情况等周末一起值班时再详细汇报。

这句话提醒了赵亚馨，周末是“五一”黄金周，她计划带女儿到镇上度假。想到女儿，赵亚馨十分愧疚，汪明夏是一个生活自理能力极差的人，让他一个人在家带孩子，还不知会把日子过成啥样。赵亚馨往家里打了个电话，女儿刚好放学回家，她听说周末下海游泳，很开心，问爸爸一起去吗。赵亚馨说，你自己问他吧。

在区里工作的时候，赵亚馨没少到海边度假，“五一”黄金周期间最适合下海，再往后，太阳就很晒了。不过，她也和很多人一样，早上来，晚上走，留下来过夜极少，因为实在是单调乏味。全镇没有一个星级酒店，也没有一个像样的卡拉OK、洗脚屋之类的去处。班子会上有人开玩笑说，东岗这地方玩不了一夜情，因为没办法在这里待上一夜。的确，在特区，不到晚上十点天空就黑乎乎的地方真不多，东岗算特例。

赵亚馨召开过几次专题研讨会，还把市里几家有实力的旅行社请来进行过实地考察，希望他们帮助设计一些线路，旅游发展起来了，老百姓多少可以得点好处。她跑到区里找书记、区长，说生态保护不应该那么机械，居民连饭都没得吃，哪里有保护的积极性，不去故意破坏就不错了，无论如何，让我们把同富裕工程项目的渔港大酒店盖起来，解决一部分村民的基本生活需要才好。书记和区长都说，城市化之后，街道的中心工作不是发展经济，而是社会管理，不过东岗的情况特殊，经济发展在全区最慢，可以给一点吃饭的政策。

赵亚馨就趁机建言，能否给当地居民一点生态保护的经济补偿，这样的做法在国外很普遍，国内一些地方也在考虑试行。特区可拿东岗做试点，进行这方面的探索，花小钱保护大环境，还是很划算的。区长对她说，这个想法很好，抓紧时间调研，最好在市人大会期间作为提案提出来，光靠区里的力量还不够。

有了区里的支持，渔港大酒店的相关手续可以边建边办，就快多了。五一到来之前，酒店已经开始试营业。赵亚馨预计，如果行情好，五一、十一、元旦三个黄金周下来，渔港村今年的人均分红会大大超过往年。

女儿一走进渔港大酒店就感叹，哇，这么豪华，我们同学还说你们这里鸟不拉屎、龟不下蛋。赵亚馨拍拍她的脑袋说，谁让你们这样污蔑我们的？告诉你的同学，这里有全市最长的海岸线、最美的海滩、最好吃的海鲜、最清新的空气。女儿撒娇说，谁让你不带我来玩的，我一直以为你们这儿就是个农村。陪在一旁的办公室主任就笑着说，现在全市都没有农村了，我们这里也是城市。

晚饭后女儿说要下海，赵亚馨担心天黑不安全，劝她第二天早晨游泳，女儿不肯，赵就吓唬她说，海里有章鱼，缠住了就麻烦了。女儿撇嘴道，怪不得你们这年年死人。

赵亚馨脸色沉了下来。

东岗最美的是山海风光，最危险的也在山上海里。这里植物茂盛，植被覆盖率达85%，最怕山火。清明前后，一些边缘山区零星有人进山烧纸祭祖，稍不留神就会引发山火。海水同样既多情又无情，著名的大涌湾海滩，阳光灿烂时风平浪静，下雨天则暗流涌动，总有不听劝阻的人，冒死下海。只要死了人，不管怎么死的，按属地管理原则，镇里都要承担责任。赵亚馨是所有责任的第一责任人。

在迎接黄金周到来的安全生产动员会上，骆书记警告大家，上次车祸死了三个人，镇里今年死人的指标已经用完了，如果再有人员伤亡，就无法交差。台下有人交头接耳，骆书记瞪了他们一眼，接着说，我知道你们在说，这是交通事故的死亡指标，我现在告诉你们，我们镇今年全年各种死亡指标加在一起，也就十个，超过这个内定指标，是要追究责任甚至一票否决的。我们东岗山上也不太平，隔几年就有山火，还不要说像上次那样的车祸，翻个小车也能死几个人，谁能想到？所以，你们大家都给我打起精神来，确保黄金周一个人也不能死！

骆书记长期在基层工作，大会训话永远都是这么杀气腾腾。赵亚馨在政法系统工作久了，情况也差不多。遇事不一定要先讲道理，镇住场子才重要。她以为自己已经很泼辣了，到基层才发现，不骂人就没法开展工作，不讲黄段子就没法与大家打成一片，所以，轮到她讲话，她也赤裸裸地威胁，书记说的十个死人指标是我们极力争取内部控制的，实际只能死七个，现在已经死了三个，就剩四个了，但你们不要以为就可以再死四个，谁管的地方死了人就撤谁的职，绝不含糊，我们完蛋之前让你们先完蛋。书记在一旁点头。台下不再有人发笑。

黄金周头一天，东岗就热闹非凡，不到七点，憋了一季的人们就开始涌到这里嬉水，正规的海滨浴场人满为患，一些小海滩上也挤满了野游的人。圩镇内路窄车多，到上午九点交通就已经拥挤不堪了。赵亚馨一整天都在值班，李副书记和派出所所长、交管站站长也在一旁待命。晚饭的时候，她要求李副书记跟交警联系，说明天必须安排警察上路维持秩序，车辆不引导已经不行了，照这样发展下去，东岗明年也许要实行车辆限行。

李副书记马上就给驻扎在邻镇的交警中队长打了电话，请求支援。中队长已经接到上级指示，明天一早就加强对这一地段的执勤。

听闻这个反馈，赵亚馨稍稍心安。

回到酒店已经是十二点，女儿在看电视。看见妈妈，她问，爸爸到底要加几天班？怎么还不过来陪我们？我要给他打电话。女儿上小学五年级，已经懂点事了，父母在家不住一个屋，她就觉得有问题，她偷偷与班上要好的同学探讨，分居是不是离婚的准备？同学说电视里面都是这样的，搞不好就是要离婚。她早就想好了，一定要借这个假期的机会，搞清楚父母的真实状况。

女儿在电话里只说了几句，就把电话递给了赵亚馨。汪明夏在电话里说，高副书记明天到东岗检查安全生产工作，顺便两家一起吃饭。赵亚馨皱了一下眉头，高副书记总是这样，有事从不和自己这个直接部下打招呼，而是让汪明夏转达，也许在他眼里，自己一直就只是个朋友的家属。

第二天清早，汪明夏过来陪女儿游泳，赵亚馨继续值班，午饭之前，一家人都回到房间，没来得及说几句话，高副书记的电话就到了。女儿不肯陪吃饭，赵亚馨只得叫人送饭到房间。

高副书记与夫人都是休闲打扮，不像是下来检查工作的样子。果然，赵亚馨要向他汇报节日值班情况，他摆了摆手说，不用这么正式，你和小葛办事，我放心。赵亚馨说，葛镇长没有外出，叫他过来陪陪吧。当初任职谈话的时候，高副书记专门嘱咐她要与葛多沟通，说是团结起来共同进步，也许今天是个机会，没准能让葛当着高副书记的面明确表态支持自己。

高副书记说来的路上已经告诉小葛了。接着，他就拉着汪明夏讨论市里换届的情况，开饭之前，两人一直在说这个话题。高副书记想接区长的位，跟汪明夏打听，还有什么人在盯这个位置。事关机密，汪明夏虽然未必知道，但总能摸到些蛛丝马迹，比如这段时间谁去部长那里跑得多之类的信息，官场竞争，也讲究知己知彼。

赵亚馨插不上话，只好陪夫人聊天。没想到夫人对东岗的旧城改造很感兴趣。这个事情是葛副镇长具体抓的，但镇投资公司的钱总向她汇报过，说那片旧工业区租金收入不高，不如打包卖给开发商。赵亚馨嫌开发商出价太低不同意，那些旧厂房不值几个钱，但底下的地可是很值钱，与其低价卖给开发商建房子，不如让社区股份公司合伙开发，肥水不流外人田。钱总最后支支吾吾说，葛镇长已经研究过很多次，以前就动员村里股份公司购买，但没人响应，所以才找了开发商。赵亚馨说此一时彼一时，过去村里穷得叮当响，转地之后情况就不一样了，有几个村拿了转地补偿款后，完全可以买下这几栋厂房。

现在夫人问及此事，赵亚馨心里一惊，但她嘴上只能说，镇班子还在研究。高副书记这时偏过头来看了她一眼，赵亚馨赶忙说，等下我就给书记详细汇报。高副书记好像没有听到她这句话似的，又转过头和汪明夏说话去了。赵亚馨坐在那有点僵。

菜上桌了，第一道是东岗特产海胆。赵亚馨介绍说，海胆生吃最有营养，日本人吃的海胆有相当一部分是东岗产的，这里污染少，海胆只能在几乎没有工业污染的地方存活。她给书记和夫人各挑了一个特大的生海胆，服务员帮着他们小心翼翼扒开海胆满身的刺，一人一个小勺子，一口一口舀着吃。

高副书记一边品尝美味，一边看着赵亚馨问，听说你们每天都有接待？看来你已经很好地适应了这里的工作，对海胆也有研究了。

赵亚馨说，每天倒不见得，但隔天有是肯定的，如果把各部门的都算上，那就不止每天了。高副书记问一年接待要多少钱？赵亚馨回答说接近三百万元。

的确是一笔不小的数目，不过接待也是生产力，谁让全市就你们这样一个风景如画的黄金宝地呢，区里知道你们承担了很多上面的接待任务，所以才没有要你们上交一分钱，每年还倒贴钱，高副书记说。

赵亚馨说，我们的接待任务不比发达镇少，但钱没有他们多，不节约不行，希望城市化之后增加一些补贴给我们，另外，老百姓的生活问题也要有个解决的办法。接着，她又提起生态补偿的事情。

没等话题展开，葛副镇长来了，带着老婆。他老婆在临镇当妇联主任，一见面就感谢高书记解决了他们家老葛的正处级。高副书记很高兴，对赵、葛二人说，东岗现在条件比过去好，你们同富裕工程抓得不错，接下来还可以适当加大旅游开发，当然要注意生态保护，你们俩好好分工合作，小赵重点抓生态环境保护研究，小葛熟悉情况，多思考如何搞旅游开发，旅游开发不要局限于风景线路设计，旧城改造也是很重要的一环，整个城市面貌焕然一新，才能吸引更多游客，只要工作搞好了，将来东岗就是你们二位的地盘。

高副书记走后，汪明夏没有马上离开，他有话要跟赵亚馨说。干部处长很快就要提拔外放了，他有希望接处长的位子。在这个关键时刻不能有半点差错，所以他请赵亚馨再委屈一年半载，继续与他扮演一对恩爱夫妻。汪明夏说，只要尘埃落定，他就从家里搬出去。

赵亚馨只能屈从，女儿的父亲不是敌人，尽管感情上背叛了自己，他对事业的追求还是应该支持的。赵亚馨有足够的理由相信，自己最了解汪明夏这种表面淡定、内心急躁的心情。她必须让步，最艰难痛苦的时候都熬过来了，更何况现在孩子需要他照顾，自己忙得一塌糊涂根本顾不上。

汪明夏看到赵亚馨一点都没有犹豫就答应了，以为她是白天听了高副书记的表态很高兴，便想进一步缓和气氛，没话找话，恭喜她即将高升，然后又说这个葛镇长看起来很有城府。

赵亚馨接话说，可不是，别看他刚才态度很谦虚，那都是做给高书记看的，他一直不想团结我，只想团结骆书记，不知道他葫芦里卖的什么药。

见赵亚馨果然对此话题感兴趣，汪明夏索性发挥自己的职业特长，认真帮她分析起来。

既然高书记特意叮嘱过你，说明他们关系也不一般，但他又不买你的账，看来还有别的路子。无非三种情况：一是葛与高副书记有共同利益；二是他们有亲戚关系；三是他们与某位更大的领导有共同的密切关系。第二种可能首先排除，他们祖籍一南一北不搭界；第一种关系也不太可能，高副书记一直在别的区工作，短时期内难以结成利益共同体；那么，第三种可能性最大。

如果这位领导比高副书记官还大，直接关照葛不就行了，还用得着这么费事吗？赵亚馨说。

那可不一定，县官不如现管，何况大领导也有大领导的不方便，找的人多顾不过来，当然也有可能是高副书记知道葛的关系后主动贴上去的，这个你应该比一般人更清楚。

赵亚馨知道他指的什么，高副书记的确有这个特点，汪明夏不过是一个处级干部，帮不到他什么忙，他尚且如此，更大的领导就不用说了。赵亚馨心里很不舒服。

汪明夏没察觉赵亚馨的不悦，反而认为她很重视自己的分析，便进一步提醒说，葛这样的地头蛇你要让他三分，基层成长起来的干部表面看起来老实，实则心机重城府深，而且很会要滑头，往往心里没有原则只有利益，关键时候出卖人眼睛都不眨一下。

就跟你那个情人一样，赵亚馨脱口而出。她也不知道自己为什么突然抛出这么一句，大概是汪明夏刚才那副自鸣得意的样子，触动了她的神经，唤起了她的记忆。

汪明夏一下被噎住了。他心里有些恼火，但没有发作。刚才还好好的，怎么说翻脸就翻脸？这个女人不复从前温柔，做派越来越强势，怪不得人家说离过婚的女人百毒不侵。汪明夏真想提醒她，一个女人始终要有温柔婉约的一面，不然怎么和男人相处。

赵亚馨并不想与汪明夏起冲突，更不想借题发挥，老生常谈，只是一遇到他那教育人的口吻就受不了，这么多年，汪明夏一直扮演她人生导师的角色，但是这个导师自己却为师不尊！在一个感情被背叛了的女人眼里，男人已经没有了优点，而曾经眼中的缺点，更是糟糕到了顶点。

两人不欢而散。

回到房间，女儿在装睡，赵亚馨心里一阵绞痛。分居那么明显的感情破裂信号，聪明的女儿怎么会不知道，但她硬是装着不知道，还设计想让父母重归于好，也许现在她正在被子里偷偷哭泣。赵亚馨不敢往下多想，她决心待汪明夏的事情稍有眉目，就开诚布公地和女儿谈谈。

黄金周总算平稳度过，工作重点又回到转地上。

赵亚馨现在像个真正的农民，每天起早摸黑，上山下地，陪着工作组，不是丈量土地，就是清点果树。海边太阳毒，她就学着客家妇女的样子，戴一顶镂空的遮阳帽。但对着镜子，她还是发现自己脸黑皮糙了不少，她只好自我安慰，一个单身女人，美点、丑点不碍事。

阿美提醒她，该去芳村清点果树了。

芳村在梅山脚下，比较偏远。梅山因曾遍开梅花得名，如今只剩满山灌木。难得的是芳村却一年到头杜鹃和四季桂交替开放，飘散芬芳，名副其实。赵亚馨刚来这便被它的名字和景色吸引，一高兴就定为自己的包点村。骆书记还提醒说，是不是换一个好点的村，便于开展工作。赵亚馨想都没想就拒绝了书记的好意，既然包点是为了改变面貌，那么就应该选落后的地方，不然有什么意义？

赵亚馨来到一个斜坡，看工作组统计果树，她发现斜坡与前几天比，有些变化，但又说不出来变化在哪里——以前似乎没有这么茂密。她走近果树林，看到有的荔枝已经挂果，有的什么都没有，便问阿美，是什么原因。阿美说，果树也有性别，男的不结果。

正说着话，果树的主人出现了。原来他一直在一棵大树下趴着，见赵亚馨来了，就挣扎着要过来。赵亚馨赶紧示意他不要动，自己走了过去。主人是个残疾人，没有双脚，走路靠手撑地。赵亚馨慰问贫困户时专门去过他家，他家里有年迈的父母和多病的妻子，孩子幼小。他告诉赵亚馨，这片果林是他父辈留下来的，自己没有能力扩大面积，多年来只是维持，希望这次转地能多补偿一点，拿到钱后想到圩镇上开家海产干货店。

他们这么聊着，工作人员很快干完活了。

赵亚馨跟果树主人道别时再三说，等拿到补偿款到镇上开店时，如果有什么困难，一定来找我。

到下一家果场，赵亚馨被农民式的狡猾逗笑了。这户人家的很多果树上都拉着绳子、挂着石头。这是他们想出来的绝招：把树冠的直径拉到最大。转地文件规定，树木的补偿标准按树冠的直径大小决定，好比一米、一米五、两米等，越大越值钱。为了增大直径，他们提前一个月就开始用绳子把每棵树的树枝都拉得直直的，就这样还嫌不够，他们担心绳子收回去，又在拉直的两端坠个石头，这样一来，树木的直径一般可以长十公分。赵亚馨虽不认同这种做法，但农民这样做，也说不上违规，顶多算合理利用游戏规则。

回到车上她问阿美，这种做法是不是很普遍？阿美说，可能别的村也有，不过这个不违法呀。阿美想起了自家的果树。赵亚馨摇摇头，这种农民式的狡黠还真有点技术含量，算了，懒得去计较，工作组该怎么量就怎么量吧。

阿美本想提醒镇长，前面那家残疾人的果树密集得不正常，有一些应该是临时“搬来”凑数的，树根那里的新土都没完全掩饰好。但她见镇长没有计较这家挂石头的，认为赵亚馨心软不予追究，何况这种情况历来都存在，就忍住没说。

“十一”到来之前，区里召开了一次转地工作阶段总结会，进展慢的镇被点名批评。东岗非开发的山地多，建成区面积小，符合转地补偿的土地偏少，工作进度比较快，被区长在会上点名表扬。

骆书记很高兴，会后叫赵亚馨一起吃晚饭，说有点事情一起商量一下。

晚饭安排在镇里的高尔夫球场里面。据说这个球场以占地面积大、地势复杂、球洞多、挑战性大闻名珠三角，实行的是会员制，一般人进不去，赵亚馨头一次来。站在半山腰上一看，面朝大海，四季花开，果然名不虚传，打球的时候，抬头就能看到海那边的香港。

骆书记对球场老板异乎寻常地热情，用很夸张的语气隆重介绍赵亚馨，说美女镇长不但才貌双全，关键是长期在机关工作，协调上面的事情很灵。赵亚馨一听就知后面有文章。

果然，球场开发多年，始终没取得土地开发许可证，这点镇里是帮不上忙的，国土局才说了算。问题出在原先私下卖地给球场的村子。村里见球场如今这么值钱特别后悔，要知道，当年才卖了几百万元！可吃亏也怨不得别人，当年卖地的是老村长，如今，他儿子继任成新村长，老子做错了事，儿子不能谴责父亲，只好去球场捣乱。于是，他们一会儿弄点屎尿不小心撒到球场边，一会儿让上游小水库缺口，有一回干脆不小心把人家的电线挖断了。强龙不压地头蛇，球场拿村民没办法，求助于镇里。以前的镇领导也协调过，每次都叫球场出点血，拿点钱支持村里的建设，但这些都是杯水车薪，村里现在提出，要按这次转地的标准，重新补偿，否则，就告球场非法开发，把事情闹大。

赵亚馨很清楚，类似的历史遗留问题全区不止一单，全市恐怕也有不少。早年，还是县级建制的时候，镇村都可以卖地，合法不合法，反正没人追究，东岗这样偏远荒芜的地方，土地根本不值钱，有时还求着人家来买。镇政府揭不开锅的时候就靠卖地过日子，据说卖一块地就能过一年，这么七卖八卖，现在好一点的地段全都名花有主，最便宜的山头才卖了五十万元。村民这个时候提要求，无非想多弄点好处，但这样闹，不但为难球场，镇里的转地工作也会受牵连。

赵亚馨还没正面回应，骆书记接过话先说：村民的思想工作镇里包了，球场也拿出点诚意，帮他们把下山的那条小路修一下，区政府那里我们美女镇长负责搞定，你们把要求完善用地手续的资料准备好，赵镇长亲自陪你们去见区长，区政府的文件都说过，支持你们这样的大企业是我们各级政府义不容辞的责任。

赵亚馨明白，书记原来是要自己来唱双簧的，东岗人穷志短，球场是纳税大户，得罪不起，再说，没有手续可以搞得这么红火，肯定有他的道道。只不过因为镇政府是地主，球场的吃喝拉撒都在这地界上，总有需要协助的地方，人家才表面敬你几分，这点彼此心知肚明。赵亚馨当即痛快表态：书记和老板都放心，区里不是说要为企业提供保姆式的服务吗，过几天我这个保姆就陪你们专程去找区长汇报。

球场老板精明过人，他才不要赵亚馨这个小官帮忙办手续，他担心的是，村民捣乱会影响马上就要举行的“华南地区高尔夫球挑战赛”。但骆书记和赵亚馨的表态，算是给足了他面子，他说要敬美女镇长三杯。

赵亚馨原本就怕闹酒，很想找个理由脱身。恰巧肖玲来电话，说有急事，要她现在就赶到市内。赵亚馨立刻实话实说自己今天已经超量，南大一个副教授还在等自己，说完，不等众人同意，自己先干了一杯，边说抱歉边撤。

待她赶到市内一个酒吧，肖玲在那里等她半个多小时了。赵亚馨自从离婚后常有失眠，睡不着的时候就拉肖玲喝几杯，能解愁还能催眠。

肖玲说自己打算申报一个区域经济发展的省级研究课题，本来想找其他县做对象，但赵亚馨当了镇长，她就不想舍近求远了，如果情况允许，她想要赵亚馨帮安排几个研究生在东岗住一段时间，做点实地走访和考察。

赵亚馨有点为难，她说现在时机还不成熟，内部关系还没理顺，我不是真正的“一把手”，另外，镇马上要变成街道办事处，成了区政府的派出机构，主攻方向不再是发展经济而是强化社会管理，研究出来的成果没有典型意义。她还笑肖玲这个政治系的教授不研究政治去研究经济，有点跑题。

肖玲说，你这是知其一不知其二，政治学研究通常比较尴尬，纯学术研究没有意义，现实问题又不便触碰，好在我们国家有政治经济学的传统，特区经济发展速度领跑全国，研究起来容易出成果，我带着几个研究生，也得为他们着想。

赵亚馨摇摇头说，我不同意你的说法，我们这些搞实际工作的不方便发表看法，你们这些搞学术研究的有什么好顾虑的，中国的政治学研究到了今天，不应该回避现实问题，既然走出书斋搞实证研究，就研究一点现实问题，区域经济你不研究它也能自己发展，政治伦理或者政治生态才是当今中国社会的大问题，上可以影响国家的前途命运，下则直接决定吾辈小官的死活。

好像是有感而发，看来我们的镇长大人遇到难题了，肖玲说。

不是难题而是为难。赵亚馨说，以前在机关工作也有不好弄的时候，但业务问题总是有解决的办法，不像镇里，看起来是工作问题，背后都是人的问题。举个例子，政府工作千头万绪，你抓哪一样呢？每天面对的群众诉求很多，先解决哪一项呢？绝大多数干部只能先抓上面领导交代的，尤其是主要领导关心的。这些工作往往就是政绩工程与面子工程，完成了领导高兴，但群众不满意。可如果不完成的话，就等于自找麻烦，领导迁怒，自己成了落后分子不说，还要连累大家的年终奖。我觉得自己越来越没有正义感，为了进步要拜山头，拜完山头发现提携你的人正派也就算了，不正派你怎么办？他吩咐的事情你办不办？不办里外不是人，圈子内的人说你忘恩负义，对立面也会说你不懂规矩。如果你想摆脱这种无形的人身依附关系，做一个独立自尊的人，那等待你的下场就是下课！

还有，你想干几件对公众有利的事，牵制特别多，相反，那些损害群众利益的事，出台得特别顺利。你天天努力工作时，人家可能在陪领导打球。我算是看出来了，什么德才兼备，根本就是只看关系。

肖玲说，你又来了，基层官员没有几个像你这么较真的，上面怎么说下面怎么做就是了，你糟糕就糟糕在有点独立思想，也难怪从前吃过研究这碗饭，可从政这么多年了，还是这样一副慷慨激昂的样子就不应该了，怪不得汪明夏说你是理论高手、行动侏儒，别说心狠手辣，就是装个糊涂你都难，这样下去，你的政治前途和你的婚姻一样，十分堪忧！

赵亚馨盯着肖玲看了一会儿，说，你今天约我不单是说课题，还充当了某人的说客吧？

肖玲笑笑说，既然暴露了，那我就再啰唆一回，汪明夏的确和我聊过，他早就和那个孙某一刀两断了，他发现孙某心狠手辣，为了自己的利益完全不顾礼义廉耻。

赵亚馨说，活该！原先他还跟我说孙某爱他、崇拜他。你知道吗？我找姓孙的谈的时候，人家一口咬定是老汪勾引她。姓孙的后来又勾搭上了一个区领导，区领导帮忙提拔她的时候，有人投诉她作风有问题，汪明夏对号入座紧张得要命，甚至还怀疑是我在告状。结果孙某的老公陪着她请这位领导吃饭，当着大家的面把误会消除了。汪明夏这才觉得严重受辱，人家根本不在他这一棵树上吊死，爱情之说也不攻自破。算了，我说这些干吗，一切都已经与我无关，就算老汪被她睡了，那也是前夫，即便万般屈辱，也没有姓孙的那个还戴着绿帽的老公屈辱。

肖玲说，按理说我是不该再管你们这事，但汪明夏这回真是拉下面子，把你们之间发生的事情都跟我说了一遍，算我认识他以来唯一一次推心置腹，目的还不是要我劝你？毕竟你们从大学到现在二十多年了，如果不是真爱，他也不必再做这样的努力。我就问你最后一次，你真的不能原谅他、接纳他了吗？

赵亚馨说，我可以原谅他，但是无法面对我自己，我的内心已经有了一个他与孙某造成的阴影，如果不与过去彻底决裂，意味着要永远生活在灰暗当中，远离晴天与阳光。况且我不擅长在人前演戏，现在这样假戏真做的日子我已经受够了。

肖玲说，也是，对你很不公平，隐婚的人能享受已婚待遇，隐离的人却不能享受未婚待遇。

肖玲从此不再提此事。

那天的球场晚宴，其实还有一个赵亚馨不太熟悉的人在座。骆书记介绍了一下，她没听清楚，一直以为是高尔夫球场的人。直到在丈量果树的现场相遇，赵亚馨才搞清楚，他是测量公司的钟总。

城市化转地一宣布，忽然冒出很多土地测量公司。全市近四成的土地半年内必须丈量清点，这是一个巨大商机。拉线、测量、算账，技术难度不高，入行门槛较低。面对这样的诱惑，没有金刚钻的人也想揽瓷器活。一些临时拼凑起来的野鸡公司，拉了几个领导干部的七大姑八大姨进来，就敢到处揽活。

钟总的公司就是这么一个临时抱佛脚的主，他本人据说是某部门负责人的亲戚。与转地有关的部门很多，赵亚馨不知道也不想知道他是何方神圣，只希望他能把工作做好。但她很快发现，测量公司的一些员工有的完全不懂测量知识，每天上班就是陪着晒太阳，真正的技术人员忙得要命，根本不够用。村里有意见，希望能加快进度。

赵亚馨问葛副镇长，能不能多找几家公司来？葛说前期工作一直是这家公司负责的，现在加入新公司关系恐怕不好协调，反倒会影响进度。赵亚馨说那就叫他们加派人手，总不能在这个环节拖后腿。葛答应了。但实际上，钟总的公司在好几个镇都有活儿，根本顾不上东岗，不仅如此，他们的工作质量也时不时遭到投诉。

赵亚馨有些窝火，她后悔自己没亲自过问，她本以为葛副镇长熟悉情况，又主动请缨，才将这个前期比较复杂的任务交给他。她也是有意回避这些与利益沾边的事，没想到会是这么一个情况。赵亚馨发现，只要自己不留意，各种漏洞频发，凡事不多个心眼，就不能顺顺当当往下走。

那天去自己包点的芳村，看到村长在请钟总一帮人吃饭，她还以为是为了赶进度。钱被赚走了，还要请人吃饭？村长说自己也是没办法，几个村都在抢时间，要是镇长包点的村落后了，他哪有脸见领导？赵亚馨说吃饭我不管，但你们一定要把好质量关，这些临时拼凑的公司，人员素质参差不齐，有人贪图小恩小惠，给点好处手一松，就会多量，千万不要闹出补偿面积超出了可用面积的笑话。

回到镇上，她专程去了骆书记办公室一趟，想认真说说这件事情，提议镇里再组织一次自查。

骆书记办公室坐了好几个人，除了葛副镇长和建设办主任，还有来谈旧城改造的开发商。骆书记只听了几句，就对她说不用担心，基层的工作都是如此，前面怎么乱不要紧，最后肯定都能完成，实在不放心，让葛镇长亲自带队到各村转一圈就行。

赵亚馨不好再坚持，准备离开，骆书记叫她留下来与开发商一起吃饭，说城市化开始了东岗也要改变面貌，不能总是一副农村模样，城市更新的进度也要加快。赵亚馨一直小心翼翼回避开发商，谎称计生局有人下来，晚上要陪他们。

到了收尾阶段，区里派工作组来抽查，果然发现了差错，不过不是她之前担心的东村，而是她自己负责的芳村，那户残疾人家庭，被查出多报了十几棵树。

这个结果让她很尴尬，虽然没有私利，但立马有人说她不熟悉基层，这么点小伎俩都识破不了，还怎么开展其他工作。也有些人同情她，说这是明摆着被人上了眼药，那么多弄虚作假没人管，偏偏欺负一个残疾人。但更多的说法却对她不利，有的扯到了外地干部与本地干部关系的问题，说上面派这些连话都听不懂的干部来，怎么开展工作。一些原本就不看好她的人也来凑热闹，那个一直不喜欢她的女常委甚至挑剔她穿的衣服太洋气，一点都不像个基层干部，又怎么能和老百姓打成一片。

阿美心里很难受，说要是自己那天提醒了镇长，就不会出这事。赵亚馨反过来安慰她说，不能怪你，那户人家可怜，我们本来就应该想办法帮他，只不过不应该这样帮，对了，你替我记着，等补偿款下来去了解一下，看看他开海产店的事情有没有困难。

第二天班子早餐会，骆书记当着挂点区领导的面，安慰赵亚馨，说不要把这件事放在心上，基层工作千头万绪，一年到头谁分管的事情都有可能出现一点纰漏，反正也没有造成不好的实际后果，抽查过后整改就行了。但他当着大家的面这么说，看似为她好，其实加深了挂点区领导的印象。

挂点领导果然接过话题说，东岗的情况比起发达镇来说还是比较简单的，但也不能掉以轻心，现在重点在转地，但计生、消防、治安、环保等工作也不能放松，都是要一票否决的。听说最近海上的违法建筑有抬头趋势，你们要注意，赵镇长可是第一责任人。

这个情况赵亚馨找人了解过，这几个月海面突然冒出不少固定的渔排，而且越建越大，有的还在上面盖了水泥房子，俨然一个个小旅馆模样。镇上执法队上去查看后回来报告，非法捕鱼该渔政管，非法开采与建设该海事部门管，总之镇里管不着。还有其他事情，也存在管辖权与责任脱节的问题，比如海底种植由上面审批，但因此出现伤亡事故由镇里负责；海上缉私由海上公安管理，责任书却由镇里签订。反正，不管什么事情，只要追究责任，倒霉的肯定是基层，谁也没有听说过向上追责，只有向下问罪。基层干部习惯性欺上瞒下，实在是一种生存之道，不这样咋办？很多工作都只能各打一半埋伏，对上不要把话说满，对下不能把事情做绝，不会这个基本功，领导跟前没法过关，老百姓那里无法交代。赵亚馨以前最讨厌基层的阳奉阴违，现在自己也不得不用上。

她向挂点领导保证，一定认真整改，心里却说，整改个鬼，那几个被投诉的海上建筑，人家都有海事部门的批文。

后来，李副书记好意提醒她，抽查工作应该是事先与镇里沟通过的，有些事情还是要亲自过问。赵亚馨问李副书记还知道些什么。李迟疑了一下，似乎不方便说，但最后还是告诉她，东村的吴村长是得罪不起的，不管谁来都要拜他的山头，否则只有走人。此人钱多势力大，别人只知道他和葛副镇长是亲戚，实际上他的背后还有更大的领导，连骆书记还求他介绍认识这位大领导。李副书记还说，在东岗，走私的、抢建的其实都是同一伙人。还记得大头蛇吧，人家犯了那么大一单事，现在啥事没有，还买下了一个建筑公司。

赵亚馨有点印象，这个港南建设有限公司前不久还参加了镇里河道清理工程招标，不过没有中标。区里文件规定，三十万元以下的小工程不实行统一招标，由镇里自行竞标或邀标。赵亚馨上任后，一直强调规范操作，不再邀标，所有的项目都搞竞标。那天参加竞标的有七个公司，都是附近两个镇的小公司。七个乒乓球摇晃几下，滚出5号球，隔壁镇的公司中标。

李书记说，镇长有所不知，那几个公司都是他请来围标的。镇里的项目，过去都是马老板的天下，现在大头蛇的公司就挂靠在他名下，继续暗中控制着自己的势力范围。

原来如此，赵亚馨感叹，自己还真是被蒙在鼓里，交通事故幕后的走私、东村的抢建抢种、建筑项目的包揽，这个马老板真是第二政府，快要一手遮天了。怪不得很多干部下班了要上他们家喝茶，连骆书记也是他们家的常客，自己接到过几次邀请，却没赴会，硬生生把人家得罪了。

无论如何，赵亚馨也不愿意相信这样的说法：有人担心她要拿东村开刀，才故意让芳村的情况暴露，这叫声东击西。但经李副书记这么提醒，她也开始怀疑这里面确有几分蹊跷，毕竟芳村那个闭塞的地方，工作组一般都不太愿意去。

是自己太天真还是别人太复杂？赵亚馨有点苦闷。事到如今，要么随大溜，跟多数人保持队形，好好在队伍里面混，要么赶紧撤退。赵亚馨当然不甘心，自己舍家弃女，怀着一肚子不足以与外人道的委屈，来到这个偏僻落后的地方，还不是想干点事情，起码也要证明自己的能力与价值。

翻来覆去思考了一个晚上，赵亚馨想清楚了，大环境改变不了，就从局部小环境改起。她决定尽快提出建立生态补偿机制的工作建议，如果能付诸实现，至少可以为老百姓解决起码的生活问题。不管将来结果如何，自己都对得起这片土地。

市级班子换届选举前，得到提拔的干部陆陆续续到位，这里面有区委书记，是新一届市政府的副市长人选。区长也顺利地当了区委书记，高副书记则当上了区长。一切都很顺利。排排坐，分果果，每次换届或多或少都体现了这样的官场游戏规则，前提是不要有内乱。有人上调，就有人下派，这样的上与下都是重用。汪明夏一向看不起的顶头上司、市委组织部干部处处长，下到区里当了组织部部长，正好又管着赵亚馨。

赵亚馨专程到高区长办公室祝贺他，高区长很高兴，勉励她好好干，说城市化工作完成后，区里的换届也就开始了。高区长问了一些镇里的有关工作，除了转地、生态保护，特别谈到了旧城改造，说这一届政府一定要改变特区农村的形象，城市更新事关特区国际化现代化的进程，必须毫不犹豫地推进，东岗是海滨城市的重要象征，不能总停留在农耕时代，也要跟上时代发展的步伐。最后，高区长说，还是那句话，干好了，书记就是你的。

周末，高区长及夫人与赵亚馨一家再次聚餐。汪明夏要当干部处处长的风声已经传到了高区长那儿。这次聚餐，比东岗那次气氛更加热烈。高区长意气风发，夫人喜形于色，一派夫荣妻贵、蒸蒸日上的繁荣景象。高区长喝到高兴处，话题直白干脆，说干部处可是全市第一处，想提拔的人都得经过干部处，汪处长以后肩上的担子更重了。汪明夏假装客气说哪里哪里，自己不过是给组织打工。高区长摆摆手，毛主席说，政治路线确定之后，干部就是决定的因素，而决定干部命运的党委部门就是组织部，干部处又是组织部的要害，过不了这一关，别想上常委会。

汪明夏被高区长说得异常兴奋，一连敬了几杯酒，语气也变大了，一改平日的小心翼翼，俨然已经是干部处长，拍着胸脯说，区长放心，小弟若真有这样的机会，一定继续为您效力。虽然他极力掩饰自己的志得意满，赵亚馨还是一眼就能看出，他那极度压抑的欲望被释放出来的感觉。只有她知道，汪明夏是多么渴望这个职务，与其说是权力的诱惑，不如说是一种要证明自身价值的强烈欲望。

汪、赵二人是大学同班同学，属于恋人加朋友型的组合。在大学时代，班级党支部书记的汪明夏显得成熟稳重，尤其是宏观思维能力特别让赵亚馨折服，在恋爱和婚姻的岁月里，她一直视他为导师。汪明夏非常喜欢她没心没肺的天真，两个性情互补的人据说容易感情持久。但汪明夏身上同时还有另一种气质，就是过分自信，甚至刚愎自用，在他眼里，几乎没有什么人比自己能干，他从不自我反省。境遇不如意的时候，他认为自己运气不佳，天天在家念“久有凌云志”，一副怀才不遇的样子。如此做派之人能到高深莫测的组织部门工作，确实是因为遇到了贵人，与他自认为的凌云之志毫无关系。

有一年，省委组织部一个退休多年的领导到区里度假。组织部的人都没空，说这个领导原来兼过党校校长，就叫党校常务副校长陪。校长也家里有事，临时叫当时是党校老师的汪明夏陪。老人健谈，汪明夏也话多，一老一少颇为投机。离开的时候，市委组织部管干部的副部长请老领导吃饭，一下子看上了汪明夏，直接把他调去了。但这位副部长很快也退休了，汪明夏就没了根，混了几年还是个正科。

汪明夏进步慢不能完全怪别人势利，他身上实在是有让大家讨厌的地方。连赵亚馨都看得出来，在要害部门工作了一段时间，汪明夏的虚荣心与日俱增，明明不受重用，偏偏喜欢大口气说话，自己把自己看得很高，就是在家里，他也要保持绝对权威，哪怕是他完全不了解的政法工作，也经常指手画脚，似乎不这样就会失去妻子的仰视。都说骄傲的人有些本事，汪明夏的本事只是写得一手好文章，这在官场是不是本事要看情况，但恃才傲物肯定不是什么优点。相反，没有多少人愿意与他交朋友，他本来也不善于合作。没有真心朋友是机关的普遍现象，但人家至少有几个假模假样的朋友，他连装模作样的朋友都没有。不但没有，还树了不少敌人。只要有风吹草动，别人都抢着说他的坏话，不等组织重用，就已经被同事打倒。不过风水轮流转，铁打的营盘流水的官，老领导的部下又杀了回来，主政组织部，汪明夏顺理成章提为副处，眼看就要走上大众瞩目的干部处处长岗位。

此刻的汪明夏，几杯酒下肚后，得意之情跃然脸上，赵亚馨看着很不舒服。这顿饭吃到后来赵亚馨觉得很没意思。好在刚刚高升的区长应酬比平时多，急着赶第二个场子，晚饭不到九点就结束了。

市人大会召开的时候，赵亚馨拿出了《关于建立生态补偿机制的建议》的提案。她认为，东岗作为特区标志性的海滨特色地区，的确有义务为全市人民保护好这最后一片没有开发的处女地，但居民的生活问题也要引起重视，这里的人们多年来为保护环境付出了很大的代价，没有工业，收入偏低，没有企业，就业率偏低，没有酒店，旅游业不发达，归根结底就是东岗人没有充分享受到改革开放的成果。如果说，市区内是第一世界，区里其他镇是第二世界，那东岗就是彻头彻尾的第三世界。人家是欧洲，这里是非洲，这样的地区差别不应该永远存在，解决的办法不是马上开发，更不是无序地乱开发，而是建立生态保护补偿机制。她提出的具体建议是：给这里的户籍居民每人每月发放一定资金补贴，激发他们自觉自愿地保护环境的积极性，解除他们基本的衣食之忧。

赵亚馨的提案引起了关注。市委书记参加了她所在的代表团的座谈会，不但亲自与她对话，还当场表态要研究她的提案，争取早日制定相应政策。媒体敏感地意识到这是一个大事件，及时跟踪报道，加上赵亚馨身份特殊，是一镇之长，她的观点更加引起社会各界的关注。一时间，全市上下都展开热烈的讨论，报纸上不时有她的专访。

回到东岗，阿美兴奋地向她汇报，不光东岗人，周边情况类似的几个镇也都在说这件事，她妈妈都天天在家里说，如果有钱补，谁还愿意故意与政府作对呢。

赵亚馨当然也高兴，她觉得这是自己到东岗后为老百姓做的一件实实在在的好事，更重要的是，她希望本地干部与群众，通过这件事，能打消对她这个外来人的疑虑，相信自己才是真正为他们利益着想的人。

有人开始在传，赵亚馨要当书记了。李副书记问她是不是这样。赵亚馨跟他说了真心话，换届考察还没开始，谁知道结果怎样，但组织上如果给机会，相信自己是可以做好工作的。

镇里各部门的干部开始找各种理由来汇报工作，都想提前表明拥护的态度。东村的吴村长也主动上门来了几次，说村里准备搞个妇女读书会，请镇长去剪彩。

对门的骆书记这段时间常常大门紧闭，赵亚馨估计他一定在到处活动，大家都在议论换届的事情，想必他也想进步。赵亚馨不认为自己与他是一个战壕的战友，但也从没把他当作“敌人”，以人画线本来就是封建社会人身依附关系的变种，只是因为高区长一再明确提示她要监督书记，她才不得不跟他保持距离。

赵亚馨现在不想过多地关注骆书记的去向，甚至也不想多分析即将和自己搭档的葛副镇长的动向，官场有很多他这样的人，永远神神秘秘，没人能搞清楚他们的背景，只有当他们突然得到提拔重用的时候，才露出一些蛛丝马迹。既然如此，又何必把脑子用在这些无聊的事情上，当务之急自然是为即将到来的换届考察做准备。不知不觉，她已经用书记的方式在思考问题了。

可就在这个节骨眼上，汪明夏出事了，出大事了，他不但处长没当成，连副处长也被免了。

而且，汪明夏犯的居然是政治错误！组织给他的处分决定里，说他严重违反组织工作纪律，擅自泄露组织机密——在市换届选举中，有个领导的秘书急于知道老板的得票结果，问到了作为现场工作人员的汪明夏。汪明夏爱表现的老毛病不合时宜地发作了，告诉了秘书票数不打紧，还掏出统计表给秘书看。这一幕早就被新来的领导看在眼里。

新领导也是市级班子换届前突然降临的，据说与前任有矛盾和积怨，大家已经在暗中分析汪明夏的好日子到头了。自信的他偏偏没有觉察到危险临近，还犯下这样一个低级错误，等于自己伸头去挨宰。按理说，选举得票是要公开的，并不是秘密，汪明夏与秘书的错误是将这个秘密提前了十分钟公开。这样的错误，如果领导不追究，根本就不是个事，何况主动惹事的人是秘书不是汪明夏。但是新领导讨厌汪明夏不是一天两天了。汪明夏此时还犯下一个更严重的错误，不但没有认清形势，还以为老领导会出面保护自己，死不认错。新领导就以一错再错为由，加重处罚，免了他的职务，杀一儆百，以儆效尤。

汪明夏的情绪一落千丈，对于长期迫切要求进步和十分爱面子的他来说，这样的打击是难以承受的。他似乎还在幻想领导秘书或是领导本人出面为他说句公道话。

赵亚馨这个时候才意识到，汪明夏和自己一样，终究是一介书生。自以为很聪明、很成熟、很懂政治，其实十分幼稚。明明知道新领导不喜欢自己，还不乖乖地夹着尾巴做人，经常去提工作建议招惹是非，搞得人家恼火万分，经常在背后说“到底他是部长还是我是部长”？一个小小的处长，气得一个大部长说如此失身份的话，可见领导的怒火有多大！更可笑的是，人家的老板选举，你干吗那么积极献殷勤？说一千道一万，还是他太爱表现，他还指望人家出面作保，可是，谁会为了一个副处长把自己卷进是非旋涡？

赵亚馨十分同情汪明夏，她甚至不再怨恨他的不忠与背叛。汪明夏知道自己会连累赵亚馨，提出搬出去住，他说过去自己太自私，感情的事已经让赵亚馨受了伤，现在又要“连坐”，无缘无故被人另眼相看。自离婚后，赵亚馨第一次被汪明夏感动，她说早一天晚一天无所谓，反正都已经这样了。两个人像朋友一样在客厅说了许多话，一夜未眠。赵亚馨反过来劝汪明夏干脆离开组织部算了，实在不行去北京读博士。她始终认为汪明夏还是更适合当大学老师或者做研究工作，官场于他，不是一个好的选择。

坏消息总是传得特别快。赵亚馨走到哪里，都能感到异样，镇里的干部开始疏远她，区里的议论也多了起来，而且很快，议论的事情就变为现实。

组织部部长亲自带队到东岗进行换届考察动员，强调一定要本着对干部本人负责、对党的事业负责任的态度，选好人、用对人，尤其要结合转地工作的表现来评价和使用干部。消息灵通的人早就听说这位新部长与赵亚馨的老公不是朋友而是对头。散会时，赵亚馨感到很多人将关注与怀疑的眼光投向自己。

最终，组织部对赵亚馨考察评价是这样的，优点有两条：一是理论水平较高，二是熟悉机关工作；缺点也是两条：一是不熟悉基层情况，进入新情况慢；二是一些重要工作上有明显失误，比如车祸时没有在处理现场、转地中隐瞒群众造假、打击走私不力等。正常情况下，组织部评价干部的考察材料基本都是优点多缺点少，这也契合“组织培养一个干部多年不容易”的说法，赵亚馨的考察材料写成了优点与缺点参半，不是一件好事。

该来的总要来。赵亚馨知道凶多吉少，但她还是抱着一丝幻想找了高区长，希望他能为自己说句公道话。高区长非常客气，用很正式的语调，面无表情地告诉她，管干部是区委的事情，自己主抓经济，不便过问人事。

昔日的“朋友”果真是做不成了，朋友的家属就更不值一提。赵亚馨不怪区长过河拆桥，官场上避嫌再正常不过了。

汪明夏出事后，高区长还专门约见过他一次，听汪明夏说，好像还是关心为主，但两人也把一些共同关心的事情做了一个了断。高区长彻底改变态度是在区里干部大会之后。那天的大会，是市委组织部宣布区委区政府新班子的大会。会议结束时，一个市领导让高区长专门把赵亚馨叫了过去，当着高区长的面，要赵亚馨帮助汪明夏认识自己的错误，只要不出去乱说，不与组织对抗，组织上还是给汪明夏同志留了后路的。赵亚馨当时听起来觉得是赤裸裸的威胁，没敢告诉汪明夏原话。现在她忽然明白，这个话也是说给自己听的，不但如此，高区长也听进去了。

事已至此，赵亚馨就算再不敏感、再不情愿，也得面对这样一个事实，汪明夏这个名字，过去是护身符，现在是个不祥的标签。她想起肖玲说过的话，男人好比中药，吃对了补身，吃错了有毒，当时谈的是男女感情，如今放在自己身上，不管是感情还是事业，汪明夏都是一味毒药。

离职谈话的当天，她从区里赶回东岗，收拾办公室的东西，为新来的人腾地方。阿美没回家，一直默默地在外间等着，等赵亚馨收拾完了，她说她妈妈一直想请镇长去家里玩，没想到这么快就要离开。赵亚馨说，择日不如撞日，那就现在去吧。

阿美妈妈见到赵亚馨很高兴，嘴里不停地说着感谢的话。赵亚馨说生态补助的经费还没有落实呢。阿美妈妈说早点晚点都不要紧，好多人都想请您吃饭，羡慕只有我们阿美有办法。

阿美端上了一桌子菜，有咸鱼、紫菜、海胆等，都是海边的特产。赵亚馨想起了那个说要开海产店的残疾人，吩咐阿美过一段时间替自己去看望一下这家人。

从阿美家出来回政府办公楼，正好经过那片旧厂房。赵亚馨心里有一丝安慰。在她的坚持下，终于没有卖给开发商，两个社区股份公司合伙买下来后，经过核算发现，工厂并不亏损，每年可以为两个村的村民带来至少一千元的分红。两个村长到她的办公室表示感谢说，只有镇长真心想帮我们。赵亚馨对他们说，我一个人也办不成，很多人都是心中有数的，只不过我这个位置说的话管用一些。

海风一阵阵吹过，一股咸涩的味道在空中飘过，赵亚馨在心里说，从今天开始，自己在这片土地上说话再也不管用了。

赵亚馨要调离的消息传出，就像她两年前突然当镇长，人们认定是她的老公在起作用一样，大家认为她下台的根本原因是她老公出了问题。

离开东岗的那天，赵亚馨照例交接工作，发表离职讲话。她只说了一句有点哲理，还有点文艺腔的话：演出开始时，观众热切盼望好戏开台，但当幕布合拢时，不会有人关注后台发生的一切，所以，还是把时间交给继任者吧。

葛镇长，不，葛主任阔步走到了前台。其时，城市化宣布正式完成，所有的镇全部改为街道办事处。葛副镇长没有当上期盼已久的镇长，却成了第一任街道办主任。

肖玲对赵亚馨说，一旦你们离异的消息公开，汪明夏的朋友不见得还是你的朋友，但他的“敌人”一定是你的“敌人”。赵亚馨说，不用等到那一天，他的对头刚刚拿我开刀，估计一些人等着补刀，还有人可能正在磨刀，总之，你所说的敌人，恐怕已经正在成倍增长。

以为你会很难过，难得你还是这么幽默，肖玲说。

赵亚馨说，我正好解脱，难过什么？我倒是问你，课题成果出来了没有？结论是什么？

肖玲说，其实不用研究也知道，政治生态，比你那个自然生态难搞多了，农民吃了亏，你给他们弄个补偿机制就平衡了，官员吃了亏，只能算政治进步过程中的正常损耗，好比你现在的情况，就当是革命战争年代光荣牺牲了，不对，是光荣负伤，希望你不要过于消极，一切重新开始吧，包括你的生活。

赵亚馨说，放心吧，我这个末代镇长本来就是捡来的，还给组织正好，免得你老把我和汪明夏扯在一起，从现在开始，我只有职业，没有事业，或许有新的婚姻，但肯定没有爱情，当然会有同事，但没有所谓朋友，一身轻松。

和肖玲分开后，赵亚馨没有回家，她驾着车慢慢穿行在雨夜的大街上，她发现了一个夜场电影院，走了进去。这一夜，她要一个人好好享受最近十分火爆的电影《人在囧途》。

空调很冷，她要了一条被子盖在身上。她希望这条沾了很多人身上气味的脏被子，可以带给自己一些温暖。

半年后，汪明夏从家里搬了出去，赵、汪二人离婚的事情终于公开。

一些人说她势利，看到丈夫没了政治前途，就与人家分手，这样的干部人品有问题，怪不得组织不再重用她。

（原载《当代》2016 年第 5 期）

血色棋局

徐国志

1

现场在新城区的一片山坡上，那儿是一处雅致的别墅区。白墙青瓦，一条蜿蜒的围墙，随坡就势，好似游龙，和不远处的青山相呼应。别墅区是远近闻名的富人区，号称云中别院。青山也有好听的称谓，曰边墙山。山上修建了白晃晃的水泥石阶和亭子，远看像一条飘带，和飘带上耸着的一个个蜻蜓结。山下是武烈河，被一截一截的橡胶坝扎成甘蔗节一样的湖面。这些，都是近年市政府打造世界著名旅游城市的新举措，山美名为山体花园，城市称作花园城市。

正值春末夏初，空气中弥漫着阵阵花香。天华吸吸鼻子，扭头左右踅摸，想寻出香气的源头。正碰上小鹿迎来的目光，小鹿嘴角微微抽一下，想报以笑容。不等小鹿的笑纹绽开，天华的眼光却滑了过去，落在后面的一排绿树上。

绿树是一排灌木，有着卵圆形叶子的黄蔷薇，淡黄的花朵争先恐后地从密实的叶子间显露出来。香气就是从蔷薇丛飘出来的，越过剑戟形的铁栏杆。栏杆的阴影夸张地伸展着，有些张牙舞爪，罩在草地上。蔷薇丛到别墅的屋角有二十几米远，小草葱绿，在朝阳下亮光闪闪。

天华在前面，围着楼房由东向西转了一圈又一圈，不时走走停停。小鹿紧跟其后，在后面指指点点，偶尔探头上去说起什么。天华是分局刑警，天刚亮，便接到了新城区的报警电话。电话是小鹿打的，小鹿是辖区片警。

楼房的散水上有爬蔓的植物，试探着向楼房靠近。触须白嫩嫩的，像是蜗牛的触角。在一处青色的水泥散水上，这“触角”被谁粗鲁地踩断了，留下几节踩折的嫩须。沿着嫩须残骸，两人在一处虚掩的窗户下站住了。

虚掩着的窗户是二楼浴室，嫌疑人正是蹬着一楼窗户护栏攀爬上去的。窗户下面的草丛也被踩踏过，小草歪歪扭扭的，留下一片新鲜的印痕。窗台上和窗台边的外墙有蹬踏的痕迹，靠下面的印痕上还染着草色的淡绿。

窗户斜对着别墅区大门口，门口有摄像头，对着别墅区正面，和这里恰好形成死角。小鹿看看电杆上黑乎乎的圆探头，又回头看看窗口，说，嫌疑人对别墅区像是很熟悉呀，小区的摄像也都调过了，我让他们固定刻录成盘，现在还没有什么有价值的发现。天华闷着头，定定地看了小鹿一眼，最后什么也没有说，低头向楼房里走去。

法医谢函和助手小丁，在屋子里勘验现场。两人埋着头，谢函盯了天华和小鹿一眼，又忙活手头上的事情。房屋共三层，一层是客厅。里面“一、二、三”形的轻皮沙发，占据中央。玻璃茶几上面，放着一只高腰玻璃茶杯和一个玻璃烟灰缸。茶杯里还有一半茶水。烟灰缸旁边，放着一盒开封的中华牌香烟。几支烟蒂扭曲着蜷在烟灰缸里。对面是一台54寸的平板等离子电视。

女主人侧卧在电视机前的地板上。穿着浅银色的丝质睡衣，头部左耳上方开放性骨折，像是被重物击打过。头部下方的浅黄色木地板，洇开一摊血迹。尸体左前方一米远位置，有一只五公斤重的哑铃。沙发、电视橱柜摆放整齐，没有挪动的迹象。

左边的屋子是间卧室，卧室门口，保姆佝偻着跪趴在地板上，后脑，颈部，肩膀上有十多处伤口，右手中指后面三根手指几乎被砍断，仅连着一点皮肉，拄在地板上，周围一片血迹。左手向前面伸展，要爬行的样子。右后面的地板上，扔着一把有豁口的菜刀，沾满血迹。

右边是书房，书房的电脑桌被翻动过，抽屉里面的物品散落一地。屋门把手，电脑桌面，抽屉的扣手都沾着血迹。

客厅后面，有条过道，通往楼房后面。过道顶头墙上有扇镶嵌铁栏杆的窗户，厨房在东北角，碗橱门敞开着。

二楼对着楼梯是浴室和厕所间，印花玻璃门半开着。左右两面的屋子是卧室，左面住着女主人的婆婆，右面是女主人夫妇的大卧室。浴室间和右面的卧室中间，有通向三层的不锈钢扶手楼梯。

在二楼的楼梯口，仰躺着女主人的婆婆。老婆婆穿条花秋裤，上身是碎花白背心，一件藕荷色的外衣在屋门口位置堆着。像是老人披着时滑落的。老人右额头有条伤口，血渍将白背心染红一片。地板上有滴状血迹，楼梯扶手上沾着几处血迹。

女主人的卧室，衣柜里的衣物扔得满地都是。床铺被翻动过，床罩下面的床底箱拉了出来。里面的床单、被罩什么的被抖搂开，堆在一边。木质的床头橱里面是台保险柜，保险柜的门被打开了，里面是空的。门旁的地板上，有一根螺纹钢改制的一尺长左右的撬棍。

厕所间坐便边的地面上，扔着一双黄胶鞋。鞋面上沾有水泥砂浆的印记。洗漱台上，堆有两只沾满血迹的白线手套。

嫌疑人在厕所间用香皂洗完手，将沾有血迹的白线手套，丢在洗漱台面上。洗脸盆里还留有没冲洗干净的血污，香皂上也是污渍斑斑。黄胶鞋里，存有细细的沙粒。

2

报案的是男主人，叫陈东光，四十二岁，经营黄金首饰生意。陈东光的真正身份是市一中英语教师，黄金首饰生意是他的第二职业。陈东光是脑瓜活络的人，在学校担任高中英语教师，利用课余和假期时间，经营好几家黄金首饰店，成了先富起来的那拨人。

小鹿介绍完情况，说陈东光还在警务室里候着，我没让他走，看看你还了解啥，我带你去。天华点点头，让谢函和小丁继续，谢函也不抬头，摆摆手。天华便和小鹿来到警务室。

陈东光眼里布满血丝，嘴角耷拉着，目光阴森，望着谁都像是要在谁的脸上剜下一块肉。盯着推门进来的天华和小鹿，好一会儿都没有错开眼珠。

小鹿从饮水机里接杯水，端给天华。又接一杯，送到陈东光面前，陈东光没有动，甚至眼皮也没有抬。这里是别墅区警务室，站在警务室的窗户前，就能看到陈东光家的别墅窗口。

小鹿将几页材料拿给天华，天华没有接，腮帮子抽了几下，想说什么，却半天也没有出声。小鹿看看天华，又看看陈东光，两个人都悄没声儿的。陈东光的喘气声很粗，天华一点声息也没有，只是眼睛时不时地骨碌骨碌转转。

现场勘查整整一个上午，市局局长也来了，带着呼啦啦的一大帮人。天华不爱凑热闹，等局长走了，才从警务室露头。小鹿听说分了若干个调查组，自己还是分到了天华这个组。心里面跳腾几下，脸上却什么也没有表露。小鹿知道不少天华的传闻，好坏都有，挺传奇的。最后劝说自己：在哪个组都好！小鹿还是第一次参加这样的大会战，样样新鲜。

天华和老所长不一样，老所长让小鹿凡事都用笔记上，仔细记在本本上，说好记性不如烂笔头子，千年嘴不会说话，可千年纸会。天华呢，才不管这些，连递给他的材料瞅都不瞅。一句话也不多说，就会转眼珠子，眼睛一刻也不安生，目光飘飘忽忽的。上哪儿也不说话，抬腿就走，害得小鹿总是措手不及。

在警务室里，天华和陈东光闷持一会儿，还是小鹿看不过眼了。见陈东光喘气声越来越粗，脸都扭曲了，小声问天华：还有事没有，没事儿就让他走吧？天华看看小鹿，又看看陈东光，像是要看出些什么，半晌，眼珠转转，嘴巴努努，咧咧嘴，说：走吧。

陈东光站起身，用力太过，屁股下的椅子都给带倒了。叽里咣当的，警务室的铝合金门，也给拉得哐当哐当的，门玻璃摇摇晃晃，像是就要跌下来。

看到陈东光的背影在墙拐角消失了，小鹿介绍说，陈东光说自己昨晚上，在金店里忙到大半夜，太晚了就没回家，后半宿是在店里住的，刚天亮时才回的家。到家里就看到那个惨不忍睹的现场，整儿个人都快疯掉了。

天华的眼睛还盯着墙拐角，就像小鹿不存在一样。要不是早有耳闻，知道他就是这样一个人，小鹿是真要生气了。一上午，天华不阴不晴的，小鹿把快到嘴边的话使劲压了压，才耐着性子问：那我们该干啥？

天华回过头，没听明白一样，看着小鹿，好一会儿才问：你说他在店里住的？

不等小鹿答话，天华却转到窗户前，望着不远处的别墅，又把小鹿忘了一样。小鹿寻思，索性不回答他了。天华确实并不需要小鹿回答，他是在确认这个信息，之后，便悄没声儿的，像是沉浸到思索里。

小鹿拿起文件夹，里面装着询问纸、笔、印台、录音笔，一切应有尽有。将笔记本电脑塞进提兜里，就等天华发话，随时奔出去。

天华在窗户前站立许久，究竟站了多长时间，小鹿记含混了。她觉得太阳就要落了，夕阳在窗玻璃上镀上一层金粉，又给天华塑了个金身。那一刻小鹿正在生气，生天华的气。他不说话，不动弹，甚至连一点气息也没有，就那样泥菩萨般静静地立着。

哪有他这样查案子的，那边被杀了三口人，天大的案子啊！别人都在忙，可他却不着急不着慌的，看着晚霞半天不作声。抒情啊？以为自己是徐志摩啊？

天华泥塑般立着，大脑里却是风生水起，不过这些平静下的涌动，小鹿是不知道的。天华在等谢函的现场勘查结果，现场的特殊场景，让他有几个判定，勘查结果会印证他脑子里的这些问题。

天华看看小鹿手里面的东西，扑哧笑了。来回走几步，看小鹿着急的样子，才说：想不想听听，我的一些判断。小鹿白了他一眼，索性坐下，心想，听就听，看你能有啥高见。天华打开话匣子，却很健谈。

一是女主人的婆婆，头部那条口子，不会致命，死因有待确认。二是女主人屋里的保险柜，不是现场的那个撬棍就能撬开的。换句话讲，那根保险柜旁边扔着的铁棍，想打开保险柜，基本不可能，里面必有缘故。三是留在卫生间的白线手套，以及那双黄胶鞋像是嫌疑人有意留下的。假如是嫌疑人有意留下的，那么这个对手不简单，就是拿这两样东西误导侦查方向。

几天之后，小鹿知晓了天华的判断，一件件的得到印证。小鹿逼着天华讲讲，说你怎么那样牛啊，看几眼就看出这么多弯弯绕，我咋就看不出来呢。小鹿满脸期待，八月的晴空一样，干净、明朗。天华呢，面对这样一双洁净无邪的眼睛，不自觉地笑笑，还有点羞涩，挠挠耳朵。这个抓耳朵的动作，让天华变得可爱起来。起码小鹿当时是这样想的，让小鹿心里撞了一下，整个身体都有震感。这时候的天华再不是黑着脸，要不不开口，开口就把人噎死的家伙。而是变成个大男孩儿，一个有主意，不好左右，喜好一条道跑到黑的邻家大哥哥。之前的种种不好，一下子变得可以接受了。

天华看着小鹿晴空一样的脸，好半天也不愿意挪开，说得慢条斯理：一个专业的探员，都会认真观察，找出细枝末节。天华的目光游到小鹿的眼睛里不动了。小鹿的脸颊一定是红的，她觉得整张脸腾地热起来，天华的眼睛里有火光。小鹿心里面躁烘烘的，手心里也全是汗水。天华仿佛没有注意这些，画外音一样不管不顾地说下去。

不过，这些都是后话。

为什么那个老婆婆另有死因呢？你要是仔细看看，就会发现的。那个婆婆，只有右额头上有条伤口，伤口并不深，不像是被击打所致，却像是跌倒时撞在墙角上形成的。在楼梯口对着屋门的位置，墙角上有处新鲜的碰撞痕迹。痕迹的位置和老婆婆跌倒时的高度相吻合，由此可以得到验证。再就是，老婆婆跌倒后，身体应该是向前方倾倒的。而现场尸体的位置却不是这样，这就说明老婆婆跌倒后，又移动过。老婆婆尸体周围有点状血迹，也说明了这一点。

咦，我俩可是一块进到楼里现场的，我怎么就没看出这些？小鹿望着天华，她觉得天华浑身上下罩着一股神乎乎的气息。

你是被现场的三具尸体夺走了注意力，目光自然全被他们吸引过去了。初学乍练的都这样，好像……经历多了就好了。天华停顿一下，想说的话一半儿卡在喉咙里。目光从小鹿的眼睛里移出来，看到小鹿的眼睛里似乎有一个阴影飘出来，后面的话便说得轻描淡写。小鹿确实觉得天华的话里有潜台词，心里不免想，这个人咋这样，一点也不知道照顾女孩子的脸面。

心里面不舒服，说出话来便不自然地表现出来，喉头涩，话语干巴巴的。小鹿还是不解，问天华：你怎么就能看出来，那婆婆还另有死因呢？

婆婆额头上的伤口，不足以致命。身体上又没别的伤痕，当然该另有死因了。不过，这些应该由法医来做结论。以我的判断，应该是心脏病发作，导致老婆婆死亡。如果死因真的是心脏病，那问题就来了，其他两个都是被杀死的，为什么老婆婆却是心脏病导致的死亡？是杀手手下留情，还是有别的因素？

小鹿被绕进去了，顺着天华的思路想下去，嘴上念叨着，啧啧有声：别的因素，别的……

那就是老婆婆，听到了有什么响动，从卧室里出来，正好看到儿媳妇被杀的那一幕，难免急火攻心，心脏病发作，一头栽了下去，脑袋撞在墙角上，那……

小鹿一脸沉思状，又卡住了。天华看着她，眼里满是期待，鼓励她说下去。

那老婆婆却移动了，如果不是自己挪动的，就是被移动的。那会是谁呢？不会是凶手吧？凶手才不会呢。没准是陈东光，进屋看见他妈栽倒在地上，一着急就不管不顾地跑过去，搬动过来，抱起看看还有救没有。

小鹿的眉梢跳了跳，眼睛又弯成了月亮牙，嘴角拉动几下，最后抿紧了。盯着天华，想从天华的脸上得到肯定。

天华的脸却绷紧了，好一会儿没有出声。他的眼睛定格在小鹿脸上，目光又像是看着小鹿身后的某个位置。有些空茫，表情木木的。

小鹿以为自己说错什么了，干巴巴地问：我说的不对吗？天华才醒过来似的，说：不，你分析得挺好，挺大胆。

3

天华带着小鹿，从查陈东光夫妻两个的社会关系和交往情况入手，一天走马灯似的，找了二十几个人。问话都是小鹿的活儿，天华呢，就是哑巴一个，要不是眼睛骨碌碌乱转，人家会以为他是个不着调干活的跟班。最后小鹿沉不住气了，问：我们这样查行不行啊？怎么觉得不是那么回事儿呢。

天华看着歪着脑袋的小鹿，咧咧嘴，笑了。小鹿的脖颈子更歪了，斜着眼睛说：哎呀！我以为你要说点什么，你笑啥，有啥可笑的？

天华的笑脸更开了，忙说：不可笑，不可笑。小鹿的脸又红了，声音也大了：你怎么不着急不着慌的？调查时啥也不说，啥也不问，哎呀！你真是急死人啦。

天华见小鹿是真的急了，停停，才说：俗话说，心急吃不了热豆腐。查案子就是慢功夫，需要……

小鹿不等天华说完，便把话头抢过去：啥慢功夫？书本上都写着，黄金四天！这可都是第二天了，一点有价值的线索也没有找到。

天华又微微笑了，右手胡噜一下头发。小鹿看他脸上挂着笑模样，忍不住火气又来了：你这个人真是的，昨天拉着脸，就跟谁欠了你钱一样，今天又总是笑，变色龙啊，真是的！

天华的脸上没有笑了，被这个小丫头抢白得挂不住了。一下午，又去找陈东光学校里的同事座谈，问话的还是小鹿。天华偶尔插一句话，之后便闭紧嘴巴。

在回来的路上，天华见小鹿绷着脸，没话找话：这辆车不错呀，是自己的吗？问完了，天华才觉得问错话了，怎么就不会说：这车跟你挺搭的。而是问了如此蠢的问题，什么话呀？

果然，小鹿瞪他一眼，什么也没答，而是一脚油门下去，车“噌”地蹿出去。

快要到所里了，天华才找到话茬儿：总结今天的走访，有两点收获。天华想缓和一下，不然明天见面都尴尬。斜眼看看小鹿的脸色，小鹿似乎在注意听。天华马上接着刚才的话题，继续说道：一是知道陈东光夫妻两个之间出了问题，二是……天华又停下来，偷着看小鹿一眼。果然小鹿的脸色转晴了，转过脸，瞟了一眼天华，等着下文。天华马上接上刚才的话：陈东光是一个很谨慎的人，为人也不张狂。不像一些人，有几个钱儿就不知道姓啥了。在学校里人缘不错。

小鹿接过话：我怎么就没听出来，陈东光两口子之间出问题了？小鹿看看天华，又说：再就是老师都那样，说话特有涵养。对人再有看法，也不会轻易说出来，而总是说别人的长处。

天华不争辩，顺着自己的话说下去。陈东光妻子的这些朋友对陈东光评价也行，说他为人不小气，谁家有大事小情的都上前，不捏酸作怪的。

哎哟！我真是服了你了，啥时候变得婆婆妈妈的？小鹿的急性子又上来了。

天华才开始说理由：你注意到没有，那些朋友，说陈东光的为人什么的，顺嘴就来。说明那些都不是假话，而是由衷的。可是，再提到他们夫妻俩的时候，说话却遮遮掩掩的，有所保留。这不就说明问题了嘛！

他们夫妻之间有啥遮掩的？又都是他妻子的娘家人，没准是妻子这面的亲戚朋友，有啥话不愿意多说呢。小鹿停了一下，又像是想起什么，说：噢，这就是你看出人家夫妻俩有问题的根据呀！也没啥神的哈。不过，你倒是提醒我了。哎，你注意到没有？那天现场，茶几上有半杯茶水，还有一盒打开的中华烟。烟灰缸里的那些烟蒂……说到这儿，小鹿猛地踩脚刹车，天华猝不及防，"咚"地撞到前挡风玻璃上。

天华揉揉前额，侧脸看小鹿，满脸痛苦。小鹿想笑，憋住了，一下抓住天华胳膊：把那些烟灰缸里的烟蒂拿去，让法医测测DNA，不就确定是谁了嘛！

天华愣怔着，故意看着小鹿不作声。小鹿摇天华的胳膊：说话呀！天华才"扑哧"地笑了：要是破案子这么容易，谁都是福尔摩斯了。小鹿还沉浸在自己的判断里，自顾说下去：还有那个剩有半杯茶水的玻璃杯，上面该有指纹的。小鹿越想越觉得是那么回事儿，不自觉地声音大起来。

天华还揉着额头，慢吞吞地说：这些都是谢函的活儿。

小鹿瞪了一眼天华：啥叫都是谢函的活儿？谁说得对就得听谁的！查案子就得讲效率。一把拉下天华揉额头的手：看你娇嫩的，咋像个小媳妇。那我们应该立刻查查这个抽烟喝茶水的人啦！

你的思路对头。天华指指车前面，示意小鹿开车。又说：你觉得给一个人，拿中华烟，沏茶水，这个受礼遇的人，该是生人还是熟人哪？

小鹿思忖一会儿，说：该是不生不熟的人。一句话，说得天华忍不住又大笑起来。小鹿看着天华笑出眼泪，也随着笑了起来。

好，我觉得你很有思想嘛。下车时，天华的一句马屁，又没拍好，让小鹿噘起嘴。

我就是有思想啊！你以为我是大笨蛋哪。小鹿瞪了天华一眼，噔噔噔地回到自己屋里。

晚上开案情通报会，不等谢函介绍完情况，小鹿的眼睛直往天华身上瞄。天华又入定一般，眉头微皱，一脸僵硬的表情。会后，小鹿跟着来到天华屋里，眯着眼睛看天华，半天不作声。天华像是没有看见小鹿，盯着窗户出神。

外面，门灯围着一群飞虫，白晃晃的翅膀，扑打着灯光。小鹿在后面，终于忍不住，说：哎！别深沉没完了。你又对了，我真是服了你了！

天华转过身，看着小鹿，眼睛直勾勾地，自问又像是问小鹿：为什么呢！把小鹿说蒙头了。小鹿见他迷迷糊糊的样子，猛地拍下巴掌，没有把天华震醒，却把自己的手心拍红了。小鹿叹了口气：你可真是！能把人憋闷死。

天华从沉思中回过神，对小鹿咧了下嘴，没有笑出来。小鹿一挥手，说：得了，比哭还难看。自己却笑了：就别来啥序幕啦，大侦探，你快说说，我们下一步该怎么查吧。

简单啦，还去找他媳妇和……不等天华说完，小鹿抢过话：简单？我怎么觉得啥线索都没了。

就是因为啥线索都“没了”，才明朗了！天华把“没了”两个字咬得挺重。小鹿觉得像是绕口令一样，瞪着眼睛问天华：啥叫没了，才明朗了？怎么我越听越糊涂呀？

天华坐下来，手指上绕着一支笔，编出指花，不误和小鹿说话：谢函刚才说了，现场除提取到三个死者的指纹，再就是还有陈东光的。而几处关键地方，玻璃杯上，保险柜，卫生间里水龙头呀、台面什么的都没有留下指纹。就连足迹都擦掉了。你想想，留下了黄胶鞋，白线手套，烟头这些东西，却把指纹足迹擦得干干净净。这个人算不算用心了？

当然算了！这个人肯定是个老手。小鹿肯定地说。天华笑笑，摇摇头。说：就因为过于用心了，太像那么回事，反而露出问题来了。

小鹿盯着天华，眼里满是疑惑。天华停下手指上绕着的编花，说：嫌疑人离开别墅，有两条路线，一条是门口，另一条是进来时的窗户。在这两处都没发现擦掉足迹的东西，墩布或是类似擦布之类的物品。这些东西哪去了？是被嫌疑人拿走了吗？既然他准备了手套、鞋，为什么要擦掉足迹呢？只有一种解释，这个人没有穿那双黄胶鞋。

如果擦掉足迹的用品拿走了，那么，这个被拿走的东西会是什么，什么东西让嫌疑人心存顾忌？解释是这件东西怕落入我们手里，换言之，这件物品会泄露什么。天华说得很耐心。小鹿听不明白，插话说：太绕了。

天华说：是有点绕。刚才谢函说，现场的足迹只有三名死者的，却没有陈东光的足迹。我记得你曾说过，老婆婆的尸体被移动过。应该是陈东光回去时，看到惨不忍睹的现场，一着急才上前挪动的。

小鹿点点头：对，我是说过，怎么了？天华说：你说得很符合常理，任何一个人，看到当时的状况，都会那么做。如果你的判断成立，那么，为什么没有陈东光的足迹呢？

噢，你是说，陈东光，或者他的家人，在这里面有所隐瞒，不是……不会吧？小鹿说得颠三倒四的。

你想说什么？天华盯着小鹿，问得很突兀。小鹿眼睛瞪得溜圆：不是，我怎么觉得有点乱呢！你刚才的意思，又像是有所指向，这件事和陈东光他们自家人有啥关联呗。

天华摇摇头，说：这样说还欠支持，为时尚早，只不过是现场有些地方说不通。古代不是有个成语，什么邻人啥斧来？

邻人疑斧。小鹿接过话，上学时老师就讲过，不要有罪推定，以避免先入为主。

对，咱们下一步的工作，就是要找出能够解释现场状况的合理性来。天华字斟句酌地说。

看你说得绕口劲，直接找陈东光，再仔细问问，不就得了。小鹿急性子上来了。

问是肯定要问，但是不能现在问。天华否定了小鹿的提议，说：陈东光正处在丧失亲人的悲痛之中，我们不要刺激他。

我被你闹糊涂了，你啥意思，你不觉得前后矛盾吗？小鹿看着天华说。

是，你说对了。我总是提出问题，又否定问题，不断地否定再否定。天华点点头，很自信。

小鹿一摆头，说：那不就是排除法嘛！

4

陈东光家的保姆叫王芸，二十四岁，未婚，是陈东光母亲的娘家人，家住百公里外的滦北县农村。二十岁那年，王芸高中毕业，没有上大学，就到陈东光家来了，现在已经有四个年头了。陈东光的女儿陈菲正上高一，五一放假随同学去南方旅游，躲过了一劫。昨天，她刚从外地赶回来。

陈菲梳条马尾巴，眼圈黑黑的，还没有从惊恐中醒过来。不错眼珠地看着天华和小鹿，什么话也没有。

问话地点是在陈菲的二姨家。陈菲好一会儿才开口，说管王芸叫姑。提起奶奶、妈妈，陈菲哽咽了好几次。陈菲二姨过来，挨着陈菲坐下，陪着掉眼泪。

小鹿看不下去了，站起来，看一眼天华，见他还没有要走的意思。咳嗽一声，给天华使动静。

陈菲见天华也要站起来，问：我爸呢？

天华正不知如何作答。陈菲的二姨大声说：还问他？不见得在小老婆家怎么乐呢！

天华又坐稳了屁股，问陈菲二姨：小老婆！谁是谁的小老婆？

陈菲二姨拍一下大腿：谁？王莉呗！陈东光天天吵吵着三妻四妾的，不见得又有谁了呢！

王莉是谁？天华追问一句。

陈菲二姨推开了车轱辘：陈东光小老婆呗。也觉得自己又说回来了，解释说：就是陈东光金店的经理，也是老太太的娘家侄女。和那个王芸，她们是一块的，还是叔伯姐妹。

天华看看小鹿，小鹿正听得入神，看了一眼天华，又坐回原处。天华顺着话头，又问：你是说，陈东光和王莉有另一个家？而且不止一个相好的？

陈菲二姨一撇嘴：那得问陈东光啊！他一天到晚说古代好，只要有能耐，媳妇乐意娶几个就娶几个，娶几个都行。多不要脸呀！因为这个，天天和我妹妹打嘴架。也就我妹熊，忒老实，要是我，早上法院告他去了，告他重婚罪！让法院把那个骚狐狸抓起来。陈菲二姨说得咬牙切齿。

陈菲拽她二姨胳臂一下，她二姨推陈菲一把，瞪着眼睛说：你也是个完蛋玩意儿，和你那苦命的妈一样。怕？有啥怕的！有说理的地方。我就不信，治不了他们。

陈菲二姨冲着天华说：你们就把王莉那个浪娘们抓起来，没准就是她干的！话没说完，抹起眼泪来。

从陈菲二姨家出来，小鹿对天华说：还真是够热闹的！怎么着，找王莉去？

天华掩饰不住，脸上带着笑模样：听你的！

王莉待的金店在滦阳大厦一层，规模挺大，有一千多平方米。装饰金碧辉煌的，灯光耀眼。销售小姐一水紫色衣裙，头发挽起，显得端庄俏丽。

小鹿上前打听王莉在哪儿，一名销售小姐微笑摇头：对不起，经理忙，有事情您拨打她的办公电话。说得像是电脑程序一样。小鹿笑笑，说：我找她办公室，能告诉我吗？销售小姐微微颔首，右手划出一条弧线，指向靠里面的一扇门。有她的手机号吗？小鹿加一句。销售小姐微笑着，又轻轻地摇头。

王莉办公室的门锁着。从金店出来，小鹿逗天华：怎么磨磨蹭蹭的，不想走啊，要不在这里等？

天华扭头又看看金店，嘴里啧啧有声：得趁多少钱啊！是不应该只娶一个媳妇。

嗬，羡慕啦？怪不得说男人有钱就变坏。小鹿用力关上车门，发动车子，油门过大，汽车轰鸣起来。

见天华半天不作声，小鹿也不看他，问：再去哪儿？天华不假思索，蹦出两个字：滦北。

小鹿嗓门提高八度：哪儿？

天华还是两个字：滦北。

到滦北是二级路，拉矿石的大卡车多。遇上一长串时，有几十多辆，延绵两三里。小鹿的银灰色雪铁龙轿车，夹在一截截黑灰色的十轮卡车中间，有点儿童玩具的感觉。

小鹿紧张得一句话也没有，两眼瞪得溜圆，不时按喇叭。大卡车像是故意的，车身摆一摆，小石块冰雹一样噼噼啪啪落下来。小鹿立马减速，雪铁龙落在了后面。大卡车坏坏地回应一两声喇叭，喇叭声尖厉刺耳。

前面是个坡道，大卡车开始喘息，缓慢爬行。小鹿逮住机会，脚下用力，雪铁龙兴奋地一抖，冲向坡顶。

天华在一旁为小鹿喝彩，小鹿撇嘴：哎！我可不是小孩子，两句表扬话就让我屁颠屁颠的。将天华憋堵得不言声了。

王芸家在滦北县城北面，离县城有十多公里，是条很宽阔的大川，一条不大不小的河流，靠着西面山根日夜南流。村落在河东面，有百余户人家。

小鹿停好车，天华已经和一位六十岁上下的老大爷搭讪起来。听说去王莉家，老人两眼放光，眼睛一下子睁大了。看看天华，又回头看看小鹿，爽快地说：那是我三哥的闺女，我带你们去。走几步，又扭过头，问天华：你们是？小鹿紧走一步，对老人笑笑：朋友。老人也笑了：我这个侄女，有能耐。一拨子一拨子的，好多人来看我三哥。老人两只手比画着。

天华见老人高兴，赶忙问：王芸家呢，来人多不多？老人神情黯淡下来，停停说：别提了，那个丫头出事了。天华佯装不知，问：出啥事儿了？老人接着说：我也是听人家说，说是在滦阳我姐姐那儿出的事。说到这儿，老人指指前面，说：就是那家。

小鹿在后面追问：那是谁家？老人说：不就是那个王芸家嘛，她爸是我五哥。

老人带着来到王芸家。家里只有王芸妈妈，王芸爸爸去市里还没有回来。提起王芸，王芸妈两只手捂住脸，好一会儿没有拿开。

王芸妈拿出王芸用过的书本、穿过的衣服，一件件给天华小鹿看，小鹿陪着王芸妈抹眼泪。老人在一旁说：王芸这孩子打小就懂事，多时见面都有话儿，从没听说和谁家孩子吵过架。王芸妈呜咽着：这孩子……唉，不招人不惹人的，手脚勤快，干啥儿都挨墙靠北（守规矩）的。王芸妈转过头，擤擤鼻子，抬起腿，在鞋上抹一把，接着说：前两天还来电话，说要陪着她姑回来待些日子，咋就出事儿了呢？

她姑？天华皱皱眉。老人嘴快：就是我滦阳的姐，孩子在她家嘛。

小鹿接过话：你那个姐，是你们亲姐吗？老人摇摇头：不是，就是当家子，她们家没近支。

天华叮问王芸妈：是王芸说的，要和她姑回你们家待些日子？王芸妈使劲点点头。

还说别的什么了？天华又问。王芸妈摇摇头。

5

离开滦北，天华马上打谢函的手机，问尸检情况，两人在电话里聊了许久。小鹿时不时侧脸看看，见天华一会儿皱起眉头，一会儿将手指插进头发里，一张脸始终沉着。

挂断电话，不等天华开口，小鹿便问道：有啥情况？天华努努嘴，指指车前面：好好开车！小鹿一拍方向盘，喇叭呜叫一声，小鹿“嘿”地嚷一声，车停下来。小鹿不让人：我说你啥意思？

天华停一会儿，才答话：老婆婆死于心脏病。小鹿等着他说下去，半天也没有下文，小鹿说：那不和你判断的一样吗？

天华看着车外面，过会儿才说：烟灰缸里的烟蒂，DNA 检测是三个人留下的。

小鹿不再插话，等着他继续说下去。停停，天华又说道：老婆婆的胃容物里，有没溶解掉的丹参滴丸。

小鹿忍不住，大声说：那就是说，老婆婆发病后，确实被人挪动过，还服过丹参滴丸。

天华又陷入思索里，好久没有出声。

小鹿将车直接开进别墅区。陈东光的别墅前，还挂着警戒线，有派出所的协勤人员昼夜看守。不等天华亮证件，协勤看见小鹿，便打开门。小鹿和他们点点头，协勤看他们表情严肃，不敢问什么，退到一边。

天华戴上手套，直奔王芸的房间。王芸的屋里有两节立柜，挨着床头，有一个红白相间的床头橱，床对面是一张乳白色的写字台。天华拉开写字台的抽屉，里面有黑皮笔记本，缠着红绸带的粉纸盒，文具盒。另一节抽屉里是两个淡白色铁皮盒，一个紫红色锦缎面的盒子。天华一个个打开，翻看里面的东西。

在淡白色铁皮盒里，是一沓火车票，还有几张退票手续费凭证。天华仔细翻看，最后将两张退票凭证递给小鹿：就是它了！

小鹿举着两张白色纸条，不明白，天华说：你看看日期。日期是发案头一天的日子。小鹿还是不明白，问：这能说明什么？天华不再说啥，让小鹿将两张纸条放进证物袋里。带着小鹿又去老婆婆的房间。

老婆婆的卧室里，有一张大双人床。紫红色红木立柜，放在床对面，侧面放着一溜半人高的橱子。天华指使小鹿：去找找老婆婆的药匣子，有没有装丹参滴丸的药瓶。

太阳卡山了，斜光照进来，金黄炫目。天华闭上眼睛，想平静下来。霎时，眼皮外面，红黄一片。胸中有些东西浮上来，他吞口唾沫，压一压，胃里却不听使唤，有些闹腾。

天华索性睁开眼，瞪得溜圆，望着西南面的青山。栅栏外的白杨树树叶有巴掌大了，都关门了，一身鲜绿。小时候，翘胡子的爷爷爱说：立夏鹅毛住，小满鸟来全。一副吝惜农时的样子。

天华甩甩头，想把自己的胡思乱想甩掉。他将目光送向天边，西面连天的山冈落日破了一般，山冈火红火红的。火红的山冈下面，却有些模糊了。看不清是灌木还是野草，只是黑魆魆的，衬在红光下。

小鹿不知什么时候站在了他身后，两只手指捏着一只淡绿色的药瓶，递了过来。天华接过来，举到玻璃窗前，对着夕阳的霞光照照。小鹿说：我都看了，还没打封，没人动过。

再没有了？天华问。

小鹿摇摇头：都找遍了，没有。

没有，没有就对了。天华没头没脑地说了一句。

小鹿看看天华，嘴唇动动，想说什么，没有出声。天华将药瓶还给小鹿，说声：没用了。便往外走。

小鹿跟出来，对两个协勤招招手，问天华：去哪啊？天华也不答话，径直向小鹿的雪铁龙走去。小鹿不开车门，瞪着天华说：多张几下嘴会累死啊？

天华看出小鹿生气了，嘴角咧到耳根叉子：累不死，累不死。将小鹿逗乐了。上了车，天华马上说：去找陈东光。小鹿发动车，问：去哪儿找？天华自信地说：王莉家啊。小鹿又瞪眼睛：王莉住哪啊？天华的嗓门也高了：那得问你啊！不等小鹿答话，天华说：查一下不就知道了。小鹿笑了：也是。

陈东光在王莉家闷了两天，王莉也没有出门，在家里陪他。王莉家住滨河花园，二十层，是滦阳老城区。客厅好大，天华迈进去，正好望到落地玻璃窗，滦阳城尽收眼底。由衷地赞一句：嗬！真豁亮。

和天华处久了，就会知道，当他话语多时，是心里绷得最紧张的时候。而躲在一边，一句话也不说时，却是他思路最宽松，最胡思乱想的时候。

现在，天华夸赞王莉家房子大，眼睛却迅速扫了一遍：通往客厅里面的小走廊，左右有六扇门。四间是卧室，一个卫生间，一扇门通往厨房。

王莉像是认识小鹿，对她说：你是咱们派出所的吧？也不等小鹿答话，又问：是找我们老陈吧？

小鹿微微一笑，天华还赞叹着：哎哟！这么多房间，便一间一间地往里面望。

王莉喊：老陈！来客人了。

里面的卧室门开了，陈东光趿拉着鞋出来，见是天华，浑身一震。

天华探头冲里面望了一眼，才随着陈东光来到客厅。陈东光看着小鹿哑着嗓子问：有事吗？天华抢过话：本来是要电话联系的，可把你的联系电话弄丢了，没办法，只好来家里找了。小鹿看看天华，心想，这家伙，谎话张口就来。

陈东光脸阴着，也不看天华，问：啥事儿？

天华停顿一下，看看陈东光，又转向王莉，慢吞吞地，征询他俩意见，说：要不，去派出所谈谈？

陈东光不再问啥，站起来。王莉看着他，对天华解释说：他心情不好。又看着陈东光，细声说：等我拿衣服，陪你一块去。

陈东光弯腰换鞋，推开门，独自向电梯间走去。天华紧追几步，跟在陈东光后面，陈东光回头看看，嘴角露出一丝讥笑：干吗？怕我跑了。天华也不让人：你会跑吗？

小鹿和王莉脚跟脚地出来了，王莉看看他们，问：你们说啥呢？两个男人都闭紧了嘴巴。

电梯不错，匀速下降，一点也不闪人。天华眯着眼，想王莉在这件事上，会扮演什么角色呢？看她的行动坐卧，似乎什么事情也没有发生似的。陈东光家人的遭遇，在她的心底啥烙印也看不出来。

陈东光心里一定是波澜起伏的，从他的脸上就感觉到了。黑灰色，渗出一股死亡气息。这是天华独有的词汇，在他的从业履历里，这种气息总在嫌疑人扛不住的时候显现。

出电梯时，陈东光的腿脚有些木，王莉扶他一把。被陈东光不情愿地甩开了。王莉什么也没有表现，就像司空见惯一样。这时候的陈东光，像一个任性、不懂好歹的孩子，对待大人的关心、溺爱，非但不领情，还有些厌恶。天华嘴角闪出一丝不易察觉的笑容，一切都像预期的那样，步步展现。

陈东光掏出车钥匙，按一下，楼前一辆黑色沃尔沃轿车“吱吱”叫了几声。王莉说：我开吧。便用遥控器打开车库门，开出一辆红色的沃尔沃城市越野。

天华赞叹句：情侣车啊！便上了小鹿的雪铁龙，小鹿看着他笑笑：不上那辆车？天华也笑了：给人家点告别的时间。小鹿严肃起来：就那么自信？天华又挠起耳朵，不说什么。

到派出所只是十分钟的车程，赶上晚高峰，总是红灯。前面一溜汽车刹车灯，红光成串。看天华半天没有声音，小鹿拿话刺激他：我算知道你们侦探查案子的奥妙了。天华转过脸，看着小鹿，等她往下说。小鹿也不卖关子：就是黑瞎子掰棒子——掰一个，扔一个，最后怀里抱着的还是一个。

把天华逗乐了：形式上是这样，不过最后抱着的那个，绝对是千挑万选的。

小鹿摇头：我怎么就看不出来呢。天华拍她肩膀一下：等你全看明白了，我就吃不上这碗饭喽！小鹿撇嘴：你别老头似的！大我多点。

6

天华将谢函和他的助手找来，把陈东光的黑色沃尔沃轿车彻查一遍。对王莉说：劳您驾，跟着回去一趟，也给做个见证人。

王莉接过陈东光手里的钥匙，摇摇头，说：这有啥好查的。陈东光被夹在天华和小鹿中间，跟着来到派出所。不等坐下，便凶巴巴地对着天华发问：你什么意思？知不知道你在滥用职权。

天华点点头，说：非常清楚，要你把发案当天的情况再细致地说说，不可以吗？

有你这样……这样找受害人家属，了解情况的吗？陈东光生气了，说话的声音颤抖着。

就是为了受害人，还受害人一个公道。怎么着，不想说？天华平静地说。

时间嘀嘀嗒嗒地行走，石英钟的分针匀整有力，无数圈绕了过去。

那天，在店里忙到十二点多，就没回去，住在店里了。我这个人择席，换地方睡不好，天不亮就起来了。陈东光缓慢地叙述发案当天的情况。

没啥事，就开车回家了。到家时，天刚麻麻亮。我停好车，开门进屋，看家里灯都亮着，感觉着不对劲，再一看……陈东光说不下去了，脑袋埋下去。过一会儿，才抬起头，吸溜一下鼻子。小鹿递过去一杯水，陈东光接过来，没有喝，放在一边。

我再看，脑袋一下子大了，媳妇在客厅躺着，老妈在楼上……陈东光一只手支住下巴，一只手捂着眼睛，过了一会儿，才说：肯定出事了，我就打110，报警了。

石英钟又嘀嗒起来，像是拳击擂台上的读秒。

手机铃声大作，每个人都觉出震耳朵，是天华的手机。天华嗯啊地接了一会儿，很响地合上了。

天华看看陈东光：完了？陈东光抬起头，眨巴着眼睛：是啊，我在门口守着，后来，你们警察就来了。陈东光看看小鹿，小鹿接过话：是我们去的。

天华站起来，在屋里绕了一圈又一圈，最后在陈东光面前停下来，说：那么，让我来复原当时的场景。

案发当天是五月三日晚上，那天，你女儿陈菲和同学去南方旅游，走了两天了。上午，你开车到火车站，送你母亲和保姆王芸回滦北老家。送到广场，你就走了，因为你有要紧的事情要办。

陈东光脑袋扭向一边，一副不屑的样子。小鹿瞪大眼睛，盯着天华。

天华看着陈东光，继续说：你的要紧事情，是做心理和行动上的准备。

那天晚上，你是九点四十九分二十五秒进的云中别院别墅区，小区的监控录像记录了你进入小区的准确时间，虽然你将牌子做了伪装，但是你的车型伪装不了。

你提着事先准备好的提兜进家，你和妻子在客厅里说几句话后，便发生了争吵。你妻子不但不同意离婚，还威胁你，要去法院告你重婚罪。你趁她不备，用哑铃，猛击妻子头部，妻子惨叫一声后，栽倒在地。你戴上事先准备好的手套，从兜子里拿出中华烟，装有烟蒂的烟灰缸，在杯子里倒上茶水，伪造现场。

这时候，王芸听到惨叫声，从屋里跑出来……陈东光站起来，冷笑着说：你是不是破不了案子，急疯了？就是编也要编得高明，你知不知道自相矛盾吗？小鹿张开嘴，想要说什么。

天华摆摆手：你是吓了一跳，王芸怎么突然出现了。至于王芸和你母亲为什么又回来了，只有你母亲和王芸告诉你了。你被吓得不轻，但是，你很快反应过来，直奔厨房，从橱子里翻出菜刀，冲王芸狠下杀手。可怜这个姑娘，被砍了十几刀。

接着发生的事情，更是你意想不到的，你的母亲，那个老婆婆听到惨叫声，从房间里出来，看见了你发疯的一幕，一头栽了下去……

你看见母亲摔在楼梯口，冲过去，抱起母亲，不想老婆婆连急带吓，心脏病发作，你赶忙去老婆婆的屋里，找急救药丹参滴丸，慌忙中，摘下手套，倒出药粒给母亲服下，只是老婆婆已经不治了。

接下来，你继续伪造现场，造成抢劫杀人的假象，回到你们的卧室，翻箱倒柜，并将保险柜打开，扔下一根螺纹钢撬棍。将准备好的黄胶鞋，扔到卫生间地上，开始洗手，脱下血衣，将可能留下指纹、足迹的地方擦干净。

之后，你到二楼，打开厕所的窗户，续下绳子，爬下去，在草地上转几圈，踩上几脚，又拽着绳子爬上来，觉得一切都处理好了，才从门口出去，并将门口的足迹擦干净，拿走了换下的血衣和擦地的物品，塞进后备箱里，开车离开了别墅区。

天华一口气说下来，因为激动，有些气喘。陈东光手指颤抖着，指着天华：你纯是胡说八道，胡编乱造，你、你有证据吗？

天华笑着说，刚才那个电话，你知道吗，那是我们法医检查你的轿车后打来的，有句古话怎么说来，对，人算不如天算，比我预想的还要完美。我原想你的血衣放在车里，多多少少会留下一点血渍。你知道是什么落在你的轿车后备箱的夹缝里吗？

是你给你母亲喂下药粒的丹参滴丸药瓶，那个淡绿色的塑料药瓶，不但有受害人的血迹，还留下你陈东光的指纹。

……

数日后，陈菲接到一封来自滦阳市看守所的信。女儿：我知道，没有资格这样称呼你了，我做出禽兽不如的事情……是这些年，在商战里，谁阻挡我，就不择手段地铲除谁的霸道，错误地用在亲人之间。真是魔鬼附身了，我对不起你奶奶、妈妈……对不起你，让你小小年纪，承受丧失亲人之痛。就是，假如……只是，再没有什么，能挽回一切了……

我已经和律师交代清楚，分割一半财产给你，留作你以后的生活费用。你求二姨帮忙，选块向阳的墓地，给奶奶、妈妈……乃至于我，到那个时候，你把我的……放到一角，能跪拜她们，让我在另一个世界，向奶奶、妈妈赔罪……爸爸绝笔。

看着泪迹斑斑的信，陈菲再也忍不住放声恸哭。

（原载中国公安文学精选网）

出　警

戈舟

大学四年，从警五年，算起来，迄今人生已经在架子床上断断续续睡了九年。没什么意外的话，可能还得隔三岔五地睡九年。躺在上铺往窗外瞧，夜色氤氲，所门口的警灯无声闪烁。对面超市门前的投币木马也旋转着同样的彩灯，没谁玩，它也播放着儿歌。这让人产生错觉，仿佛我们是一家游乐场的守夜人，身后有摩天轮隐现或者七个小矮人出没。

此刻要是从宿舍冲入夏夜，不啻跳进沸腾的大锅。和冬泳一个道理，那得有点儿勇气。楼下值班室的电话响个不停，好在没什么大事需要出警，但谁也说不准。外面太热，晚上好像更甚，地面蓄积了一天的热力开始蒸腾。暑气弥散，像是黑夜对白昼的反攻倒算，还好所里给装了空调。去年夏天，宿舍里还是靠风扇降温的。

报纸上说这个夏天的高温破了六十年的纪录。我还不到三十岁，反正长这么大我没被这么热过，小吕却认为这在他们家乡根本算不得什么——如果他们家乡的夏天是一百摄氏度，现在我们承受着的，顶多才六十摄氏度。小吕是新疆人，住在火焰山脚下，那儿真会这么热吗？他的说法让人感觉大家是被扔在同一口大锅里的青蛙，但一般苦，两样愁，有人已经将要被煮熟，有人却还在惬意地蛙泳。

我还是挺爱值班的，因为接着可以休息一天。再过一周，我就要去封闭集训，市局组织篮球赛，我被挑中了。那样一来，就有段日子不能回家了。小吕和我心思一样，他是想值完班就能多出一天时间去陪女朋友。小伙子正在热恋，女孩刚刚大学毕业，还没找到工作，有大把的时间需要有人陪着一起打发。而我是想在家多陪陪我妈。

我们每隔四天值一次班。我是主班，小吕是副班，还带着几个协警。他警校毕业分配到所里，我们就成了搭档。我算是他师父。值班当天，小吕会提前准备好休息日的便装——这像是吹响了他约会的预备哨——牛仔裤什么的，能让他摇身一变，精精神神地去约会。他长得帅，个头和我差不多，要不是单薄些，肯定也会被抓去打篮球。因为个儿高，有几次我们俩还被法院临时借去押嫌疑人上庭。都是大案子，电视台要播新闻，两个高大的警察上镜，将嫌疑人夹在当间儿，那效果不言而喻。

值班的时候小吕很快活，一副随时会唱上几句的高兴劲儿。其实我也是这样的心情，一般早早地就让妻子做好了我妈爱吃的东西。这种精神状态不会影响工作，因为我们都感觉有了个近在眼前的盼头，心里得到了鼓舞。人的盼头很多，但近在眼前的却很少。

那天一共接警二十多起，跟高峰期比要少得多。按规定，要是没有突发事件，我们可以在夜里十一点睡觉，凌晨五点再爬起来出警。那时我们已经躺在宿舍的架子床上了，我跟他聊起片区的老奎——就是被报社记者写进文章里的那个主角。小吕听了我讲的一切后，陷入了沉思，他肯定受到了不小的启发。后来他就跳进了外面那口沸腾的大锅，等他回来，晨光熹微，黎明已近。他好像完全忘了还要摇身一变这档子事儿。

我们这一行也是师父带徒弟。我的师父是老郭。他教会了我怎么做警察，可惜三年前查出了喉癌，提前退休了。前段时间我去看他，老头看来已经挺不了多久了，整个人出气多，进气少了。我进所的时候他可健康着呢，黑脸，皱纹像是用刀子削出来的，胸脯拍上去，让人相信能听见金属发出的咣咣声。我觉得他长得很像写《白鹿原》的那个作家，都是那种典型的关中老汉的样子。

老郭烟瘾大。后来满世界开始禁烟，所里也禁，他得空只好跑到院子里，找个拐角蹲着抽几口。有时候太忙，他忘了这茬儿，嘴里不小心叼上了烟，结果被所长撞到，挨了批评还得罚款。这规矩不太通人情。要说喉癌可能跟吸烟会有点关系，可我觉得要是放开让老郭抽，他没准儿现在还带着我巡街呢。烟就像是老郭的口粮，每天在所里抽根烟都跟做贼似的，可能这就叫度日如年吧。真是委屈了老郭。他在所里干了一辈子，架子床可是没少睡。

我们这个派出所在城乡接合部，高楼大厦的背面弄不好就藏着块儿菜地。咖啡馆里坐着的，经常是光着膀子打麻将的人。一开始，要是老郭不带着我到片区走一趟，我肯定得迷路。那就是一个迷宫。有的窄道楼挨着楼，只容得下一个人通过。如果迎面也有人走进来，脾气不好的话，往往就会形成对峙的局面，搞不好还能腾挪不开地打一架。上帝说通往天堂的是窄门，每次从这种窄道挤过去，我都幻想会有一个天堂等在前面。有一回，一个女孩走进窄道里，没遇到歹徒，却遇到两条流浪狗，一前一后，前后夹击，预谋好了似的。女孩被吓惨了，打电话报警。等我们赶过去，她裙子尿得湿漉漉的。于是我挥舞着套狗杆，又充当了一回打狗人。对付流浪狗，也是我们的工作。

我师父老郭跟谁都熟，谁见着他都会给他让烟，有点儿妇孺皆知的意思。很多不吸烟的人，见了他也能摸出一根皱巴巴的烟来，像是专门为了见他备了好几天似的。他有一个铝制的烟盒，上面刻着天安门前的华表，看上去恐怕有些年头了。收了递上来的烟，他就放进铝烟盒里。巡逻一圈回来，差不多能装满一盒。他也给别人让烟，但收到铝烟盒里的他不会再让出去，递给对方的，肯定是他自己的烟。这里面就有了原则和讲究，是一种德行，也是一种从警之道。我觉得，我就是从这种你来我往的让烟里，开始领悟做一个警察的真谛。老实说，这和我入行时的想象不太一样。我师父老郭穿上警服也还是个大爷。何况，现在跟警服差别不大的制服也太多了，所里的协警，超市的保安，跟我们站一起，没点儿专门知识，你分不清谁是谁。巡逻的时候我腰里会有警具，可保安的腰里也有根棍子呢。

每个辖区都会有几个狠角色，我们的专业术语叫“重点人口”。对这些人，你得盯着点儿。老奎就是这么个人物。我到所里时他已经七十出头了。在我眼里，他要是还能算得上“重点”，顶多也就是上路碰个瓷，伏地不起，讹点儿钱什么的。可我师父老郭不这么看，他跟我说：“别看这老汉走得慢，腰里别的都是万。”“万”就是“万货”，方言里指“东西”和“玩意儿”。好像老奎腰里缠了一圈暗器，随便亮出一件，就能吓你一跳。

我觉得老奎和老郭长得也有点儿像。第一次老郭带着我上门“认人”，我都以为他俩是亲戚。他们两个对坐在老奎家被烟熏得四壁焦黄的客厅里，彼此互不搭理，都埋着头使劲抽烟。烟是老奎自己卷的。他把烟丝铺在两指宽的报纸上，搓成棒，用舌头舔一遍，递给老郭。老郭接了，点上，反手也给他递根自己的烟。老奎应该比老郭大个二十多岁，但除了腿脚没老郭利索，背驼得厉害，看上去两个人没多大差别。也不知道是老郭显老还是老奎显小。可能关中男人上了岁数都像是一个模子倒出来的吧，跟兵马俑一样。他让老郭坐在沙发上，自己搬张板凳，矮上那么一截地坐着。老郭跟他介绍我，他瞟了我一眼，就像瞟了眼他的孙子。他可没孙子，就是一个孤老头。

按制度，对重点人口，每个月走访一次就行。可老郭基本上每周都会带着我上老奎家转一趟。有时候巡逻遛到了老奎家楼下，他也要上去歇个脚。我猜老奎沾着唾沫卷出的烟，挺对我师父的口味。

他们第一次当着我面说起老奎的案底时，我已经不算个新人了，已经习惯了偶尔上街去打打狗什么的，也不再盼望窄道的尽头就是天堂。老奎闷头抽烟，突然来了一句："早知道当年把人弄死算尿了，活着就是受罪！"这话跟他嘴里的烟一同喷出来，格外呛人。他的老底儿我知道，故意杀人，致人残疾，被判了十八年。可我没料到时隔多年，他还能放出这种狠话。

老奎说完扔了手里的烟卷，伸出穿着懒汉鞋的脚使劲蹍。旁边就有烟缸，可他故意这么干，说明他是故意摆出一个凶狠的态度。我静等老郭发话。我猜他会训一顿老奎，至少脸色会严肃起来，低沉地说："你这么想不对，想早死也不能拿别人的命垫背嘛。"老奎呢，就会垂下脑袋说："对嘛，你说得对。"因为我已经训过不少家伙了，基本上没遇到过跟我顶着干的。我想，此时老奎要是不垂下脑袋挨训，我会让他把刚刚蹍灭了的烟头捡起来吞下去的。然后老郭会说："有问题就跟政府说嘛，你现在有啥困难?"然后老奎就会诉诉苦：肉价太贵，假货满天飞，乃至人心不古，女孩子穿得太暴露什么的。老人们经常就是这么跟我抱怨的。疏导民意也是我们的职责，这么一番对话，是我心里的套路。我算是个内心戏比较多的人。

可老郭压根儿没接茬。他只是递了根烟过去，然后就聊起医保、天气和附近即将拆迁的居民楼。老郭平时也不是个话多的人，这有些难为他了。他有一出没一出地说，老奎有一句没一句地听。说什么可能也不重要，就是有人说话有人听。说到拆迁，老奎身上也有劣迹。他家老屋拆得早，是这一带最先被开发了的。也就两间小平房，当年硬是被他置换成了两套一居室的楼房——不能得逞的话，他扬言就要再杀一次人。说到做到，他天天敞胸露怀坐在自家门口，地上撂着把杀猪刀，随时要给谁开膛破肚的架势。这都是老郭告诉我的。

那天老郭跟他东拉西扯了半天，临走还给他扔下半包烟。出门时我回头看了眼老奎，怎么看，埋头坐在小板凳上的这个老恶棍，都只是个于世无碍的废物了。脊柱都像是被重锤给敲弯了，还咋呼什么？

从那以后老郭带着我去的次数更多了，隔三岔五就得去看看老奎。在我看来，这事好像被搞颠倒了。老奎放了句狠话，老郭没教育他，反而像是被他吓住了。退休前老郭还专门叮咛我，让我没事也多去瞅一眼老奎。后来我一个人上门，老奎听我说老郭得了喉癌，那眼神，就像是挨了一棍子似的。他当时的表情，让我相信了，这厮其实早就被我师父驯服了。

我不抽烟，跟老奎没法坐一块儿。我师父跟他坐一块儿，即使没话，也是心照不宣和意味深长。我跟他可没什么默契。他干脆连句狠话也不给我撂。我自然也就没去落实老郭的叮咛，顶多每个月去看一眼，例行公事而已。

我太忙了。派出所警察的事情，说出来你能当笑话听。更多的时候，我们就是个片区里跑腿的，而且谁都能使唤我们。没了老郭带着，同样的事，我干起来手忙脚乱。那些鸡零狗碎的小案件、小纠纷，老郭处理起来就是烟来烟往，举重若轻，可是让我来，怎么就有了疲于奔命的感觉。如今我成了小吕的师父，我该拿什么给他言传身教？

小吕这个人挺爱自己琢磨事，责任心也挺强，就是跟我才入行时差不多，想象力还没落到地面上。在他心目中，警察就该是神探，破大案，捕顽凶，除暴安良，跟打狗赶鸡没半毛钱关系。我想这可能跟他正在谈恋爱有些关系，男人在谈恋爱的时候，可不都会把自己想象成一个英雄吗？否则好像就配不上一个美人。这情绪我也有过。直到今天，我也不太跟妻子说我每天都忙活些什么。我不做英雄梦了，但希望我妻子还接着做，那样回了家，我才可以心安理得地喊累。所以有时候遇着邻里纠纷之类的事儿，我都不忍心让小吕去处理。我怕这会过早地消磨一个男子汉的英雄气。小吕和我不同，我是跨了专业，半路出家，考公务员干上的警察，他却是从火焰山脚下走出来的正规警校毕业生。我愿意看到他成长为一个我从前想象过的那种警察。

把那天我俩的值班情况捋一捋，你就能明白现实跟梦想之间有多大的差距了。

早上八点半报到，户籍室打来电话，要进行境外人员办证提醒。这事让小吕来，他英语不错。但是有个别电话已经停机，只有等方便的时候上门找人了。

打完电话开始巡逻。一看油表，发现油箱存量不多，先开到加油站加油，免得在半路上抛锚。我可是吃过这种亏的。

十点多，接到报警，公墓边上的苗圃有人打架。到现场才知道，昨天早上两个工人为小事动了手，其中一个吃亏大点儿的，睡了一夜气不过，醒来后索性报案。秋后算账，当事人都是一副养精蓄锐后的样子，精神头十足，谁也不让谁，只能拉回所里处理。回去后跟他们掰扯了半天，俩人还是要较劲。我当然又想起了老郭。可能这事他用两根烟就打发了，而我就得把自己弄得口干舌燥。

正感慨，有人报警，说是接到了反动电话。我让小吕出警，过了会儿他把人也带回来了，是个满头大汗、一看就知道警惕性很高的那种大妈。询问，登记。兹事体大，要向上级汇报。

处理好已经过了饭点儿，食堂打饭的窗口空无一人。幸好食堂阿姨还在，不然又得上对面的小饭馆吃油泼面。那面不好吃，就是便宜。

刚端上碗，接到有人打架的报警。我让小吕接着吃，自己带了几个协警过去。路远事急，报案人情绪激动，像是要出人命的架势，于是上车后一脚油门踩到底。边上的协警落实当事人的具体方位，对方却报出了邻近派出所的辖区。这叫错报，汇报给指挥中心，掉头回去接着吃。

也就是刚放下碗，所长指示：最近辖区盗窃案件多发，最好召集几个小区的物业开会通通气，想想对策，同时给居民拟一份“警方提醒”。这活儿我干吧。说实话，我不太好意思让小吕去趴着写安民告示。

才开了个头，接到报警，某公司门口发生纠纷，小吕跟着我一起赶过去。烈日之下，一派安宁，压根儿没什么状况。街面上几乎没有人影，别说人影，连阴影都没有。正午的艳阳直射着，马路明晃晃的宛如一匹发光的银练。跟公司的门卫打听，原来人已经走了。“就是小两口闹别扭。”门卫的答复听上去还有点儿幸灾乐祸。

回到所里，有报案人等着，是个姑娘，说是“心爱的”电动车被盗了。她说不出电动车的型号，只说得出电动车对她的重要性——男朋友送的生日礼物，“是世界上最漂亮的电动车”，小吕耐着性子做笔录，我继续写安民告示。

刚写好，有人报警在饭馆被偷。还没赶到现场，又接到报警，一家塑胶公司发生了纠纷。兵分两路，小吕去处理饭馆盗窃案——好歹这也算是个刑事案件。我到了塑胶公司，却是一场劳务纠纷。打工的觉得老板给得少了，双方不同意调解，我只好告知他们可以到劳动仲裁部门处理。

回所的路上接到社区的电话，说他们晚上有个群众活动，可能参与的人比较多，需要我们帮助维持秩序……

差不多就是这些事。

黄昏的时候稍微消停点儿，小吕自己去了片区。有人报警说邻居在家里制毒，我没怎么考虑就把这案子交给了小吕。开始他挺兴奋的，像是张网以待，期望已久，终于来了条大鱼。涉案的那栋楼我知道，教育局盖的，里面住的都是中学老师。报案人是位退休的校长，信誓旦旦地说，以他对化学知识的丰富掌握，完全能够通过阳台上飘来的怪味儿做出判断。他的邻居也是一对教师，两口子带着个十多岁的孩子，女主人倒还真是个教化学的。可查来查去，一点儿证据都没有。小吕不太甘心，加上老校长半年报了五十多次警，这个案子就成了小吕的心事。他不觉得我们就只能写写安民告示、追回一辆“世界上最漂亮的电动车”。倒也是，前几天别的片区还发生了大案子，几个女孩把个酒吧老板捅了足有几百刀。

回来后小吕眉头不展。他说他又趴在老校长家的阳台上闻了半天，隔壁飘来的只有红烧肉味儿。我想的却是这会儿的阳台上怕是得有五十摄氏度的高温。不知怎么回事，在这个夏天我总是觉得夜晚比白天更难熬。白天的热正大光明，不由分说，但晚上的热却显得没有道理。没有道理，就热得更加令人不堪忍受。

那天晚上社区的活动就是广场舞表演，实际上围观的人并没有他们想象的那么多，他们高估了自己的风头。过去后看了看情况，安排几个保安维持秩序，我和小吕徒步去人员密集的场所巡逻。小吕懂事，他以见识过真正酷暑的火焰山人的善意，让我尽量钻到商场里去，巡街的苦差由他来干。真是热啊。巡逻时还得扎起腰带、戴上帽子。从商场走到街上，我感觉会被烫一下，从街上进到商场，我又感觉会被冻一下。每次进出，心里都一惊一乍，让人畏缩。我本来是农大毕业的，“解民生之多艰”是我们的校训。眼下干的活儿，冷热交替，打摆子一样，让我觉得真是“多艰”。

那天算得上是平安无事，我们本来可以睡个好觉。顺利的话，第二天早上八点半交了班，小吕就能摇身一变，去会女朋友了。我也可以带着冻好的饺子去看看我妈。我爸去世得早，年前我妈起夜时摔了一跤，摔断了股骨头，手术后就卧床不起了，只好找了个小保姆陪着。结果当我说完了老奎的事，小吕又跑出去忙活了大半夜。他不在，我也没睡踏实。一开始他可能并没留意听我说话，躺在下铺憧憬第二天的约会。可我是故意要说给他听的，就一直往下说。他果然听进去，领会了我的苦心。我只是没想到他会那么雷厉风行，当机立断就跑去印证自己的猜测了。

老郭退了休，我按部就班，每个月顶多到老奎家转一圈。后来有一次我再去的时候，家里却没人了。我当时也没怎么放在心上，下楼顺便问了句，一个老太太告诉我有日子没见着老奎了，“不知道死哪儿去了。”她这么一说，我就有点担心了。老年人鳏寡孤独，死在家里都没人知道，这事也不是没发生过。回去跟所领导作了汇报，我喊来锁匠打开了老奎的家门。屋里空空荡荡，家徒四壁，死的和活的都没有，但看得出有日子没人烟了。

老奎他失踪了。这看上去也不能算是件事儿。老奎有老奎失踪的自由，谁也没规定他只能窝在屋里卷烟抽。我猜他没准出门旅游去了。他的经济状况还过得去，有套房子出租给别人。如今这一片的房价可不低。我让锁匠师父换了新锁，给邻居留了话，关上了老奎的家门。

我去看我师父老郭时，把这事跟他说了。他一听就有些要跟我急的样子。“旅游个屁！他老奎要是会去旅游，我就会去逛窑子了！”老郭冲着我吼。我一下子没太听明白，但我不想惹老郭生气，他正在进行保守治疗，效果如何，谁都没底儿。“你去申请协查一下，看看市里有没有发现无人认领的死尸。”他这么说我就听懂了，他是担心老奎真的死在外面了啊。“也去收容站问问，人老了糊涂，说不定遛个弯儿自己就找不回去了。”老郭接着指示我。

回去后，这两件事我一一落实了，但都查无其人。就在我发愁该怎么向老郭交代时，半个月后，老奎自己冒出来了，而且冒出来的方式完全出乎人的意料。一天夜里，他竟然打报警电话，说是自己在家摔倒了，现在根本爬不起来。赶过去的路上我还纳闷，新锁的钥匙在我手里，他是怎么进的家门呢？

老奎家的门虚掩着。我推门进去，以为会看到卧地不起的老奎——年前我妈摔断腿就在地上躺了一夜。我妈常年独居，电话又不在手边儿，第二天早上邻居听见屋里有人哭才发现出了事。看到我后，我妈委屈得像个孩子那样号啕不已。我从没见我妈哭得那么凶过，她真是伤心极了。可是老奎佝背坐在小板凳上。客厅灯泡的瓦数太低，就照亮着他头顶那一圈，其他角落一片昏暗。他就像是孤零零地坐在一个黑暗的舞台上，被追光灯示众般地圈定着。

老奎三十岁才娶上老婆，当时这块地方还是一片良田。他就没干过什么农活。换一个时代，他能在梁山上谋个差事。入狱前他就是村里的混混。三十五岁的时候，他终于把自己混到大牢里去了。十八年后回来，老婆孩子都没了。二十多年过去，良田变成了高楼，姑娘们的裙子越穿越短，当年的村霸一个人坐在了三十瓦的灯泡下面，就这么苟延残喘地老去了。

他并没摔跤，更谈不上爬不起来。说白了，老奎报了个假案。可我不知道他意欲何为。看到我，他也没话，并不解释自己的作为。我拉下脸批评了他几句。他就那么听着，过了会儿，开始卷烟。卷好后，下意识地给我递过来。我猜他把我当成老郭了。递烟的手在半空有个停顿，随即他醒悟过来，缩回去塞到了自己嘴里。点火，手哆哆嗦嗦，看着让人着急。想到了老郭，我就对他客气点儿了。问他这段日子跑哪儿去了，他也不吭声，就是埋头抽他的烟。间或把一口痰吐在地上，然后用脚蹭。我没话找话，问他怎么进的家门。他不屑地回我一句：开个锁费啥劲吗？我去看了看，门已经换了锁。这钱我得给他，毕竟前面那锁是我给他换的。他不说要，也不说不要。我没什么耐心了，塞给他二十块钱。我的手跟他的手相触的那个瞬间，他连钱带手一起抓住了我，像是激起了某种动物性的应激反应。可能不到一秒钟的时间，但我有着突然被什么抓牢了的感觉。

这事还不算完，几天后老奎又报警了，还是说他摔得起不来了。即使知道这回八成还是个假案，我也得上门去看看。果然，老奎照旧坐在小板凳上，臊眉耷眼，像个坐在黑暗舞台中央的老猿猴。不同的是，这回他竟然泡好了茶等着我。茶泡在一只破搪瓷缸子里，我闻了闻，可能是那种需要熬制的砖茶。我像是能听到熬茶时发出的噗噗声。那么好吧，既然请我喝砖茶，老奎你总得跟我说说干吗老折腾我？他不作说明，倒是跟我聊起他前段时间跑出去干什么了。我从来没听过他说那么多话。其实，我差不多就没怎么听过他说话，但这天晚上他却对我打开了话匣子。

老奎说他是去找自己的闺女了。

他先去了重庆的云阳县。循着记忆，他看到的却是一片滔滔江水——当年这里不是连绵的青山吗？那一刻，他以为自己真的是老糊涂了。原来那里如今已是三峡库区，昔日的村落十几年前就搬迁了。这就叫天翻地覆，沧海桑田。老奎不甘心啊。他走了那么远的路，孰料已经换了人间。他在江边硬是坐了三天，好像那样就能等来一个水落石出的奇迹。三天后，他动身前往上海。他打听到了，当地的移民都迁到了上海的青浦镇。上海滩带给他的冲击恐怕不亚于滔滔江水。想必那里的一切对于他来讲，就是光怪陆离的另一个世界。溜门撬锁他不在话下，可是要在上海找到个人，这事儿他根本办不到。青浦镇倒是找着了，但当年移民来的人，十有八九继续流动，早已四散。他还是不能甘心。青浦镇西面是上海最大的淡水湖，十万亩烟波浩渺，他又在湖边对着水面海枯石烂地坐了三天。他没找到闺女，感觉是从天而来的大水带走了所有的人间消息。

我对他的家事没什么兴趣，也搞不懂他干吗跟我说这些。但我看出来了，可能说什么对他也没那么重要。重要的是说话本身。他的嘴巴就像是台生锈了的老机器，重新运转，吱吱嘎嘎地颇为费力。而这费力的运转，却能带给他不一般的快感和惊喜。他矮一截地坐在我对面，边说边吞咽口水，润滑着他喉咙里那尘封已久的轴承。他的眼神浑浊而又迷乱。没错，他有点儿亢奋。我在想，这老头大概有许多年没这么滔滔不绝地跟人说话了吧。他都快把自己给说醉了。一边说，一边打着气味难闻的醉嗝。为此，我耐心地喝了两缸子茶，权当自己听了个没多大意思的故事。我猜，最后他会提出要求，让我们帮着他找闺女。他要是真这么要求，我就又多了件事。我都想好了，回去先跟上海警方联系一下。但临了他也没跟我提这茬儿。

破天荒地，这回我走的时候老奎还送了送我。他趿拉着懒汉鞋，颤巍巍地踅到门前替我开门。手伸出去，捞一把，又捞一把，第三把才捞到门把手上。我就知道了，这老头是真的老到头了。明摆着的，身体已经不听使唤了。

又是几天，还是在半夜，老奎的求助电话又来了。他好像专门找我值班的日子这么干。我让一个协警过去看看。小伙子回来跟我说，老奎点名要我去。这我的气就不打一处来了。问明白他没什么事儿后，干脆就置之不理了。谁知第二天一大早老奎竟然找上门来。

我刚在值班室坐下，打算整理一下头天的值班记录，一抬眼，看见老奎隔着窗子矮一截地出现在我面前。他不说话，我也懒得理他，自顾干事。过了会儿他敲了下玻璃。我抬眼看到他翕动着嘴在嘀咕什么，模样就是动物园里跟游客隔窗龇牙咧嘴的大猩猩状。我低头继续忙活，他继续敲玻璃。这下我听见他说什么了。我以为自己听错了，歪着头瞅他。他的嘴在张合，但隔着层玻璃，让我感觉那是声腹语。一只看不见的手把老奎的肚肠搅和得翻腾不已，发出了不受他支配的神秘气声。他又咕哝了一遍。没错，他就是说“我要自首”。

不管真的假的，事儿来了。我用手示意他进来说。隔着窗子，我看他扶着墙往里走的时候，脸上竟然有股掩藏不住的幸福感。

直接说了吧，老奎二十四年前从监狱里一放出来，转身就把自己的闺女给卖了。

就在老奎出狱的前一年，他老婆跟人跑了。对此我挺怀疑的。那个时候，老奎已经五十多了，他老婆也不会年轻到哪儿去吧？谁会带着她跑呢？要跑，也是自个跑了的吧？可老奎认定他老婆就是“跟人跑了”。好像不如此，不足以强调他内心的愤怒。可即便这样，他被强调起来的怒火也还是难平。坐了十八年的牢，他肚子里可是没少憋着邪火。所以他才有资格做个“重点人口”。这种家伙仇视万物，是该盯着点儿。老奎重返社会，举目四望，十八年过去，世界变得跟火星似的，让他老虎吃天，根本无从下嘴。但他有邪火，要抗议。没个泄愤的地方，就盯上自己闺女了。

老奎的闺女那年二十三岁。你都能想到，这种家里长大的孩子会有什么好？倒不是说那女孩品行不端，她挺好的，就是太单纯孤僻。怎么能不单纯孤僻呢？老爹坐牢，老娘撒手跑了，换了谁可能都一样。女孩小学毕业就辍学了，在路边摆了个菜摊，冬天还卖烤白薯。按说老奎回家了，当钉子户搞到了两套房子，守着闺女过日子也挺好，可他偏不这么干。人心不就是这么叵测嘛！否则，也用不着警察这个行当了。我听说南方有钱人还盛行吃婴儿呢。虽然我每天面对的都是些鸡零狗碎，走的路也多是窄道，但仔细想想，世态炎凉，里面确实有惊涛骇浪。比方说，妻子跟踪丈夫，丈夫跟踪妻子，这些事儿，让你都不知道世界到底怎么了。但你能感觉到，它们正在改变那些赋予你生活意义的重要信念。

老奎在监狱里有个狱友是重庆云阳县人，服刑时跟他开过玩笑，说出去后要把他闺女买了当老婆。想到这茬儿，邪火攻心的老奎开了窍。他联络上了这个人，带着闺女上路了。坐了两天两夜的火车，到了地方，老奎一看，山清水秀，适合人居——这可能是他最后的一点儿良心了——当即拿了那人两万块钱，撂下闺女就走了。他跟我说他压根没打算在那人家里过夜。我想我明白他的意思。他的邪火发到这儿就算到头了，再烧下去，会把他也活活烧死。两万块钱多吗？这恐怕不是个问题。钱不是他的目的，没准两百块钱他也要这么干。他就是想报复，至于报复谁，他都说不清楚。人性中那块最为崎岖陡峭的暗面，早把他黑晕了。他想要报复的对象，是他老婆，是带走他老婆的某个人，是世道和人心，没准，连他自己也能算在里面，那是种连自己都一并仇恨厌弃的情绪。他跟我说，那钱直到今天他都没动过。当年他转身而去，走在山路上，脚底发虚，轻飘飘的像是腾云驾雾。后来还跌进了沟里。旷野无人，他在野地里昏睡了一宿。醒来后，山风浩荡，感觉像是死过了一回。

当年老奎的女儿不见了，群众都想当然地认为女孩是找自己的亲妈去了。谁知道背后藏着个天大的秘密。

不折不扣，这是罪行。

可是怎么处理呢？却非常棘手。拐卖人口罪，最长的追诉期是二十年。不放心，我还特意又查了下刑事诉讼法。就是说，时光已经赦免这桩令人发指的罪行了。如果要把老奎绳之以法，得报请共和国的最高人民检察院核准。他肯定还够不上这资格。我做完笔录，上楼去给领导汇报。出门时老奎喊住我，问我干吗不把他铐起来？我瞅了他一眼，用指头点点他，意思是你给我等着。至于等着又如何，我也不知道。在我眼里，他当然是个浑蛋。可是我还没见过这么老的浑蛋。可不是吗，一个浑蛋老到这种地步，浑蛋的程度都要打折扣了。

所长听了我的汇报，跟着我去了值班室。他也只能歪着头瞅了半天老奎。但毕竟是领导，一开口就问出了我心里面纠结的疑惑。

“我说老奎，”所长捏着自己的下巴问，“你咋今天才想着要来自首呢?”

老奎活动着嘴。刚才他说了不少，肯定也说累了。但他只是活动嘴，像空转着的马达，就是不启动，让人干着急。

他是为了逃避打击吗?那么他压根就不需要跑来认罪。是他的良心终于发现了吗?看起来也不像。你从他脸上根本看不出痛苦和悔意，反倒有股兴奋劲儿。就像那天晚上他跟我滔滔不绝后一样，脸上洋溢着的，是一股“可是给说痛快了”的惬意。我都想踹他一脚。

所长拍板，让老奎先回去。他却不走了，无论如何也要让我们把他先关起来。关起来谈何容易！对于这种根本不能批捕的案子，你没法把人送进看守所去。留在所里更是不可想象，等于是弄来了个祖宗，得专门派人伺候着。怎么办?急中生智，我想到了老郭。

一段时间没见，老郭真的瘦成了一张纸片。他像是飘到所里来的，让我不禁一阵心酸。看到老郭，老奎一下子就蔫了。刚才他看上去还得意扬扬的——好像回光返照，又成了当年那个臭名昭著的滚刀肉。但老郭只给他递了根烟，他就像条老狗似的，佝背塌腰地跟着老郭走了。他们一同消失在派出所的门廊前，飘进炽白的光里，就像是羽化成仙，遁入了虚空当中。

我以为这事就算完了，至少是可以暂时搁置起来了。但过了大概有半个月，报纸上居然登出了报道，题目是——老浪子昔日卖女，今日终于投案自首。还配了照片，老奎在镜头里正说得眉飞色舞。然后就有不明就里的群众往所里打电话，义愤填膺地质问我们，干吗不把这没人性的老东西逮起来?所长被搞得恼火，指派我专门答复这样的质询。好像这事儿是我惹出来的一样。我当然更恼火，每天的琐事已经够多的了，还得在电话里苦口婆心地普法。同事们也故意逗我，一接到这种电话，就大呼小叫地喊我。

是老奎自己跑到报社报的料。他像是专门要给我找事。

这事闹了有小半年，我被折腾得够呛。后来有一天我在家休息，中午时老郭给我打来了电话。他让我找辆车，马上到老奎家去。我到了的时候，他们已经等在楼下了。两个老头都蹲着抽烟，旁边撂着一捆包袱。老郭得病后就戒了烟，我看出来了，这会儿他也就是做做样子。好像不做做这个样子，就不能跟老奎打成一片。

上了车，我才知道这是要把老奎送到养老院去。地方是老郭找的，离得也不算远，还在我们派出所的辖区里。这家养老院是私营的，规模不小，据说条件不错，住进去不容易，有的老人已经排了两年的队。天知道老郭是怎么搞定的。我想这事儿，怕是不会像让两根烟那么轻而易举。这就是我师父。他除了跟老奎长得像点儿，二人之间既不沾亲又不带故。再说了，他已经退休了，自己还在跟喉癌死磕。

两个老头都不说话。我偶尔回头，看到坐在后排的他们，居然手拉着手。两只满是老年斑的手彼此扣着，像盘根错节的枯树根咬合在一起。车里有股老年人身上特有的怪味儿。这气味还带着颜色，青灰，又泛着点儿苔藓长着毛的墨绿。没错，你也可以说那就是死亡的味道。

到了地方，老奎却不想进去了。老郭也不劝他，让我跟他在院门口等着，自己蹒跚着进去找人办手续。老奎的包袱扔在地上，他一屁股坐了上去，从口袋里拿出只铝烟盒。这只铝烟盒我太熟悉了，现在竟然到了他的手里。铝烟盒里装着烟丝，估计不够他抽几回的。也就是说，用这只铝烟盒来装烟丝，实用性不大。它更像是个装饰品或者是纪念物。不知为什么，我还觉得拿在老奎手里，它也像是个女人用的粉饼盒。尽管它也算不上太讲究，但对于老奎来说，还是精致了点儿。

他开始卷烟。我跟他说这家养老院有多好。我的话他压根没往耳朵里进。他抽着烟，眼睛空洞地望出去，像是曾经望着滔滔的江水。最后我还是忍不住又问了那个问题。它挺困扰我的，我当时想的是，我要是再不问一下，可能就永远不会得到答案了。我装作漫不经心地问老奎——为啥要在一把年纪了的时候想到来自首？老奎不搭理我，抽他的烟，望他的水。问完我才明白，其实我也没那么想得到个答案。这世界上说不清的东西太多了，而有答案的东西却太少。法律写得倒是清楚，那也可能是一部分答案，但如果世界的问题犹如滔滔江水，法律的答案扔进去，顶多是颗微不足道的石子。明白了这点，你大概才能当好一个警察。

“就是孤单嘛，想跟人说话。”冷不丁，老奎来了这么一句。

我听见了。但当时像没听见一样。随后我才意识到，“孤单”这个说法，我压根就没跟他挂上过钩。这个词不该在他老奎的词库里。我认为有些情感是他无从觉醒到的。哪怕它们已经实实在在地攫紧了他的心，疯狂地荼毒他。就好比如果他真的被“孤单”所煎熬，恐怕他也只会本能地有所不适而已——那情形完全是生理上的，在他，可能就像是嗅到了一股令人反胃的恶臭。他没法将之上升为一种情感。所以，我以为听见了另外一个人说话。

他还是不看我。但我没看错的话，他的眼角有混浊的老泪。你见过人的眼泪像洗过抹布的脏水吗？当时我就见识了。他还能流出脏水一样的眼泪，这算是上帝对他的一个优待。你知道，动物们只能干瞪着眼睛默默承受。不过这可不像一辈子都让上帝头疼的那个老恶棍。他敢杀人，敢卖闺女，敢当钉子户，可是不敢承受老了的“孤单”。

他坐在那儿，整个人蜷缩着，像是被人扔出去时还揉成了团的废纸，你要是想重新弄平整，得用熨斗使劲熨才行。报纸卷出的烟卷都快烧到他指头上了。有一阵，我甚至动念，是不是想办法帮他把闺女给找回来。但这念头立刻打消了。还是算了吧。有什么好说的呢？你要是也被自己的亲爹卖过一回，你就会明白我的意思。

“从上海回来，咋就觉得屋里更空了。”他说，“我都后悔为啥非要那么大的房子，不如回监狱去待着。”

那房子并不大，一居室而已，凑合着住倒是够了，可已经放不下一个老浑蛋的“孤单”——这玩意儿好像有体量，而且呈弥漫状，随物赋形，无孔不入，能把整个世界都塞得满满当当的。

老郭在院子里朝我们招手。我把老奎拎起来，还替他拎起了包袱。这两样都不重，轻飘飘的。不是的，我没有同情他的感觉。或者说，仅仅光是同情他并不足以说明我的情绪。我只是被更加虚无的东西给裹住了。就像是掉进了云堆里。怎么说呢，嗯，我是有点儿伤感。

我师父老郭站在不远处。几个统一穿着橘红色马甲的老人在窗口探头探脑。条件再好，在我眼里，这里也是生老病死的所在，是荒凉之地。但你无能为力。可能最后我也得把我妈送进来。可能最后我自己也得被人送进来。我们向老郭走过去，我突然觉得我师父也是轻飘飘的，大概也已经瘦到了能被我一只手就拎起来的地步。时值仲秋，天高云淡，但那一刻，我的感觉并不比待在六十年未遇的酷暑中好受多少。那是浩渺的炽灼跟微茫的薄凉交织在一起的滋味。

本来小吕是要求睡上铺的，他觉得下铺是我应该享受的待遇。但我还是坚持睡了上铺。我觉得在那样一个上不着天、下不着地的高度躺着，人像是躺在了另外的一个维度里。这能让我有种无从说明的平静之感。我说过，我是个内心戏比较多的人。我睡在上面，看不到下面的情况，说话就像是自言自语了。说完这些后，下面半天都没声音。我以为小吕已经睡着了。

“孤单。”他突然发出了一声叹息般的回味。

我探出头，看到小吕的头枕在自己胳膊上，一脸若有所思的样子。又过了一会儿，小吕就跳了起来。临出门他还没忘记戴上帽子。他就是这样，注重警容，比我强，是个当警察的好苗子。他没跟我说要去干什么，但我大致能猜出来。我从窗子望出去，看见他跑进夜色里，于是开始将他想象成一只在六十摄氏度的水温里畅游着的青蛙。

我想睡，但是却不怎么能睡得着了。夜深人静，万籁俱寂，连值班室的电话都不再响了，对面超市门前的木马却还在唱着儿歌。我也想过要提醒超市的老板夜里就把它给关了，费电，也有点扰民。但我没那么做。我想，这世上的人干世上的事，恐怕都有他的理由。如果对别人妨碍不大，就由他们去吧。儿歌里唱到“天上的眼睛眨呀眨，妈妈的心呀鲁冰花”，我开始想我妈。我想，她老人家现在孤单吗？

小吕出门时替我关了灯。外面旋转着的警灯把斑斓的光投射在天花板上。我举起手，光着的胳膊被照进的彩光裹缠，红红绿绿，像是文了身。这一刻，我又想到了我们农大“解民生之多艰”的校训。随后，我也感到了那大水一般漫卷着的孤单。

天边露出鱼肚白的时候小吕才回来。我迷迷糊糊地被他吵醒，看见他兴奋地趴在我床沿上，腋窝下全是汗渍。

“没错，老校长承认是报假案了。”他说，“本来问清楚我就打算回来，可老头硬是拽着我说了一宿的话。他儿子去美国三年了，平时连个说话的人都没有。”小吕的眼睛里有血丝，不像青蛙，着实像兔子。

“他那是诬陷，”我说，“涉嫌犯罪了。”

我当然早料到了，否则干吗半夜跟他聊老奎？

“我教育过他了。”他说，“老头就是见不得邻居一家三口其乐融融，说是看了堵心。”

小吕的口气里有着替人辩护的味道。我想我没看错人，这小伙子没铝烟盒，也能当个好警察。

我翻下床准备洗漱。洗澡间在对面食堂的楼上，从宿舍走过去，盛夏清晨的空气都开始隐隐发烫。冲澡的时候小吕一直围在我身边说东说西。这个晚上，可能让他有了不少感触。为了让他更高兴些，我在水花中拍了拍他的肩膀。

再有半个小时，五点半，就得在值班室里就位了。但愿八点半交班前不用出警。不是厌战畏难，是天太热，都破了六十年的纪录了。人活着已经是在苦熬了。

（原载《人民文学》2016 年第 7 期）

逃往何方

蒋庆明

信访接待

今天是局领导信访接待日。局党委委员、刑侦大队长马超主持。

已近下班时间，马超问信访科科长："还有信访人吗?"

科长答："还有一位。"

"请他进来。"

进来的是一位老者：满头白发，满脸皱纹，体形瘦小，步履蹒跚。马超快速阅读了老者递上的材料。他叫方修贤，国营云山机械厂的下岗工人，看上去像是80来岁了，实际上70岁还不到。

“方师傅，您好！您来访有什么要求？”

“我还是那个要求，请求你们能尽快抓住杀害我儿子的凶手。”方修贤声音不大，但言辞清晰，态度急切。

“方师傅，您儿子方喜德被害案件，我们很重视，已抓获了大多数参加斗殴的人员，可惜杀害您儿子的犯罪嫌疑人秋飞还没有抓获。这些年来，我们一直在缉捕，但至今没有发现他的行踪。我们向你保证，一定会继续加大力度，想方设法，争取尽早把秋飞缉捕归案。”

“我知道你们对我儿子的事一直很重视，你们工作也很忙，我不应该来多打扰你们，但是……”方修贤欲言又止，泪珠滴滴，哽咽声声。

“您对我们工作有什么意见？我们会认真听取，尽力给您解决。”马超的话语感动了方修贤。

他深深地叹了一口气，说：“我们夫妻俩都是下岗工人，中年得子，好不容易把他养大，却被人杀死了。他妈受这打击，病倒了，脑溢血瘫痪在床，上周去世了。她死不瞑目啊！”

方修贤双手捂脸，悲恸地哭起来。

马超站起来走到方修贤身边，双手抚摸着他的双肩说：“方师傅，您节哀，多多保重身体。我们一定尽力尽快把杀害您儿子的凶手缉捕归案，依法严惩。”

听了马超的一席话，方修贤站起来就要对马超下跪，马超连忙扶住他。

小事大祸

翌日上午一上班，马超就打电话让刑警侦查员兼专案内勤王英英把“11·6”案件的案卷送来。

王英英把案卷送来，同时还有云山市委常委、公安局局长左力近日的一个批示和相关的信访材料。

此信写得有理有情，看了令人同情与内疚。

“11·6”案件主要犯罪嫌疑人秋飞在逃至今已整整10年。请马超同志亲自挂帅，尽快将秋飞缉捕归案，依法严惩。

左力

11月6日

马超看了信和左局长的批示。信是方修贤写的，内容就是昨天他反映的情况。看来方修贤真是很急切啊！

“11·6”案件案发后，多数涉案人员很快就被查明，由刑侦大队一位副大队长带队侦办。案发时，因马超是分管侵财案件的副队长，没有参与该案的侦查。

马超一一阅研了“11·6”案件案卷材料：现场勘查笔录、尸体检验报告书、损伤鉴定意见书、讯问笔录、询问笔录、侦查终结报告书、起诉意见书等。

“11·6”案件的主要当事人牛勇飞与高海风都是云山市城关镇人，都是25岁，没有固定工作。二人原本互不认识。

11月6日傍晚，牛勇飞乘坐公交车到朋友处。车上很挤，他站着。突然驾驶员一个急刹车，站在前面的高海风似乎没有拉住吊环，身子前倾后瞬即后仰，双腿跟着后退，一只穿皮鞋的脚踩在牛勇飞穿运动鞋的脚背上。

牛勇飞“哎哟”一声，随即猛推了一把转身看着他的高海风。

“妈的！你怎么乱推人？还这么重！”高海风长得比牛勇飞高大，满脸怒气，眼睛直盯着牛勇飞，大声斥责着，同时还手一把朝牛勇飞身上推去。

“你踩了人还这么凶！”牛勇飞一拳挥了过去。

牛勇飞的手在空中一把被人抓住，那人叫道：“他妈的，你小子找死啊！敢打高哥，我们让你尝尝味道。”

那人叫雷创，是高海风的好朋友。

雷创说完便与高海风及旁边的另一人一起冲上来，对牛勇飞拳脚相加。牛勇飞这才发现三人是一伙的，自知不是对手，边出拳踢脚抵抗，边往车厢后面退。双方扭打了一阵子，才被乘客劝开。牛勇飞觉得脸被打肿、腿被踢伤了。这时公交车在一站台停下来，那三人从中门下车后就往前走。在车门将要关闭时，牛勇飞从后门跳了下来，悄悄跟在后面，发现这三人右拐到解放路进入了一家饭店。

牛勇飞拐进旁边的一家茶室，掏出手机打电话让秋飞等5人赶过来。10多分钟后，5人相继赶到。牛勇飞说了自己在公交车上被三人殴打之事，众人听了都很气愤，异口同声说要找那几个人算账，要他们赔礼道歉，不然就狠狠教训他们。其中有一个叫史强高的人拿出几根短铁棍，分发给大家。分给秋飞时，秋飞没要。

牛勇飞见了，不高兴地问："你为什么不要？"

秋飞回答："我今天衣服穿得少，藏铁棍不方便，我有一把水果刀。"

"那也行！今天你牛哥委屈大了，你可要出把力。"

史强高问了牛勇飞这三人的体貌衣着，先进到饭店窥探了一番，发现这几人在一个包厢里等着吃饭。

当史强高带着牛勇飞等人进入饭店包厢时，发现里面多了5个人，应该是刚进去的。

牛勇飞见还是对方人多，但已方是带了家伙的，毫不示弱，气势汹汹地指着坐在主宾位上的高海风吼道：

"你刚才踩了我的脚不道歉，还三个人一起打我，太过分、太猖狂了，你们现在必须向我赔礼道歉！"

高海风也不示弱，猛地站起来，也用手指着牛勇飞，大声反驳道："踩了你的脚是因为汽车急刹车造成的，刚才是你先动手的，我们凭什么要向你道歉！"

旁边的雷创也猛地站起来，指着牛勇飞大声怒吼："你小子也真狠，竟然带着人找上门来，想找死啊！"

史强高见状，即拿出铁棍，"啪"的一声猛砸在餐桌上，大叫："你们打伤了我兄弟，赔礼道歉那是我们对你们的客气。你们不要敬酒不吃吃罚酒，这铁棍可不认人！"

铁棍声把一桌子人都敲得站了起来，双双盯着对方眼睛。有的目光凶狠，有的目露惊吓。高海风方有一人想打圆场，说："那你们想怎么样？"

"跪下磕头，拿钱赔礼！"史强高狠狠地说。

"好！我赔你。"雷创说着拿起桌上一碗鸡爪向史强高猛砸了过去。

牛勇飞大吼一声："兄弟们上，打！"

史强高率先持棍冲了上去，双方顿时打成一片，棍棒打击声、碗碟破碎声与双方的怒骂声、喊痛声，混杂于空间。突然，包厢电灯被人关了。不一会儿，有人大叫："捅死人了！"

史强高听出是对方的声音，立即高呼："撤！"

牛勇飞一帮人立即跑出了包厢。

这场恶斗，造成了一死五伤的恶果。受表兄所邀来聚餐的方喜德被对方用刀刺破胸腔大血管，送医院抢救几小时后死亡；雷创胸部被刺中二刀受重伤；双方另各有二人受轻伤。

饭店报警后，派出所、刑侦大队先后赶去。经过近10天的侦查，双方参与斗殴的人员或被抓捕，或投案自首，只有动刀行凶的秋飞没有被抓获。

由于秋飞一直在逃，三个多月后，公安机关依法移送起诉；检察院起诉后，法院依法对参与斗殴的主要人员作出了有罪判决。

案侦初期，云山市公安局即对秋飞上网追逃。

"小事大祸！"这是马超用了一天时间阅卷后的第一反应。如果当时高海风踩了牛勇飞的脚，马上说一句"对不起"；牛勇飞不用手推他，而是回一句"没关系"，双方就不会争吵，接着也不会发生扭打，更不会出现后来斗殴的严重后果。

马超对认定秋飞是持刀行凶者的相关材料作了认真阅读研究，发现证据有所不足。

马超还阅读了"11·6"案件相关的信访材料，多数是方修贤夫妻写的信，但其中有一封信是秋飞母亲写的，该信应该是秋母找人代写的，认真阅读后，觉得很有价值。

劝抓并举

第二天上午，马超召集相关人员专题研究缉捕秋飞工作。

“‘11·6’案件我没有参与侦办，几年前大队决定由我和韩帅负责缉捕秋飞，我们想了许多办法，采取了不少侦查手段，但是至今没有摸到秋飞行踪的任何信息。工作没做好，我们有责任。”

刑侦副大队长崔军凯看了马超递过来的左局长批示后，作了一番客观解释与检讨。

浓眉毛、络腮胡、大眼睛、高鼻梁的崔军凯，此时的表情显得有点尴尬。

“主要责任在我，因为具体工作是我做的。”

韩帅接着作检讨，但话题一转，说：“我认为秋飞有已经死亡的可能。”

“秋飞可能死了？你有什么依据？”

马超很欣赏韩帅脑子灵光，点子多多，而且敢于直言，但是分析案件是要有客观依据的。

韩帅心中早有准备，马上答道：“我的依据主要有两点，一是我们采取了各种侦查手段，如果秋飞活着，多少会有一些他的行踪信息，但几年来却是一点也没有；二是我仔细研究了‘11·6’案件的材料，牛勇飞一方，除秋飞外，5 个都是在社会上混的人，关系很紧密，案发前有过多次打架斗殴的劣迹，而秋飞一直在厂里打工，同事们都反映他很老实，怎么会突然动刀捅死捅伤人呢？……”

韩帅停住了，没往下说。

“继续说呀，从这两点你得出了什么结论？”马超目光中充满了鼓励。

“我认为牛勇飞等人有杀人灭口，再把行凶责任都推到秋飞身上的可能。”

“案中案，伤害案件中还有谋杀大案，这种可能性有多大？”参加工作不到二年的李小林，第一次听到这种分析，感到很惊讶。

信息中队长张莺接着说：“小韩，你的观点也够大胆的。‘11·6’案件的相关信息我一直都在关注，秋飞死了，我觉得是有这种可能，但如果说是被谋杀致死的，没什么依据啊！”

“韩帅，你要知道，当时起诉过程中，公检法三家都认可秋飞是动刀行凶者，这点现在如果没有新的证据，是不能轻易否定的。”王英英表明了自己的观点。

连续被几个人反驳，韩帅右手抓了抓头发，眼睛眨了几次，长长的睫毛连续闪动着，心里有点急了：“我没有完全肯定秋飞是被谋杀，也没有完全否定秋飞是凶手，这只是一种可能性分析嘛。”说完，目光转向马超，似乎在求助。

马超仍以鼓励的口气说：“韩帅的观点很有新意，也有一定的分析依据。”

他转头问崔军凯：“军凯，你的意见如何？”

“马队，这个观点，韩帅和我讲过，我也认为秋飞有死亡的可能，除被谋杀外，秋飞外逃后自杀、意外死亡也是有可能的。这些分析意见，现在都没有证据可作认定，所以也就没有向你汇报。”

崔军凯回答后随即表态：“秋飞死亡仅仅是一种可能性分析，我们还是要再想方设法，继续开展侦查，活着要缉捕归案，死了也要调查清楚。”

“军凯说得对。”马超对自己副手的工作责任心、业务水平一直很满意，又问，“那下一步你们打算怎样开展工作呢？”

“马队，我负责抓了秋飞几年，没抓到，现在左局长又要求你亲自挂帅，下一步还是你带着我们抓吧？”崔军凯对马超的侦查水平一直很佩服。

“对！马队你出马，抓获秋飞或查明真相，肯定有希望。”韩帅马上附和。

马超对崔军凯说：“军凯，你还是继续为主负责‘史强高涉赌涉黑专案’的侦查工作，这起专案的工作量很大，缉捕秋飞一事，这段时间你可不必直接参与，必要时，我会找你商量。”

史强高专案组是左局长亲批成立的，马超任组长，崔军凯任副组长。马超因为要抓全面工作，前段时间又组织侦办几起省厅刑侦总队督办的案件，所以这个案子的具体工作，多由崔军凯负责。

马超对大家说："按照左局长的批示，接下去我来牵头，工作我们一起做。"

众人点头称好。

马超接着说："大家刚才的分析都有一定的道理。这个案件确实有三个问题需要搞清楚，即秋飞是否就是持刀捅死捅伤人的凶手、秋飞有无死亡、如死亡了是怎么死的。"

说到这里，马超目光扫视了大家一遍。众人觉得马队肯定会作出一番精彩分析。

张莺圆圆胖胖的脸上露出一口雪白整齐、晶晶闪亮的牙齿，催促道："马队，你给我们好好分析一下吧？"

"我觉得按照现有案件信息，无法对这三个问题下结论。"马超的话出人意料。

"那怎么办？"张莺问。

马超没有正面回答，而是问："秋飞母亲的来信你们看过吗？对我们缉捕秋飞有什么启发性作用？"

秋飞母亲的信，在场的多数人看过，只觉得秋母是在为儿子辩护，但对缉捕秋飞有什么作用，确实没多想。

马超见大家一时无语，就分析道："我觉得信中有些内容很有研究价值。秋母讲秋飞从小就很老实，不可能动刀杀人，如果用刀捅人，一定是牛勇飞指使的；秋飞在案发前，基本没有出过云山市，案发后突然不知去向，肯定是牛勇飞安排他逃跑的；如果公安能够查明真相，一旦她知道儿子的去向，愿意劝他投案自首。

"从信中这些内容，结合案发后的侦查情况，我们可以作出以下分析：牛勇飞与秋飞二人关系很好，秋飞参与斗殴是受牛勇飞指使的；秋飞外逃可能是牛勇飞安排的，也即牛勇飞可能知道秋飞逃往何处；秋母对牛勇飞安排秋飞逃跑，可能是她自己的一种分析，但也有可能是从秋飞本人或他人处知道的，如果是后一种可能，那么秋母就很有可能知晓秋飞的逃跑去向，特别是首站躲在哪里。"

“牛勇飞与秋飞关系很好，案发后可能又是他安排秋飞逃跑的，那牛勇飞为什么要去陷害秋飞？”

“有没有陷害？为什么陷害？现在还无法分析、判断。”

“据我所知，牛勇飞是投案自首的，他如果知道秋飞的下落，为了争取从轻处理，为什么不说？”

“这可能另有隐情，但是我们现在还没有掌握。”

“秋母答应劝儿子投案自首，为什么这么多年没有实际行动？”

“秋母这封信是在法院判决之前写的，在判决后，她可能觉得对秋飞的行凶结论已经无法改变，也可能确实不知秋飞后来的去向，因而没有劝投举动。”

马超重视了大家所忽视的秋母信件，并作了递进式的分析，令大家十分佩服。但大家还是提出了不少问题。云山刑侦大队讨论案件的氛围的确很民主。

对部下提出的问题，马超只作简要回答，没像以往那样作深入、详细分析，排难解谜，这很出乎大家的意料。

韩帅见大家问得差不多了，就抢着说：“马队，我知道了，有些问题现在是无法搞清楚的，下一步我们的工作重点是先围绕秋母、牛勇飞开展调查工作，然后再作分析研究，对吗？”

马超双手十指紧扣了好长时间，这时才松开。

他说：“对！刚才军凯已经讲了，对于命案逃犯，必须活要见人，死要见尸。现在没有充分依据证明秋飞已经死亡，我们应该把他当作是活着的，必须立足于缉捕，采取传统加科技的多种调查方法与侦查手段，继续查找秋飞的行踪。具体策略上，我们要实施劝抓并举。我负责与秋母接触，以劝投为主。”

询问案件知情人，领导出面效果常常比较好，所以马超决定自己去找秋母谈。

“军凯，牛勇飞也在史强高团伙中，你要在侦查史强高专案的工作中，注意收集相关线索；收网后，要适时专题讯问牛勇飞、史强高有关秋飞逃跑的情况，以求从中突破，进而抓捕秋飞。”

“另外，请张莺对无名尸体数据库再作全面查询，仔细分析有无与秋飞个体特征相似的尸体；请王英英抓紧找一下当时询问秋母的民警，请他仔细回忆一下调查时的情景、情况……”

“好的！”马超下达完任务，崔军凯马上应声受令，其他人自是齐声附和。

秋母陈情

王英英下午就找了治安大队张副大队长。张副队长那时是“11·6”案件发案地城关派出所民警，主要负责调查秋母。他知道王英英的来意后，回忆了当时与秋母接触及询问情况，说秋母虽然是个农村妇女，但是很有主见，性格也较为固执。先后多次询问中，秋母都坚持说不知秋飞去向，反而一再说秋飞不可能杀人，要求公安一定要查明真相，不要冤枉了她儿子。王英英问，感觉上你认为她可能知道秋飞的去向吗？张副队长说按常理分析，秋飞外逃是有可能告知母亲的，我感觉秋母开始可能不知道秋飞的下落，后来可能有所知晓，可是她矢口否认，我们也没有证据，最后可以说是“事有可疑，查无结果”。

王英英还专门电话询问了城东镇派出所参与对秋飞追逃工作的民警小陈。小陈回答是，近几年来一直在监控秋母，没有发现她与秋飞联系的任何迹象，秋母应该是不知秋飞下落的可能性大。他还告知，秋母近期生病卧床在家。

王英英来找马超时，马超正在与杨秋露教导员商量如何去做秋母的工作。杨秋露昨天出差在外，没有参加会议。

二人一起听了王英英的情况汇报。三人一致认为，要从秋母是知情的角度去开展工作。他们还研究了如何与秋母接触的方式方法。案发那时，秋母是故意伤害致人死伤重大犯罪嫌疑人的母亲，民警对她调查时，态度可能会比较强硬，双方可能会互相对立。现在换一种方法，以理服人，以情动人，争取秋母的支持、配合。

第二天，马超、杨秋露与王英英三人身着便装，一起去找秋母。行前，特地买了一些补品、水果带上。

一行三人来到城东镇大路村，先找村支书了解情况。

陪同的城东派出所汪所长给双方作了介绍后，马超握着陈书记的手说："陈书记，今天麻烦你了，我们是为秋飞的事来找他母亲了解情况的。"

陈书记没问马超要了解什么，急着接口说："秋飞的事我知道。这小子以前在村里时挺老实的，听说在城里打工表现也很好的，怎么会突然把人捅成一死一伤呢？怎么会一逃10年没音讯呢？"

看来，陈书记是快人快语。

汪所长已向马超介绍过，陈书记快60岁了，是个老党员、老支书，为人正直，办事廉洁，在村里威信很高。

陈书记直言了自己对秋飞的看法，紧接着又说："秋飞母亲年轻守寡，靠家里的几亩薄地，把一对儿女拉扯大，很辛苦、很不容易的。她为人很善良，在村里的口碑很好。"

陈书记讲了一通后才问："马委员、杨教导员，你们想向秋飞母亲了解什么情况呢？"书记知道局党委委员是局领导，比大队长大。

为人好、口碑好，就有可能做通思想工作。马超说："我们想请她动员秋飞投案自首。"

"动员秋飞投案自首，这可能做不到吧？"

"为什么？"

"前几年你们公安搞'清网行动'，投案自首的从宽处理幅度很大。"陈书记转脸对着汪所长，"我配合派出所民警多次去做过她的思想工作，她一再说自己确实不知道秋飞在哪里。不知道，怎么动员投案自首？"

"陈书记对我们公安工作很支持的，他陪我都去做了二次动员工作。怎么讲政策、做动员，秋飞母亲都是一口不知道。"汪所长补充说。

"你也认为她确实不知道？"杨秋露问陈书记。

"我觉得她确实是不知道。秋飞母亲是很明事理的，也很疼爱这个儿子，如果知道，她应该会劝秋飞投案自首，争取从宽处理的。”

陈书记见一行警察面露失望之色，就热情地说：“今天二位领导亲自来，我带你们去，再帮你们一起做做工作。她这几天老慢支发作，肯定在家里。她女儿已经搬到城里去住了，要接她去住，她不习惯城里生活，还是喜欢住在农村老屋。”

马超等人连连说：“谢谢陈书记！”

一行人来到秋飞家。

秋飞家有一个小院子，里面是三间旧平房，与周围的新楼房形成明显反差。围墙有几个地方坍塌了，墙头长满了杂草；院子里只有一棵银杏，长寿的银杏树已显老态，现在应该正是满树黄金叶的时候，它的叶子却早早地掉光了，一根根枯枝伸向天空；房子外墙石灰斑驳，木制门窗又旧又破，屋顶的瓦片一些破碎了，一些缺损了，显得一片衰败而没有生气。

马超的情商又涌了上来。严重的命案犯罪，不仅会给被害人家庭带来无尽的悲痛，也会给案犯自己家庭造成极大的创伤。秋飞 10 年前就是制鞋厂的技术骨干，如果没有涉嫌犯罪而外逃，他家应该也会建起新房子的，不会如此破败，也不会让老娘独守破房的。

中间堂屋的门关着，没锁，陈书记敲了敲门，即推门引领大家进去。

堂屋中有一张方桌、几把椅子，没有什么像样的家具，但是显得很整洁。秋飞母亲正靠在一把竹椅上闭眼休息。她穿着一身干净的旧布衣，头发全白了，面无血色，身体消瘦。

陈书记亲切地说：“大嫂子，公安局的领导看你来了。”

秋母睁眼坐直身子，用手指指身旁的椅子，示意陈书记坐下，再看着马超一行，没有说话，似乎不愿搭理。

杨秋露一双大眼睛里透出如秋天露水般温柔滋润的目光，走上前指着马超对秋母说：“他是我们局领导，我是刑侦大队教导员，我们听说你病了，特地过来看看你。”说着，她从王英英手中接过礼品，放在秋母身边。

秋母没有拒绝，但也没有表示感谢。

陈书记接着说："大嫂子，这几位领导很好的，他们不是来为难你，而是想与你一起劝秋飞回来，他们一定会给予从宽处理的。"

马超觉得陈书记长期当村干部，说话很有水平。

马超弯腰靠近秋母说："秋飞妈妈，秋飞外出了这么多年，你一定也很想念他的。长期在外，总不是办法，我们迟早也会找到他。如果他能回来投案自首，刚才陈书记也讲了，我们一定会依法从宽的。"

听了几个人的连续劝说，秋母似乎很激动，一下子气喘得很厉害。杨秋露随即走过去给她拍背，边拍边说，你有什么要求也可以提。

"我觉得我儿子不会去杀人，我要求你们公安查明真相。"秋母忍住了喘息，终于开口说话，声音还挺响。

马超说："你觉得你儿子没有杀人，那更应该让秋飞回来说明真相嘛。"

"你们判都判了，说飞飞是杀人凶手，他回来还怎么说得清楚。"秋母仍然很激动，边咳嗽边说。

"我们内部有规定，同一个案件，在逃人员归案后，是要进行再次调查与审理的。只要秋飞回来，如实讲明情况，我们也一定会如实查明的。"马超耐心地解释着，尽量避免使用"逃犯""抓捕"这些词语。

秋母再一次沉默。马超觉得自己的话她是听进去了，便接着加了点压："如果是被我们公安找到了，那对秋飞是很不利的。"

"马领导讲话肯定算数的，大嫂子，你就想想办法找儿子回来投案吧！"陈书记适时作了进一步劝说。

陈书记威望高，平时对秋母也很关照。他的话打动了秋母，态度起了转变。

秋母说："我是很想让飞飞回来，但是我不知道他在哪里啊。"

"秋飞当时是怎么逃跑的，你知道吗？"马超见秋母愿意对话了，就开始缓缓发问。

"我不知道，但是我知道肯定是牛勇飞安排的。"

“你怎么知道是牛勇飞安排的？”

“他们二人很要好，飞飞曾带牛勇飞来家里玩过几次，每次都叫我要多烧几个好菜；那次打架也是牛勇飞叫了飞飞，飞飞才去的，所以我觉得是牛勇飞安排的。”

“牛勇飞安排他往哪里跑？”

“这我不知道。”

“事前事后都没有人告诉过你？”

“没有人和我说过。”

看来秋母头脑很清醒，有问必答，而且答得很快，但是秋母说此话时，脸上露出慌乱神情。这点被马超捕捉到了。

“秋飞没有和你说过吗？应该说过吧？”

马超以知晓的语气再问。秋母被问住了，一时不语。

陈书记觉得马超问话与以往的民警不同，刚柔相济，有礼有节，环环相扣。

“大嫂子，你如果知道就直说吧，今天机会难得，说了会有好处的。”陈书记在关键时刻又帮了一忙。

秋母低头沉思，过了一会儿，抬头看着陈书记说：“老陈兄弟，你可要为我做个主，秋飞如果回来，你一定要让公安查明真相，他如果有错，也要给他从宽处理。飞飞那时还小，不懂事啊！”

“大嫂，你放心，这事由我负责和公安说，他们会满足你的要求的。”陈书记见劝说起了作用，先打起了包票。

马超马上应和，说：“我们都说话算数，请你把所知道的情况和我们谈谈。”

秋母猛咳了几声，深深地喘了几口气后，定了定神，开口说：“难为你们这么为我着想，飞飞是给我来过一个电话。”

秋母开始说真话了！马超听了心里一阵激动，心想要抓住机遇问下去。

他更加和气地问道：“飞飞妈妈，那请你想想，飞飞是什么时候打来电话的？”马超把秋飞改称为“飞飞”。

“是他们打架几天后的一个晚上。”

“从哪里打来的?”

“飞飞说自己在昌海，他在那里找了一份新工作。”

“他说了自己具体在昌海哪里吗?”

“飞飞没说，我也没问，只是叫他早点回来。”

“他有没有说是牛勇飞给他安排的?”

“飞飞没说是牛勇飞，只说是朋友帮他找的工作，哪个朋友我没问，事后我想应该就是牛勇飞。飞飞很少出云山，我知道他只是到云州市去玩过几次，到省城玩过一次；他也不大善于交朋友，除牛勇飞外，他没有什么好朋友的。不是牛勇飞，还有谁能帮他到昌海这么远的地方去找工作呢?”

秋飞母亲还挺能说。她边喘气边说，对马超的一个问题回答了长长的一段话，进一步说明秋飞外逃是牛勇飞安排的。

“飞飞电话打到哪里?”马超觉得秋母讲得在理，就转了个话题。

“打到他姐姐秋雁家的。”

“你与秋雁说过此事吗?”

“雁雁夫妻出去谈生意了，几天后才回来，那时我已经知道飞飞出大事了，就没有和他们说。”

听了秋母的话，陈书记感到很惊讶，问：“大嫂，秋飞打来过电话，你以前怎么一直没说?”

“我接电话时还不知道出事了，而且也就这么一次，之后就没有一点消息了，说了有什么用呢?”面对陈书记的质问，秋母似乎很不好意思，但仍然为自己作了辩解。

“那次电话以后飞飞就没有再与你联系?你真的再也没得到过飞飞的消息啦?”马超紧接着追问，语气显得有点强硬了。

“没有，一点也没有。”秋母很肯定地回答。

“秋飞妈妈，这事应该讲清楚，请你再仔细想想。”马超再次盯住追问。

“真的没有一点消息！要是飞飞再与我联系，我一定会劝他回来的。这十年来，我每天每夜都在想我的飞飞。我的飞飞啊，你现在哪里啊！你怎么不回来看看妈妈呢？”

秋母说完即大哭起来，哭得上气不接下气。

杨秋露又走过去，一边给秋母拍背一边说：“秋飞妈妈，你别太伤心，多多注意保重身体。”

劝说了好一阵子，秋母才停止了哭声。

杨秋露与马超交换了一下眼神，对秋母说：“今天我们就先谈到这里。如果你得到秋飞的消息，可以直接告诉我们，也可以与陈书记说。只要他回来投案，我们一定会查明事实，能从宽一定会依法从宽的。”

陈书记也对秋母再劝说了几句，并作了一番安慰。

一行人告辞出来。陈书记坚持要送。路上，马超对陈书记一再表示感谢。

走到村口，正好碰上来看母亲的秋雁。陈书记和她打招呼，秋雁笑着说感谢陈书记对她妈妈的关照。

马超与陈书记耳语了一句，他马上领会，即请秋雁到村委会去一下，说有点事要找她谈谈。秋雁见陈书记旁边有一帮人，觉得有点奇怪，但是仍跟着来到村委会。

到了书记办公室，杨秋露即向秋雁介绍了找她妈妈谈话的情况，同时请她一起想办法动员秋飞投案。秋雁说妈妈接到过秋飞电话一事，她真的不知道，弟弟出逃后，她没有得到过任何有关他去向的消息，今后如果知道，一定会动员弟弟来投案自首，同时她也反复讲秋飞不可能杀人，要求公安复查，查明真相。

噩梦惊魂

“啊哟，啊呀，啊、啊！我有罪，我认罪！我投案、我坦白，你们饶了我吧！”钟念秋边大叫边猛地从床上坐起。

睡在一旁的妻子被他的喊叫声惊醒，也坐了起来，用手摸了摸他的身子和脸庞，打开灯，转身温柔地抱着浑身发抖的他，柔声地问：“阿秋，你怎么了？叫声这么吓人，浑身都是汗？”

他没有作声，只是转身紧紧地抱着她。

过了好一会儿，他看了看怀中的她，又看了看睡在旁边小床上的女儿，说："没什么，没什么事，只是刚才做了一个噩梦，梦见两伙人在打架，突然有人拿着棍子追打我。我在逃跑过程中跌落到一大坑里了。"

她抽出几张纸巾，帮他擦了擦汗："你怎么近段时间老是做噩梦？"接着打开手机看了看，"没事就再睡吧，现在才三点钟。"

他说好的，让她先躺下。她一定要他先躺下，给他垫好枕头，自己再躺下。

他怎么也睡不着，十年来的往事，一幕幕地在他脑海里上映着。

她也没睡着，她与他相处中，他的一些奇怪表现，也一幕幕地在她的脑海里上映着。

"阿飞，出大事情了！昨晚被你捅了刀子的人死了。"

"啊！那怎么办好？"

"我不是叫你拿根短棍，如他们不赔礼道歉，争吵起来可以用以自卫吗？你怎么可以动刀子呢？"

"牛哥，你不是说实在气不过，他们如不赔礼就狠狠教训他们一顿吗？"

"那我也没叫你捅刀子，更没让你把人捅死呀！"

"对方有人拿凳子砸你，为了保护你，我情急之下才动刀的。"

"好了，我们不要再争论了，现在还是考虑接下去怎么办吧。"

昨晚，牛勇飞说在路上被人欺负了，叫上秋飞等一帮人到一饭店讨说法。争吵中，双方发生了打斗，各有受伤。秋飞被牛勇飞带着躲到了城郊的一家小旅馆。今天一早，牛勇飞就出去打听消息，晚上回来即与秋飞讲了对方的情况。

捅死人了，这怎么办？二人一时都想不出办法，好一会儿沉默无语。

秋飞摸着被对方拳头打伤的右颧骨上的肿块，觉得很痛。突然，他捂着脸大哭起来。哭声中充满了惊慌与恐惧。

“哭什么哭！这是在旅馆，你想让周边的人来抓你啊！胆小鬼，快停住！”牛勇飞低声但严厉地训斥着。

“怎么办、怎么办？我捅死人了，杀人要偿命的。牛哥，怎么办？要不我去投案自首吧？”秋飞停住了哭声，眼泪汪汪地看着牛勇飞。

“投案自首，那你不是害了兄弟们，你自己也逃脱不了死罪的！”

“那、那我怎么办？牛哥你快想想办法吧！”听说自己逃脱不了死罪，秋飞惊恐得浑身发抖。

“逃！你赶快逃跑。我先给你一笔钱，你先跑到我朋友那里躲一段时间。我留在这里，想办法托人通通关系，把事情摆平，有什么情况及时告诉你。”

牛勇飞说逃跑，一向听牛哥话的秋飞，没多想就同意了。

秋飞高中毕业后没有考上大学，来到云山市区，先在一家职业培训学校学了几个月的厨师，后来经一亲戚介绍，进入一家制鞋厂打工。同车间一名工友叫牛勇飞，不知什么原因，二人很谈得来，自认前生有缘，工作之余经常在一起玩，不久就互称兄弟。牛勇飞大几岁为哥，秋飞为弟。牛勇飞大头大眼大嘴巴，双唇又宽又厚，身子板很结实。秋飞瘦高个，皮肤白白的，五官长得比较清秀，身材与牛勇飞相比，明显是一强一弱。哥哥很强势但对弟弟很关照，如有人欺负弟弟，牛勇飞必然是拔拳相助；弟弟很老实也很听哥哥的话，经常跟在牛哥屁股后面转。

三年多过去了，秋飞一直在制鞋厂打工，已经是厂里的技术骨干。牛勇飞则在两年前就辞掉了工作，与社会上一帮人混在一起玩，具体干什么秋飞也不清楚。二人都念朋友、兄弟情谊，经常会在一起聚聚。牛勇飞对秋飞好，秋飞对他更好，有好多次，秋飞从不多的工资中拿出钱来借给他，常常是有借无还，秋飞也从来不向他讨要。偶尔，牛勇飞也会带秋飞与他的朋友相聚，秋飞觉得他们这帮人说话很霸气，好像社会上什么事情都能办得了。其中一个大家都叫他“强哥”的人最厉害，头发理得精光发亮，圆圆的脸蛋圆圆的身子，个子不高但体形强壮，对这帮人说一不二，应该是他们的头头。后来，秋飞知道他叫史强高。

秋飞读书明显偏科，数理化不行，语文却不错，还喜欢诗词。有一首名诗对他影响很深，“生命诚可贵，爱情价更高，若为自由故，二者皆可抛”。诗的真谛他可能没有很好地掌握，但是他知道自由对人生的意义。秋飞像做了一个噩梦，他根本没想到，为了牛哥在车上与人争吵的一件小事，自己一时的冲动，竟然成了一生的分水岭——昨天他还自由自在地工作、生活，今天他就彻底失去了最珍贵的自由。同时，他考虑得也比较简单，自由没了，生命总是要的，先逃跑，活下去再说。

临别时，牛勇飞反复交代秋飞，要他绝对不能与家里及其他人有任何联系，也不要主动与他联系，老老实实地待在他朋友那里等消息。

牛勇飞朋友在昌海县一个临海的小镇上，位于云山市北面，相距近200公里。秋飞找到他后，他很热情，让秋飞在他的租房里住下，让他吃好睡好，但不让他外出。他外出时，都把防盗门锁上，没有给秋飞留钥匙，秋飞想外出也出不去。看来，牛哥已与这个朋友做过交代了。

秋飞有一个姐姐。他童年时父亲就患病去世了，母亲含辛茹苦，艰难地把他姐弟俩拉扯大，对他这个儿子特别疼爱。儿女长大了，母亲却落下了一身的病。逃跑前，他实在忍不住，瞒着牛勇飞连夜回了家一趟。他轻轻地翻墙入院，来到母亲住的西厢房，隔窗静静听了一会儿，发现母亲已经睡了，他不敢进去，咬咬牙走了。

秋飞躲了三天后，思母心切，趁牛哥朋友晚上有事外出时，爬窗从二楼下来，到街上找到一电话亭，拨通了姐姐家里的电话。他知道这段时间妈妈住在姐姐家。

“谁呀？”

是妈妈的声音，秋飞听了就想哭，他激动得一时说不出话来。

“是飞飞吧？你在哪里呀？”

母子有心灵感应。

话筒里传来妈妈慈爱的声音，秋飞连忙回答："是我，妈妈，我是飞飞。妈，你身体好吗？咳嗽如何？"

"我身体还好的，你放心。"妈妈总是不让儿女为自己操心。

"姐姐、姐夫在家吗？"

"他们有事出去了。听说你这几天没有在制鞋厂上班，你到哪里去了？"

听妈妈说话的口气，秋飞觉得她还不知道他闯大祸了。捅死人这么大的事，妈妈怎么不知道呢？是姐姐、周边的人瞒着她吧？不知道最好，他不愿让妈妈为他担惊受怕。

秋飞回答："制鞋厂我不干了，那里工资太低了，我换地方找了一个工作。"

"那你现在在哪里？做什么工作？身体、生活好吗？"妈妈问个不停。

秋飞听到了妈妈轻轻的咳嗽声，秋飞知道是妈妈忍着不咳重。

"我在昌海县，工作很好，其他也都很好，妈妈您放心。"

"你怎么会到那么远的地方找工作？和谁一起去的？"妈妈还是问个不停。

"我一个人来的，是朋友介绍我来的，妈妈您不必担心。"

"昌海这么远，你这样回家不是不方便了吗？制鞋厂不好干，你可以到你姐夫的厂里做嘛。"妈妈很希望儿子经常回家看看她，但她没有直说。

姐姐从小对他很好，姐夫在当地办了一个五金加工厂，原来规模很小，这几年比较顺，生意慢慢做大了。秋飞是想过跟着姐夫干，但是现在他还去得了吗？

"妈妈，我先在这里干一段时间，如果不好，我就回来。"

"那你近几天先回来一次，工作上的事与你姐姐好好商量商量。妈妈也想你。"

妈妈终于说出了她的思念，秋飞听了又想哭。他不敢哭出声，但是眼泪已不由自主地流了下来。

秋飞一边打电话，一边观察着周围的动静。他觉得电话亭左右各有一人似乎在紧盯着他看。他赶忙贴近话筒轻声地说："妈妈，我知道了。您多多保重身体。"说完，他匆匆地挂了电话。

秋飞回到出租房，牛哥的朋友还没有回来。

"谁言寸草心，报得三春晖。"妈妈，世上最爱他、最疼他的人，他不能在她身边尽孝，现在连看也不能去看她，怎么会搞成这样呢？秋飞趴倒在床上，抱着枕头好一阵子痛哭。他先想到回去，先回家看妈妈，再去投案自首；他又想到牛哥的话，犹豫不决，想想也只有等到牛哥的信息再说。

又过了三天。晚上 10 点多，与秋飞一起在看电视的牛哥朋友接到了一个电话，听了后说是找你的，就把电话交给他。秋飞一听是一个陌生人的来电，那人说是牛哥让他来接他的，叫他马上到小镇车站的北面，那里有一辆白色的桑塔纳轿车在等他，他带他去与牛哥会合。

听说要与牛哥见面了，秋飞有点兴奋，他想牛哥神通广大，可能已经把事情摆平了。他与牛哥朋友告别了一下就要走，牛哥朋友似乎也听到了电话的内容，同意他走，还把他送下了楼。

小镇车站北面的那条马路上路灯很少，光线很暗，秋飞还是很快找到了那辆桑塔纳。

秋飞拉开副驾驶的车门，见后排座没人，问驾驶员："我是秋飞，你是牛哥派来接我的吧？"

"是的，你快上车。"

车子发动着，秋飞一上车，驾驶员就锁上车门，一踩油门，车子很快朝东开去。

有一段路路灯比较亮，秋飞侧眼看了看驾驶员，只见他戴着一副深色的大框眼镜，颧骨很高，耳朵很小但鼻子很大，上唇留着长长的胡子，握着方向盘的双手显得很粗壮，手背上还长着又黑又长的毛。晚上开车为什么戴深色眼镜？秋飞再侧视了一眼，觉得"眼镜男"脸上似乎有一股凶相，心里不由得一阵紧张。驾驶员没报名字，秋飞不好意思问，心里就把他称作"眼镜男"。

车子不久就开上了一条盘山公路，山好像很高，公路弯弯绕绕，坡度很陡。“眼镜男”只顾自己开车，一直没有和秋飞说话。

秋飞忍不住，小心翼翼地问道：“师傅，我们现在是去哪里？牛哥到那里了吗？”

“翻过这座山就到了，牛哥在那边的一个农庄里等你。你别急，牛哥已经把你们的事情都处理好了。”“眼镜男”答话时态度倒显得挺和气的。

听到了和气的声音，秋飞紧张的心情放松了不少，很友好地说：“哦，那就好。师傅辛苦了，山路又弯又陡，你慢慢开，我不急。”

“眼镜男”没有接话。

事情已经处理好了，那牛哥为什么不叫我回去，而是跑这么远的路来与我见面呢？秋飞心中又产生一大疑问。

车子开上了山顶，开始下坡了。山的东面是大海，刚才躲在云层里的月亮现在钻出来了，又圆又亮，银白色的光辉倾泻在海面上，风不大，大海泛着一波又一波细细的银色浪花。秋飞想起了“月光如水水如天”的诗句，但是他没有心思欣赏月光下大海既壮观又美妙的景色，苦苦地思考着牛哥到底把事情处理得怎么样了？

突然，车子紧靠右边停了下来。发动机没关，但车灯关了。秋飞刚想问为什么停车，转脸一看，顿时愣住了。“眼镜男”凶相毕露，他咬紧着牙齿，二颊与鼻翼的肌肉都鼓了出来，又黑又浓的胡子似乎也都竖了起来。

“你知道我是谁吗？知道今天我想干什么吗？”“眼镜男”侧脸对着秋飞。秋飞觉得他的话语全没了刚才的和气，而是裹挟着一股凶气扑面而来。

“你不是牛哥派你来接我的吗？”秋飞颤声答道。

“哼！牛哥，你的牛哥早已蹲大牢去了。”

“那你是谁？你想干什么？”秋飞吓得脸色发青。

“我是方喜德的结拜兄弟，喜德对我有救命之恩。你杀死了喜德，今天我是为他报仇来的！”

“那你想把我怎么样？”

"你向右看看，大海的景色很美的。"

秋飞把惊恐的目光转向右侧，瞬间听到油门的轰鸣声，紧接着又听到"眼镜男"大叫："浑蛋，你去拥抱大海吧！"

白色桑塔纳冲出路基，在一段斜坡中翻了几个滚后，从几十米高的悬崖坠了下去，直冲大海。

心有灵犀

马超仔细回顾了与秋母的对话过程，又翻阅了案卷中的相关材料，再向韩帅要来这几年缉捕秋飞的调查材料仔细阅研，他觉得可以作出如下几点分析判断：

一、秋母讲的应该是实话，秋飞首站是逃往昌海；

二、原来的分析得到了进一步印证，即秋飞外逃很可能是牛勇飞安排的，因而牛勇飞很可能知道秋飞在昌海的具体落脚点；

三、秋飞生死仍然还不能确定。

马超与杨秋露、王英英作了沟通，她们也都认同他的分析意见。

昌海县是个大县，地域广人口多，不知道秋飞当时的具体落脚点，10 年过去，很难查到的。怎么办？

马超打电话请崔军凯来一趟。

崔军凯进入马超办公室就说："马队，我正想向你汇报史强高专案的进展情况，你电话就打来了。"

"哦！这种情况有多次了吧？心有灵犀，看来我们的工作配合很默契。"马超边笑着说，边递给崔军凯一支烟，还把一杯已倒好的茶水放到他的面前。

崔军凯也笑了，连连说是的、是的，我先向你汇报一下吧！

马超说，今天还是我先向你通报一下与秋飞母亲的接触情况。

马超简要地谈了与秋母的接触情况，详细地讲了三点分析意见。

崔军凯听了后，又显得有点尴尬，说："马队，你们的调查工作很对路，收获很大，我负责抓了几年却没有什么突破，看来没抓到点子上。”

“也不能这样说，侦查案件往往是要工作到一定份儿上，才会出现机遇。要是一开始就都能找到突破点，那什么案子都能快速侦破了，这不可能。”

马超宽慰了崔军凯一番后又说：“这次对秋母的调查，能否导向顺利缉捕秋飞，也很难说。”

“马队，听了你的介绍，我觉得秋飞逃跑就是牛勇飞安排的。现在看来，要缉捕秋飞，需要尽快正面接触牛勇飞，但是史强高专案还需经营一段时间，因为还有许多调查取证工作要做。牛勇飞与史强高二人关系很密切，如果抓了牛勇飞，则有可能惊动史强高整个团伙。”

“侦查涉黑涉恶案件，主要靠前期秘密的调查取证工作，否则上手后很难突破口供，顺利移送起诉。你们不要急，一定要充分获取证据，但是也要再抓紧。”

“好的，我们尽量。”

马超思考了一下后问：“现在正面接触牛勇飞不到时机，我们能否侧面进攻，先作一些外围调查呢？”

崔军凯回答：“我也是这样想的。我再次仔细阅研了‘11·6’案件的案卷，发现参加斗殴的牛勇飞一方 5 人都一致交代是秋飞持刀捅死捅伤了人，而当时包厢里的灯被人关了，光线比较暗，高海风这方没有人供述清楚地看到秋飞动刀行凶。如果是牛勇飞安排秋飞逃跑，再把持刀行凶责任都推到秋飞身上，就有可能与另外 4 人作了串供。当时史强高叫来的 3 个人，没有在这次侦查的团伙中，我们可以先调查这 3 个人，必要时可以先密捕审查。”

“对！我阅卷时也感到牛勇飞等 5 人的交代有问题，他们一致指认秋飞，连秋飞捅刀的过程也讲得相当一致，这里面是有串供的可能。你另外组织几个人，专门去调查这 3 个人。如果牛勇飞、史强高到案，也需要有证据来促使他们交代。”

“好的，我马上安排，”崔军凯答应后又问，“马队，昌海那边要抓紧去调查吧？”

“是的。行前必须先对牛勇飞在昌海的社会关系情况做些调查。韩帅一直跟你在办这个专案，对牛勇飞的情况熟悉，能暂时脱开一段时间吗？若行，你安排他负责去查吧？”

“行！韩帅可以抽出来。”

韩帅因破案有功、表现良好，不久前被提任重案中队中队长，崔军凯不再兼任重案中队长。尽管只是个副股级，韩帅已经是刑侦的中层干部，更是个业务骨干。崔军凯知道马超很看中韩帅，在重点培养他；也很相信他，有意识把一些重要任务交给他去执行。

崔军凯向马超汇报了史强高专案近期的侦查工作进展。

马超听后，提出了几点工作要求，并说，这段时间他先集中精力缉捕秋飞，专案工作请崔军凯多多负责。

三天后，韩帅向马超报告。他已经查到了牛勇飞10年前在昌海的一个重要关系人。

这个人叫姚可大，曾居住在云山，与牛勇飞关系很好，有一次因琐事纠纷被对方打伤后，请牛勇飞帮忙，把对方一个持棍打他的人狠狠打了一顿。对方势力很强，扬言如果下次碰到姚可大，非要他一只手不可。姚可大吓得逃离了云山。根据线人反映，姚可大来云山前在昌海县居住了较长时间，打架后很可能逃回到昌海。

“好！”马超分析道，“虽然我们现在还不能肯定牛勇飞安排秋飞逃往姚可大处，也不知道姚可大是否还在昌海，但是起码有了一个有价值的侦查方向。韩帅，明天你跟我到昌海去调查。”

马超在侦查大要案件中，一些重要工作喜欢亲力亲为，这次左局长批示赴外地调查，他决定自己带队去。

韩帅欣然应答：“是！”

离奇车祸

马超带着张莺、韩帅驾车来到昌海。马超是局领导，又是全省知名的破案专家，亲自带队来查案，昌海县公安局领导十分重视，专门听取情况，表示大力支持配合，刑侦大队自是更为重视。

张莺按照马超要求，全面查询了昌海公安的各类数据库，没有发现姚可大的踪迹。考虑到十年前可能数据入库不全，马超提出人工翻查“11·6”案件发案当年全县暂住人口登记原始台账。昌海公安立刻紧急协查，只过了一天，靠海的东安镇派出所就报告，发现姚可大的暂住登记，但是到当年他住的出租房调查，姚可大在那里住了半年多，那年11月中旬离开，去哪里了，查不到。

好不容易发现了姚可大的暂住登记，但是他早已不知去向，怎么办？马超与张莺、韩帅二人商量。

韩帅说：“马队，我把这个姚可大暂住登记的照片发给我的线人辨认，他肯定地说就是在云山待过的那个姚可大。”

张莺接着说：“马队，我来之前已上网查询，发现全国与姚可大同名同姓的人很少。刚才我向东安派出所询问了姚可大当时的登记地址，上网查询后发现那个地址没有姚可大这个人，看来该暂住者是持假身份证登记的，我们要找的那个人用了‘姚可大’的名字。”

马超很赞赏二人的工作，说：“很好，你们把工作做在了前面。”

“‘姚可大’离开东安已有10年，当时他用假证登记，那我们要找到他就很难了。如果找不到，那太可惜了！”韩帅听了张莺的介绍后，有点心急，也有点失望。

“是很难，我已经用‘姚可大’与他的登记地址查询了各类数据库，没有发现他的任何行踪信息。”

马超一直双手十指紧扣，边听边思考。这时他松开十指说：“今天得到的信息还是很有价值的，特别是查实了这个‘姚可大’确实在昌海居住过。”

他接着说：“他与牛勇飞关系很好；案发后秋飞说自己在昌海；‘姚可大’持假证在东安登记，当年11月中旬以后就不见行踪，这些都表明‘姚可大’很可能与秋飞有接触，找到他，就有可能发现秋飞的踪迹。”

这个案件侦办中，马超少有地多次对部下的提问没有作出解释或解答，看来缉捕秋飞的难度真的很大。张莺心里这样想着，嘴里问道：“那我们下步怎么办？”

“怎么办？百闻不如一见，明天我们去东安镇实地调查一次。”

在东安镇调查中，马超问了协助调查的一个副所长和一个老民警许多问题。

你们到“姚可大”租的房那里调查时，房东有没有讲起一些“姚可大”的反常表现——没有。

周边群众有没有反映他与一个外地青年在一起——没有。

那年11月10号左右，有无群众报案称发现可疑血迹——没有。

那段时间之后有无发现过无名尸体——没有。

你们这里靠海，有无发现过海漂的无名尸体——海漂尸体有发现过，但是那几年没有。

人家是党委委员、刑侦大队长，一连串的问题都是回答没有，两个派出所民警似乎有点不好意思。

韩帅不知哪根神经跳动了一下，突然发问：“那段时间有没有发生过交通事故？”

副所长有点茫然，既答又问：“交通事故当然有，你们这个案件与交通事故有关？”

老民警听了似乎突然醒悟，马上接着说：“当时发生过一起离奇的交通事故。”

“离奇的交通事故？怎么回事？有没有死人？”韩帅一听到有一个离奇的交通事故，马上联想到自己以前对秋飞可能被谋杀的分析，抢着连连发问。

老民警回忆说：

那年11月中旬，应该是13号或14号，晚上，我们派出所接到一个司机的报警电话，他说自己在东岩山东面下坡时，看到前面一辆轿车翻下了山坡，他车子开到翻车处，没看见人，也没看见车子，车子应该是翻到大海里去了。我当时值班，即带了两个协警赶赴现场。我们在翻车处看到了车子翻下去形成的痕迹，在几十米长的山坡上找到了几块汽车碎片。山坡下是几十米高的悬崖，悬崖下面就是大海。我们没有发现死者或伤者。奇怪的是，第二天交警大队来了以后，把车子打捞上来，没有发现尸体，之后我们反复查找，也没有发现尸体。悬崖下面是一个海湾，里面大出口小，如果人从车内逃出溺死，一段时间后尸体浮起，应该是会被发现的。

车子总应该有人驾驶吧？如驾驶员死里逃生，也应该报案或者出来认车吧？老民警最后提出了两个问题。

听了老民警的叙述，陪同到东安镇一起调查的昌海刑侦胡副大队长叫了起来："哦！我也想起来了，这个事故我也参与过调查。"

接着，他一口气讲了调查过程。

"我记得是13号发生这起交通事故，14号打捞上来的是一辆白色桑塔纳轿车，没有挂牌照，但是我依据车子的车架号与发动机号，查到就是你们云山市的车。我还专门到云山作了调查，那车是云山市政府一位机关干部的车，两天前被盗了。我调查了那位干部，车子被盗后他及时报了案，那几天他都在正常上班。我和你们派出所刑侦队一起侦查了一段时间，没有破获这起盗车案。我记得当时一起办案的民警向我介绍了案犯盗车时几个目击者发现一个可疑人员的情况。由于没有查到盗车者，也没有发现尸体，一段时间后，这个案子就挂了起来。"

马超听了二人的叙述，感到这是一大意外收获。他与大家一起分析，一致认为，这起交通事故，很可能是盗车者意欲谋杀秋飞而造成的一起车祸。因为：牛勇飞、秋飞都是云山人，出事车子是云山的；秋飞外逃首站很可能是昌海东安，出事地点在昌海东安；秋飞11月6日参与斗殴后外逃，出事时间离他外逃时间仅一周。

他们还分析到，盗车或谋杀者很可能在车子冲下山坡的一刹那，跳出车门逃离。至于秋飞有没有在车上，如在车上，是死是活，则难以下定论。

马超对昌海的民警说："谢谢你们的大力支持，你们提供的情况对查找秋飞很有用。请你们继续协助我们查找'姚可大'的行踪去向。这起车祸，我们先回云山从侦查盗车案件入手，把它查清楚。”

灵光闪现

马超回到云山后，专门向左局长汇报了这段时间缉捕秋飞的工作情况。

左局长问：“你们下一步准备怎样深入开展工作？”

“我们想从四个方面开展工作，一是先调查‘11·6’案件中牛勇飞方的3人，专案收网后再审讯牛勇飞，如果是牛勇飞安排秋飞逃跑，突破他的口供，就能发现秋飞的行踪；二是查明‘姚可大’的去向，争取从他那里获取秋飞的外逃情况；三是对盗车案件再次启动侦查，争取破获，进而争取查明该案案犯有无去谋杀秋飞，秋飞到底是死是活；四是继续动员秋飞家人寻找、劝说秋飞投案自首。”马超把下步工作既全面又简要地作了汇报。

左局长听后面露微笑，连连点头称赞：“很好！很全面、很周到。我看这四个方面只要一方有突破，就有可能抓到秋飞。这正应了那句话——‘东方不亮西方亮’。”

听了局长的表扬，马超心里自然是高兴的。马超想到左局长虽然不是搞刑侦出身，但思维灵敏，判断能力强，有时点子很准，就问：“局长，你对下步工作有什么高见？”

左局长笑了笑：“哪有什么高见，只是我觉得你们这次是劝抓并举，四方面工作中，劝投是直接促成秋飞归案的捷径，你们应该再多想想办法，尽快把秋飞查获归案。”

马超说：“局长你放心，我们一定争取尽快把秋飞缉捕归案。”

马超回到办公室，抓紧处理了外出这几天堆积下来的工作。大队长不只是破命案要案，其他工作也很多的。好在日常工作杨秋露都能管，史强高专案近期的工作也已经安排崔军凯负责去做，这段时间也没有发生什么重大案件，马超觉得可以集中精力缉捕秋飞。

马超对四方面工作安排了四个小组分头开展，并提出了具体、详细的工作要求。

几天过去了，工作没有取得实质性、突破性进展。

崔军凯安排的人员对“11·6”案件史强高叫来的3个同伙开展了调查，发现这3个人都是外地人，查到了一个，已经因为交通事故死亡了，另外两个当时被判缓刑，宣判后不久就离开了云山，现在一时找不到下落。

张莺负责查找“姚可大”行踪，她反复进入各类数据库查询，到处发协查通报，但还是没有查到“姚可大”的一点踪迹，也没有发现任何有用线索。

韩帅负责侦查盗车案，有点进展。他们利用当年根据目击者描述制作的模拟画像，重点对牛勇飞的关系人作了智能与人工比对，查出了几个面貌相似的人员，但是时间已过去10年，查证、甄别的难度很大。

城南派出所负责对秋飞家人再做劝投工作，汪所长和民警小陈等人去了几次，秋母态度很好，但是她说近来确实没有得到秋飞的任何消息。

怎么办？马超有点愁眉苦脸，觉得这次侦查工作真的遇到大难题了。他关起办公室的门，反复琢磨。桌上的烟灰缸里堆满了烟头。

夜深了，马超突然脑洞大开，灵光闪现：秋飞外逃与母亲联系一次后没有再联系应是事实，但他这么多年就不与家里联系？有无可能与姐姐联系过？秋雁对弟弟这么好，难道就不会设法与他联系？上次与秋雁仅仅是在陈书记办公室作了简短的谈话，工作可能没做细做透吧？左局长不是要求我们多想办法开展劝投工作吗？我怎么只重视秋母而没有把秋雁重点纳入进去呢？对！明天再去找秋雁谈一次。

再访秋雁

秋雁这几天很纠结。

上次她去探望母亲，母亲给她详细讲了公安来询问她的情况。

母亲觉得，这次来的是公安局的领导，态度很好，又有德高望重的老陈书记在场，如果能找到飞飞来投案自首，不但能够查明真相，即使有错也会得到从宽处理，机会难得，要她一定要想办法找到飞飞，劝他投案。

母亲边说边哭，秋雁在一旁也直掉眼泪。母亲十分想念儿子，她也十分想念弟弟啊！她心中不由得恨起秋飞来，你怎么可以一走10年，一点音讯也不告诉家里呢？

母亲反复问她，飞飞有没有与她联系？知不知道飞飞的下落？

秋雁答应母亲尽量想办法去找秋飞，但是她说自己确实不知秋飞的下落。

秋雁真的一点也不知道吗？实际上她是既知道又不知道。

秋雁嫁在大路村的邻村，秋飞经常到她家来玩，有个邻居和她丈夫很好，不时也过来玩玩，因而和秋飞认识。后来邻居到北方一城市打工，三年多前，有一次回家，告诉她自己在那个城市碰到了秋飞。邻居说有一次他骑自行车上街，拐弯时碰倒了一个人，那人不但没发火，还把跌倒在地的他扶了起来。他觉得那人很像秋飞，就叫了声，秋飞，是你啊！那人低声嘟囔了一句你认错人啦，就走了。邻居觉得应该是秋飞不会错，回家时就和秋雁讲了。秋雁听说后，就随邻居到那个城市找，找了近一个月，没找到，只有拜托邻居帮忙继续找。之后再也没有得到过秋飞的消息。

秋雁想邻居只是偶然一次看到秋飞，自己去找也没找到，秋飞到底在哪里也不清楚，如果与母亲讲了也没用，反而可能使她更加思念、更加伤心，就一直没有与母亲讲起这件事。

秋雁从街坊传闻中，知道公安局的刑侦大队马超大队长是有名的破案专家，这次他带人亲自找上门，秋飞还能继续躲下去吗？如果被抓住不是要被重判吗？这件事与他们讲，再协助他们找秋飞，秋飞能得到从宽处理吗？

一天晚上，秋雁一人在家，又在考虑这个问题，突然听到了门铃声，她隔门问了问，小区保安讲是公安找她问点事。

她开门后惊愕地发现上次见到的马大队长、杨教导员和那个女民警站在门口。

三人进屋后，还是杨秋露先说话。

她说："秋雁，秋飞在逃一事，马大队长很重视，亲自负责，我们公安局'一把手'左局长也很重视，他也说了，只要你们家人能劝秋飞投案自首，我们公安一定会查明真相，而且会尽可能从宽处理。你应该帮助我们找到秋飞，劝他投案。"

秋雁听得很认真，她想把邻居看到一事说了，犹豫了一下，还是说："谢谢领导的关心！我确实也想劝弟弟投案，可是我真的不知道他的下落。"

"我下午去找过你妈妈，她的态度很好，很愿意配合我们，让我再来找找你，要你多想想办法。"

杨秋露下午确实去找过秋母，马超跟她讲了晚上要再去找秋雁后，她觉得有必要先再去秋母那里做些询问。

秋雁听说又去找过她妈，脱口而出："你又去找我妈了，那还去找过谁？"

"这个你不必问，我们觉得你应该对秋飞外逃的情况知道一些。我们给你机会，难道你不愿意说吗？"杨秋露抓住机会追问。她觉得有马超在，她把话说白一点没关系。

秋雁一时沉默不语。她在想，现在邻居应该还没有和公安反映，我先说可能比较有利；如公安查到邻居，他先说，我还没说，那就被动了。秋雁像她母亲，虽然出身农村，文化不高，但处事还是挺精明的。

秋雁咬咬牙，说："我是知道一点，如果我说了，再与你们一起找我弟弟，找到了，让我先劝说他投案行吗？"

杨秋露干脆回答："行！"

马超接着强调："这当然行，你们家人劝秋飞投案自首，我们会查明真相，依法从宽，这点你放心。"

秋雁终于被马超、杨秋露二人的话所打动，她放下了顾虑，把邻居说的话与自己去寻找的情况都说了。秋雁还分析说，邻居看到的人，应该就是秋飞，邻居与秋飞原本熟悉，她也仔细问了邻居所看到那人的体貌特征。最后，秋雁说，我得到秋飞的消息真的就这么一次，之前、之后都没有得到过秋飞的消息。

这是10年来第二次得到秋飞行踪消息。马超心里有点兴奋。他问："那个邻居叫什么名字?"

"他叫颜华乐。"秋雁回答后即补充，"哦，昨天我回村里，发现他打工回来了，在家里。"

马超说："那好，我们去找找他。你自己也再想想办法，积极配合我们查找秋飞。"

秋雁回答："好的。你们说话可要算数。"

"算数!"

马超一行连夜赶到城东镇找到颜华乐家里。颜华乐40多岁，又黑又瘦，一双眼睛却是又黑又亮，他开始可能想替秋雁保密，不愿多谈。马超告诉他，我们已经找了秋雁，秋雁都讲了，现在向你来做进一步了解，你有义务配合我们公安机关工作。颜华乐的思想被马超做通了，转而十分配合询问。他详细讲了自己三年多前在北方高北市碰到秋飞的情况。

马超听了后问："你有没有可能看错了?"

"不会，我认为那人就是秋飞。"

"你有什么依据?"

"秋飞比以前胖了不少，但是他的双眼皮大眼睛，我印象很深，那次也看得很清；还有他下巴右下有颗黑痣，位置、大小都与以前一样。"

"就那么一次?"

"就一次。后来秋雁跟我去找，没有找到。"

"你凭直觉觉得秋飞在那边可能干什么工作?"

"我们就是短暂接触了一下，没什么感觉。"

"秋飞当时有没有穿什么工作服?"

"他穿了一件长袖T恤，上面没有印什么字，应该不是工作服。"

王英英边听边记录，听了二人的连续问答，面露惋惜之情，觉得好不容易得到的线索又要断了。杨秋露似乎也觉得有点失望。

“老颜，我有几个问题再问问你。你仔细回忆后再回答我。”马超说。

“好的，你尽管问。”颜华乐爽快地答应着。

“秋飞的衣服上有什么特征吗？比如油污、灰土、破损。”

“哦，这点我想起来了，他扶我时，我看到他的袖口油渍很重，双手也油腻腻的。”

“他是骑车，还是步行？”

“他没骑车，是步行。”

“他身上有没有带着什么东西？比如肩上扛有什么东西，手上拿着什么东西？”

“这个我记得很清楚，他手上拎着一塑料袋鲜鱼鲜虾。他被我撞着时，塑料袋掉在地上，鱼虾都撒了出来，我还帮他一起捡。”

“你们相撞具体在什么地点？”

“我是从面市巷出来右拐到中山路时撞到他的。”

“这旁边有菜场吗？”

“从面市巷出来沿中山路往西不到100米就有一个。”

“面市巷是否在中山路北面？”

“是的。”

“还有一个问题，你们相撞是几点钟？”

“这个我记得不是很清楚，应该是4点左右，因为我是赶去5点钟与人约谈一件事的。”

“好！老颜，谢谢你。”

颜华乐有点糊涂了，这刑侦大队长问了这么一大堆话有什么用？还谢谢我。他小心地问了一句：“我这些话对你们找秋飞有用吗？”

“可能有用的，你先不要和其他人说，记住。”

这时，杨秋露、王英英已知晓马超问话的用意，这些话不是可能有用，而是大有作用。

“我不和外人说。”颜华乐答应得干脆。

“还有，你还要回高北打工吧？如回去，再看到秋飞，请打电话告诉我，行吗？”

“行！”

告辞前，马超把自己的手机号码留给了颜华乐。

逃往何方

钟念秋夫妻二人在镇里租了房子，开了一家小饭店，他当厨师，老婆当服务员。今天店里生意好，一天活干得很累，在老婆的催促下，钟念秋早早上床睡觉。下午有辆警车停在隔壁的五金店，全副武装的几个警察进入店内，不久，一个戴着手铐脚镣30多岁的男售货员被带了出来，押上了警车。老婆出去打听回来说，此人犯了抢劫大罪，已经外逃了10多年。此事对钟念秋的触动很大，当天晚上，他没有做噩梦，而是一整夜没睡着，十年来不堪回首的往事，恐惧的、艰辛的、屈辱的，像电视连续剧，一集集、一幕幕地又呈现在眼前。

“眼镜男”让他向右看大海时，秋飞已感到不对头；“眼镜男”猛踩油门时，他已顺手把车门打开了；当“眼镜男”跳出驾驶室时，他也想跳出去，但是已经来不及了。车子在山坡上翻滚着，他不知怎么被甩出了副驾驶座。他在山坡上翻滚了一段距离，要掉落悬崖的瞬间，幸运地抓住了一棵小树。他稳住身体后奋力往上爬。这时他看到一辆车子开到翻车处停了下来，他避开车灯，从该车的后侧爬上了公路，再爬上路边的山坡，找到一条小路，拼命奔跑逃离。

跑了很长时间，秋飞累得跑不动了才在路边一石块上坐下来。他想到刚才命悬一线的惊险景象，恐惧的心情压得他喘不过气来。他不由得哭起来，越哭越伤心。怎么办？他想到回去投案自首，但是杀人要抵命的，即使从宽处理不判死刑，方喜德的家人、朋友也不会放过他。这次“眼镜男”来杀他，他不死，下次他们还会想办法来杀他的，可能还会殃及自己的家人——最爱他、最疼他的妈妈和姐姐。

怎么办、怎么办？秋飞想来想去想到只有再逃跑，逃得无踪无影，让他们以为他死了，就可以逃脱自己，也不会连累到亲人。

逃跑，逃往何方？秋飞想到云山在南方，他就往北方跑，越远越好。

第二天，秋飞在路边搭上一辆往北开的客车。他一路北上，身上不多的钱很快用光了。他不会偷、不会抢，为了生存，他只有去打工。

秋飞先在运河边一个小镇的码头，找到了一份搬运工作。100多斤重的一个货包，背了几趟，瘦高个、体力一般的他就感到上气不接下气。一天下来，浑身像散了架。秋飞咬牙坚持着，农村的孩子自小会吃苦，过了一段时间，他倒也适应了。他默默地干活，尽可能多干一些，他人的活能帮也都帮着干。工作之余，工友们打牌嬉闹、喝酒猜拳，他都是远远地躲开，独熬难忍的寂寞苦楚。他无论理赢理亏，从不敢与人争吵，为求相安无事，有时还拿出自己的血汗钱，请人吃饭喝酒。有一个工友见秋飞软弱可欺，就经常占他便宜。有一次货物很多，秋飞搬了一整天，加上有点感冒发烧，疲惫至极。那工友晚上来接班，非要秋飞留下一起搬他那一份不可。秋飞怎么解释都没用，他忍无可忍，与他发生了争吵，接着发生了扭打。有人报了警，秋飞在警察到来之前吓得悄悄地逃跑了。

之后，秋飞先后在地偏人少的建筑工地、砖瓦厂、采石场、养路段等地方打过工。他低声下气、委曲求全、忍辱偷生，干最苦、最累的活，拿最低、最少的工资。生活中，秋飞白天看到警察会惊得心脏猛跳、四肢发抖；晚上睡梦中听到警报声会吓得浑身是汗，再难入眠。每个地方，他都不敢久留。艰难困苦的打工，提心吊胆的生活，秋飞觉得自己生不如死。逃犯的打工真难啊！逃犯的生活真苦啊！

再后来，秋飞在一个小镇的一家小型皮鞋厂找到工作。他有良好的制鞋技术，又是埋头苦干，与世无争，很快得到了老板的器重，给了他比较高的工资，承诺今后还要再加工资。可能是老板的吝啬本性使然，也可能是老板看出秋飞的身份特殊，老板一直没有给他加工资，慢慢地还开始拖欠他的工资，再后来，老板就说自己资金周转困难，除了给点生活费，近两年没给秋飞发工资。

秋飞多次讨要不成。一天晚上，他来到老板家。

秋飞哀求道："老板，我想回家一趟，你把欠我的工资算算给我吧！"

老板面露讥笑，说："你想回家，没家可回吧？"

"我有家！你把钱给我！"秋飞满脸通红。

"我知道你是一个警察要抓的人，是个逃犯吧？安心在我这里干吧，我会保护你，工钱就慢慢算吧！"老板态度很傲慢。

"你知道我是逃犯还雇用我？我是逃犯就应该给你白干？你也欺人太甚了！"秋飞心里想着，嘴上吼道："他妈的！不行！你必须把工钱给我。"秋飞出逃后第一次开口骂人。

此时，老板见秋飞目露凶光、满脸怒气，双手叉腰，腰间好像掖着什么凶器，顿时软了下来。

老板说："算你狠，明天到厂里我把工钱给你。"

"不行！必须现在就给我。"秋飞说着向老板靠近了几步。

老板个子矮小，秋飞一靠近，就显得更加矮小。

老板自知不是秋飞对手，乖乖地从抽屉里拿出了二万多块钱给他。

秋飞连夜逃离这个小镇，一路再北上。身上有钱了，秋飞买了几套新衣服，出逃4年多来第一次把自己打扮了一番。他在一个城郊集镇，花钱买了一张假身份证。身份证上的照片与自己比较像，更巧的是名字叫"钟念秋"，这很合秋飞思乡、思亲的心理，秋飞为此巧合感到幸运，并有点高兴。从此，秋飞就变成了钟念秋。

钟念秋想，在偏僻人少的地方打工，反而容易暴露身份，被人欺负，还是到城区人多的地方工作比较好藏身。他来到了高北市市区。在那里，他先住进一家旅馆，难得地休息了几天，再开始找工作。他想多赚点钱，设法给母亲邮一些回去。他先后调换过几份工作，后来安顿了下来，并意外收获了一份珍贵的爱情。

钟念秋万万没想到，在这远离云山的高北市，他竟然遇上了姐姐的邻居……

马超推理

马超又一次召集参加缉捕秋飞工作的队员开会。

崔军凯、张莺、韩帅先后汇报了这几天的工作情况，都说还是没有突破性进展，都有点畏难情绪。

王英英按照询问笔录，向大家介绍了询问秋雁与颜华乐的情况。

马超说："现在看来，秋飞三年前肯定是活着的，并且在高北市中山路与面市巷交界点方圆不远的饭店里工作过。"

此话一出，除杨秋露、王英英原本已有感悟外，其他人都觉得又惊又喜。

马超接着为大家作了详细分析：

——颜华乐在高北市骑自行车撞到的人就是秋飞，因为颜华乐原来与秋飞比较熟悉，秋飞的脸部特征很明显，而且被撞人的表现很异常。

——秋飞那时很可能是在高北市的一家小饭店打工，因为他的袖口油渍很重，双手也油腻腻的，手里拎着新鲜鱼虾；小饭店常常因客需要而去临时买菜，那时应该是秋飞因客人晚餐的订菜，到菜场采购回来的路上，他可能是厨师兼买菜。

——秋飞打工的饭店离撞车点不远，这是从第二点分析依据的递进分析，再加上秋飞是步行，时间已是下午 4 点左右的情况推理所得，如果太远，他回去烧菜可能就来不及了。

韩帅听了后既佩服又兴奋，说："马队，盗车案的侦查工作我已经作了具体安排，这几天我能抽开身，让我赴高北调查吧？”

马超说：“行！李小林和你一起去，再给你配上张莺和王英英，给你们来个‘男女搭配，干活不累’。”

大家都笑了起来。

高北市离云山很远，为工作方便，韩帅等人开车去的。

韩帅一行人来到高北市，在当地公安局刑侦大队和派出所的配合下，以中山路与面市巷交汇处为中点，暗访与明查相结合，排查中小饭店。第二天，他们就有了重大发现。

传说很早以前，面市巷里有一户人家做的面条特别好吃，后来开了一家面馆，生意特别好，一时顾客如云，那户人家自然把生意越做越大，慢慢地大家就把这条小巷称作面市巷。面市巷离中山路100多米之处，开有一家名叫“面面美味”的小饭店，饭店并不是主营面条，而是以供应各类菜肴为主，特色菜是清蒸鲜鱼、水煮鲜虾。

韩帅等人走访这家饭店，店老板和两个多年在店里做的女服务员，看了王英英拿出的秋飞照片，都说一个曾经在店里做过的叫钟念秋的员工，虽然看起来比照片要老、胖一些，但是面部特征很像，不过他离开已经三年多了。王英英又对钟念秋的个体特征作了详细询问。韩帅听了觉得这个钟念秋很可能就是秋飞，但是有些问题还要证实。

韩帅问店主：“老板，钟念秋在你店里干什么的？”

店主答：“开始是做服务员，我们是小店，但也需要有几个男服务员。”

“他在店里干得好吗？为人如何？”

“他人很勤快、也很老实的。”

“他一直在当服务员？”

“不是的，后来我让他当了厨师，他似乎有点烧菜的天赋。店里就一个厨师，有几次厨师请假，他主动要求烧菜，还烧得挺好的。他来了半年多后，我的厨师突然辞职了，我就让他当了厨师。”

店主回答问题后，主动作出详细解释。

“那再后来呢?”

“我看他既聪明又老实，就把店里的事基本上都交给他管了。他管得很好，连好酒好菜都是自己亲自去买的。”

这时陪同调查的派出所民警笑着对店主说：“你是个麻将迷，自己没时间管，就让员工管了。你要注意了，打麻将可不要搞大。”

“哪里会搞大，我都是小玩玩的。我是很听你们公安话的，你看，我不是很配合这位警官吗?”店主笑着回答。

“你谈得很好。”韩帅抓住良好的谈话氛围，紧接问，“他一般到什么地方买菜?”

“都是到这附近中山路上的菜场买的，那里菜多又便宜。”

“步行还是骑车?”

“菜场离这里很近，我多次看到他是走路去的。”

韩帅这时已断定此钟念秋就是秋飞，不会错!

“你刚才说钟念秋三年前就离开了，他到哪里去了，你知道吗?”

“到哪里去了，我确实不知道。他当时突然提出要辞职，也不多讲理由，我极力挽留，他还是要走，我也只有放人。唉!当时我问问他去哪里就好了，他会和我说的，事后我还可以再把他请回来。”

店主这次的回答让韩帅很失望，他沉思着如何再问出些有用情况。

李小林似乎灵光闪现，插话问道：“老板，我看你店里女工有好多个，钟念秋在你们店里有没有与哪个女工谈恋爱?”

“没有，不信你问她们。”店主指着几个女服务员说。

“那他有没有在外面谈了女朋友?”

“据我所知也没有。”

这时，旁边一个矮矮胖胖的女服务员接口说：“你整天不在店里哪里知道?有，但不是我们店里的，是隔壁便利店的一个姑娘。”

胖服务员对老板说话不是很客气，但是看起来性格很直爽。胖子的性格往往都比较直爽，心里藏不住话。

“那肯定是阿胖说的对，她是我们店里的老员工，是个‘百事通’。”店主不计较，还附和着。

这下，在一旁一直没说话的张莺来劲了，急急问道：“那姑娘叫什么名字？多少岁？”

“我们都叫她‘依依’，25岁左右吧。”

“‘依依’是小名吧？”

“应该就是她的名字，因为有一次她来找钟念秋，小钟出去买菜了，我和她聊天时问过她。”

“她是哪里人，你知道吗？”

“具体哪里我不知道，听口音好像是我老公那一带人。我老公老家在安府县，靠近你们省。”

胖服务员应该是在韩帅出示工作证时看到了他的单位地址。

“她还在便利店做吗？”

“早走了。”

“到哪里去了？”

“这我可不知道。”

张莺听了不由惋惜地叹了一口气。

哪知胖服务员接着说：“那姑娘来过多次，和我很说得来，我猜她是与钟念秋一起走的。”她言犹未尽，补充道，“有一次，依依到店里玩儿，我听到她催促钟念秋回老家。”

一起走？依依催促的？张莺听了即把韩帅拉到一边耳语了几句，接着就与王英英一起，拉着派出所同志匆匆地走了出去。

半个多小时以后，张莺、王英英回来了。她们拿出10来张照片让那胖服务员辨认，她看了一会儿，就指着一个姑娘的照片说：“就是她，她就是‘依依’，不会错的。”

另一个女服务员过来仔细看了看，也指认了同一张照片。再到隔壁便利店调查，一个老员工也说是，并说依依姓常。

韩帅等人眼看又出现了很好的新线索，心里很高兴。他们谢过店主店员后，来到当地派出所。

韩帅接过张莺递来的常依依身份证登记表打印件，仔细看了看后说："秋飞在这里打过工可以肯定；这个常依依是秋飞在这里谈的女朋友应该不会错；目前二人在哪里很难说，但是三年前，常依依很可能带着秋飞回她老家了。这些情况很重要，我马上向马队汇报。"

通电话后，韩帅说："马队要求我们尽快赶到常依依老家开展调查。"

阿秋依依

夜深了，常依依闭眼想睡，但是怎么也睡不着。这几天她有点心神不定，因为丈夫钟念秋表现出了明显的心神不定。他白天烧菜心不在焉，常常出错；晚上睡觉翻来覆去，常说梦话。她又回想起了与他的交往过程和这段时间他的异常表现。

安府县坡南镇是个山区镇，经济比较落后。常依依生长在该镇的溪上村。她个子偏矮，但是五官好皮肤白，特别是一双眼睛，如两汪池水，又大又亮，看上去挺迷人。4 年多前，常依依跟随着村中一小姐妹来到高北市。小姐妹带她到一家美容院当服务员，干了一段时间，她觉得很不适应，自己到街上找工作。正好美容院对面不远处有家便利店招女售货员，她应聘成功，就转到那里了。店里免费提供的午餐，由她负责到隔壁面面美味饭店去买。去的次数多了，她与饭店的员工也就都熟悉了。常依依见一个叫钟念秋的服务员，个子高高的，长相有点帅，在店里忙这忙那，一刻不停，很少说话，但是对她很热情。他后来还当了厨师。她与他接触多了，就慢慢地对他产生了好感。巧的是，由于城区租房贵，她换租到城郊，没想到正好是与他同租在一栋村民房里。她心地善良，为人热情，经常帮他洗洗衣服、理理房间。他则经常带点好吃的送给她，有一天她生日，他给她买来了鲜花、蛋糕。二人接触多了，她爱上了老实勤快的他。她主动向他求爱，他求之不得，马上答应。没领结婚证，二人就同居在一起了。

二人一起生活后，他对她十分体贴，百般呵护。她发现他为人处世太老实、太胆小了，有些方面则是令人感到奇怪、不可思议。

有一次他们二人一起散步，有个男人故意撞了她一下，他看见了马上挡在她前面，一把猛地将那个男人推开，但当那男人挥拳打过来时，他却拉着她跑了。他怎么这么胆小怕事呢?

她没见他回过家，也没见他家里有人来看过他，连个电话都没有。问他家里人情况，他说父母都早逝了，已没有什么亲人。再问过年过节为啥不回家，他吞吞吐吐说那是他的伤心地，不想回去。问他什么事这么伤心，他就不说。都在一起生活了，家里有什么事不好讲呢?

他们一起生活了一段时间后，她提出要回去登记结婚，他一个劲地劝她，说再干几年，多赚点钱再回去。当她发现自己怀孕了，反复劝他回家，说不到你家，到我家那边登记也行。开始他拖着说过段时间再去，后来有一天晚上却突然答应了。为什么突然答应?之前为什么又拖着不登记?

来到她的老家后，他急急找了一家医院，把下巴那颗黑痣给去除了，说是近期痒得难受。他从来没有说过这颗黑痣会发痒，长着也不难看，怎么突然想起来要去整掉它呢?

这段时间，他的表现更是反常。前几天看见隔壁一个店员被警察带走后，他十分恐惧，当晚好像一点儿也没睡着，第二天眼圈都发黑了。今天，对面手机店里和他比较讲得来的一个小伙子，出去几天后又回来上班，到他们小店来吃晚饭时，他和他聊了不少话。她在旁边听到，小伙子是犯了盗窃罪，投案自首后被取保候审了。他是否也有案在身呢?

她想着想着，迷迷糊糊中感到他又是翻来覆去睡不着，后来爬起来下了床。过了一会儿，她好像听到哭声，开灯一看，他真的是抱着女儿在哭。哭声不大，但眼泪很多，直往下滴。她心里突然明白了，他以前一定是犯过案的。

她也爬起来，从背后抱着他，温柔地说："阿秋，你到底有什么心事？和我说说吧？”

他转过身，两眼泪汪汪地看着她没说话。

“我们夫妻三年多了，我很爱你，也知道你更爱我。夫妻间有什么话不能说呢？”

他仍然没有说话，只是哭声变大了，眼泪更多了。

“我知道，你肯定犯过案！”问话不答，她很生气，松开了抱着他的双手，接着又狠狠地问，“你为什么要瞒我、骗我？”说完她放声大哭了起来。

他见状，一下子跪在她面前，痛苦地说：“依依，我对不起你，我欺骗了你的感情，我杀过人，我该死啊！”

杀过人！她一听，吓得直往后退，痛苦地用双手捂住了脸。

他跪地向她移走过去，说：“依依，我绝不会再连累你。我现在就去投案自首，你根本不知道我杀过人，不会牵连到你的。”

她没有回话，越哭越伤心。

“依依，是我害了你，但女儿是无辜的。她是多么天真可爱啊！我求你了，求你一定要好好地把她抚养长大。”

她还是没回话，但是已慢慢地停止了哭泣。

“依依，我走了，我回不来了，我只有下辈子做牛做马再来报答你。”他说完站起来就向门口走去。

她突然冲过去，紧紧地抱着他说：“我不相信，我不相信你杀过人，你必须把真实情况告诉我。”

他转过身来，没有抱她，只是把脸贴近她的脸，轻声地说：“依依，不要讲了吧，讲了对你不好的。”

“不！你必须讲。”她仰起脸，充满着眼泪的双眼直盯着他，坚定地说，“我是你的妻子，我有权利知道，你必须讲！你说了我们也可以商量商量怎么办为好。”

他没想到一向温柔和婉的妻子会这么坚决，他不忍心再拒绝，他把自己参与斗殴、惨遭追杀、四处流亡的情况都和她说了。

长长的叙述中，她一直默默地、紧紧地抱着他。他讲完了，不由得也紧紧地抱住了她。

他又哭了，很多眼泪涌了出来。他说："依依，十年逃亡生活，我太苦了，我受够了，我再也坚持不下去了。你放开我，让我走吧！我去投案自首。"

这时，她松开了他，但仍然紧紧地抓着他的双手。她显得很镇静，眨眨眼睛把泪水挤了回去，说："你参加斗殴是他人叫你去的，你用刀捅死了人也不是故意的，你不是故意杀人，你不要再跑了，我支持你去投案自首，争取从宽处理。"

她十分坚定地说："我跟你一起去，你进去了，不管多久，我都会等你！"

"那怎么行！我已经骗了你、害了你，哪能再叫你跟我受罪呢?"他坚决拒绝。

他又反复劝说，她坚持非跟着去不可。

他犹豫了好一会儿，说："我 10 年没见我母亲和姐姐了，我想先悄悄回去见见她们，再去投案自首。"

她依然很镇静："那怎么行！这里离你家有 500 多公里，要转好几次车，你这样去风险很大的，万一路上或在你家里，你被警察抓住了，不是失去投案自首从宽处理的机会了吗?"

"那怎么办？我现在太想见到她们了。"

她考虑了一下，说："你先和你姐姐联系一下，让她先告知公安局，由她带你去投案。公安抓了你 10 年没抓到，我想他们会答应的。"

"这个办法好，我这就联系。"他没想到她面临大事时会这么冷静、理智。

此时是凌晨 4 点多，他试着拨了姐姐家里 10 年前的电话号码。

他哪里知道，姐姐隐隐觉得他迟早会与她联系，搬新房十年了，她都没有换掉家中的电话号码。

电话拨通后，很快就有人接了。电话那头传来了姐姐熟悉的声音……

秋飞投案

韩帅一行人又长途驱车赶到安府县，在当地公安的配合下，很快查明“钟念秋”与常依依在坡南镇开了一家小饭店，二人近期应该在店里。韩帅让王英英和李小林化装后贴近侦查。他们先在外围作了一些观察，再作为顾客进入店内，发现饭店里烧菜的男子很像秋飞，尽管他下巴右下原本十分明显的黑痣没有了，但是秋飞长相已经深深地印在了他们的脑子里，二人认定此人就是秋飞。

中午时分，韩帅听了王英英、李小林的汇报，决定组织抓捕。抓捕前，他给马超打电话汇报。

“马队，我们已发现了秋飞的具体落脚点，准备马上抓捕。”

“你们先暂停抓捕。”

马超的指令出于韩帅的意外，他急忙问：“为什么？”

“早上，大路村的陈书记给我打了电话，说秋雁今天凌晨接到秋飞决定投案自首的电话，秋雁已经开车赶去接秋飞投案。他还请我答应让秋飞先回家见一次母亲，再到公安局投案。他向我保证一定送秋飞来投案，也请我们以前说的话要算数。我们之前确实向他们作过承诺，不能失信。上午我们经过商议，并请示左局长同意，决定先不抓捕，给秋飞一个投案自首的机会。”

韩帅有点想不通，还有点担忧。

他说：“马队，我们在这里没有暴露，要抓很容易。这里离云山有几百公里，如果秋飞现在或途中变卦了，又逃跑了怎么办？”

“那就交给你们一个任务，现在即开始盯住秋飞；秋雁到了以后，你们盯住他俩；他们上车后，你们一直跟着，确保秋飞顺利投案。当然，如果秋飞变卦，你们不必请示，立即予以抓捕。听清楚了吗？”

“听清楚了，保证完成任务。”韩帅没有再说二话。

秋雁接到秋飞的电话，惊喜交加，二人都泣不成声。秋雁支持秋飞投案自首，也赞成他先回家看望母亲一次。秋雁把近期公安找母亲与她的情况简要地与秋飞说了一下，接着问清了秋飞的地址，让他等着，她与他姐夫立即开车来接他回家。韩帅与马超通电话不久，秋雁就赶到了南山镇，姐弟俩相见，自是抱头痛哭一番。依依已经收拾好了简单的行李，秋飞上车时，她抱着女儿也要跟着。秋飞反复劝阻，但依依非上车不可。秋雁见秋飞找了一个这么善良、执着的伴侣，心里感到很是安慰，也十分感动，她说服秋飞，大家一起上车往回赶。

晚上，一行人到了老家，秋飞痛哭着跪在地上连连磕头，母亲狠狠地扇了秋飞一巴掌，接着也跪下来抱着秋飞痛哭。母亲边哭边说，飞飞，我的儿啊！你怎么这么狠心，一走十年没音讯，你知道妈妈天天在想你吗？秋飞连连责骂自己，妈妈，儿子不孝，我对不起您，我该死！二人抱着哭了好长时间，秋雁把他们拉开，向母亲介绍了依依。母亲听了，拉着依依的双手哭着说，依依，我的好儿媳，飞飞真是难为你了，飞飞前世修得这么个好缘分啊。依依也一直在哭。三岁的女儿已经很懂事，见大人都在哭，也放声大哭起来。秋母走过去，把孙女紧紧抱在怀里。

一家人相聚了近一个小时，秋雁拉着秋飞的手说，我带你去投案自首，你一定要把当时的情况向公安讲清楚，争取从宽处理。

秋飞说自己去拿点东西就走。

秋雁不让母亲、依依送，但是一手拉着女儿，一手扶着婆婆的依依流着眼泪，还是执意在后面跟着。一行人走出院门，见一辆警车亮着警灯已等在门口了，几个警察站在车旁，陈书记也站在那里。秋飞回头抱起女儿亲了亲，就决然地上了警车。

二刀一人

秋飞进入审讯室，接受了常规的讯问后，即开始交代自己参与“11・6”案件的情况。他讲了牛勇飞叫他去的过程，说当时分发铁棍时他没要，主要觉得那铁棍比较粗，用来打人会伤得很重。他口袋里是有一把弹簧刀，平时主要用来削水果，他当时没想过会用它来捅人。他说这把弹簧刀，刚才上车时他已经交出来了。

秋飞上了警车，警察刚要对他搜身时，他就交出了一把用布包着的刀，讲明这把刀就是用来捅人的那把刀。

接着，秋飞讲了斗殴的过程，逃跑的情况。

马超说："秋飞，你自动投案，我们欢迎，但是必须如实供述自己的罪行，才是自首，才能依法得到从宽处理。下面我问你一些问题，你必须全面、如实地讲清楚。你听清楚了吗?"

投案的不一定会自首，秋飞的交代对查明"11·6"案件真相至关重要，因此，今晚参加审讯的是云山刑侦的审讯"铁三角"，马超主审，掌握全局；崔军凯副审，必要时作配合、补充；韩帅负责记录。

马超这次把崔军凯从史强高专案组抽出来一起审讯，主要是便于他了解情况，做好下一步对牛勇飞等人审查的准备。

秋飞回答："听清楚了。"

马超说："你把捅刀过程详细叙述一遍。"

秋飞答："当时斗殴的场面很乱，我身上被一只碗砸中，脸上挨了几拳，突然有人把包厢里的灯关了。包厢窗外有灯光照进来，包厢里可以看见模糊人影。我见又有人拿着一个圆形的东西冲过来要砸我，我就掏出了弹簧刀。可能是弹簧刀弹出的声响，也可能是对方看到了刀反射出来的亮光，那人退了回去，我没有追上去捅他。这时，我看见牛勇飞在我旁边与一个人扭打在一起，另外一个人拿着一把凳子冲上来要砸他，为了保护牛勇飞，我顺手捅了他两刀。"

"你到底捅了几刀?"

"我记得是捅了两刀。我先捅了一刀，不重，那人'哎哟'一声，转身想用凳子砸我，我朝他又捅了一刀，这一刀比较重，那人就倒在地上了。"

"斗殴中，你一共捅了几刀？捅中了几个人?"

"就捅了刚才讲的两刀，都捅在一个人身上。"

听了秋飞这话，审讯的三人眼睛都紧盯着他。不对啊！“11·6”案件被刀捅中的有两人，中了两刀的那个人是重伤，中了一刀的那个人死亡了，案卷中反映出持刀行凶的就只有秋飞一个人。

马超心想，是我们当时的侦查搞错了，还是秋飞避重就轻，没有如实交代？

这时，崔军凯一拍桌子，站起来指着秋飞大声责问：“秋飞，刚才我们已和你讲了，你必须如实交代才算是自首，你现在为什么不说实话？”

审讯中，有人适当充“红脸”很有必要。

秋飞听到这个络腮胡子、结实威武的警察瞪着大眼对他怒吼，吓得浑身发颤，哭丧着脸说：“我说的真的是实话。”

“那你到底捅了几刀？”

“真的就是两刀。”

“捅了几个人？”

“我记得很清楚，确实只捅了一个人。如果我说谎话，我愿意被从重处罚。”秋飞忍不住哭了起来。

马超剑眉紧锁，目盯秋飞，仔细听着、观察着，他心里有点后悔了，后悔审讯前没有把整个斗殴过程，特别是捅刀过程、损伤情况再作调查、再作分析，把这个重要问题事先搞清搞准。

他拉了崔军凯衣角一下，严肃地对秋飞说：“这个问题你再作仔细考虑，必须如实讲清楚。我再问你，这把水果刀你怎么藏的？藏在什么地方？”

秋飞止住了哭泣，答：“11月7日晚上，牛勇飞让我立即逃跑，我很想念我妈妈，就先悄悄回家看了看，见妈妈睡着了，没有惊动她，我把随身携带的水果刀藏在了房子北墙东侧下面的墙壁里。那里有一块砖可以挖出来，里面有个小空间，很隐蔽的，是我小时候抓蟋蟀时发现的。”

“你今晚交出来的刀，能肯定是那次捅人用的刀吗？”

“肯定是的，刀在原位没动，刀柄外面包了一层皮革，上面破损了一块，很明显的。我今天是诚心来投案自首的，所以把这把刀找出来交给你们。”

“你捅人后，刀有没有洗过？”

“我仔细擦过，但没有用水洗过。”

“你在外逃中有没有做过违法的事？”

“没有。”秋飞想了一下又说，“我曾经向人强要过工钱。”

秋飞讲了在制鞋厂打工时老板拖欠他工资，他上门强要的情况，并强调自己是空手去的。

“你外逃期间有没有遇到什么意外的事情？”

“有的。”

秋飞接着详细叙述了被方喜德朋友追杀的经过，并回答了马超的再提问，讲了那人的体貌特征。

韩帅记得很仔细，听得很认真，他觉得秋飞讲的那个凶手体貌特征，与侦查盗车案发现的那个嫌疑人的特征很像。

关于方喜德的情况，“11 · 6”案件的案卷中有详细的调查笔录。方喜德生前在一家公司工作，表现良好，没有前科。那天晚上后来进入包厢 5 人中的一人是他的表兄，下午二人在那家饭店附近玩，表兄邀请他一起去吃晚饭，说是自己埋单，他就跟着去了。根据方喜德的表现、社会关系以及这次对“11 · 6”案件的调查、分析情况，方喜德的朋友去谋杀秋飞，不可能。马超心想。

马超略停了一下，再问：“你与牛勇飞的关系如何？”

“我们俩关系很好的，牛勇飞对我很关照、很讲义气，我也很听他的话，他叫我逃跑，我没多想就答应了。”秋飞长长地叹了一口气，“唉！我现在很后悔，要是当时不跑，就来投案自首，那该多好。逃犯的生活太苦太惨了，总有一天会被找到，也是跑不掉的。”

秋飞上警车后，心情反而放松了下来，他觉得与其在外面提心吊胆、身苦心更苦地逃亡，不如回来接受审讯、审判，或许还有一线希望。所以，他心里感到很后悔。

马超分析秋飞讲的是真话，看来他至今不知道牛勇飞为何要安排他逃跑。他没有再问，示意崔军凯提问。

崔军凯这次面容严肃，问题明确，但语气平和：“斗殴中，你有没有看见其他人带着刀、拿出刀、用刀捅人？”

“没有。”

“那次斗殴中有几个人受伤，你知道吗？”

“当时双方都打得比较凶，应该有多人受伤吧？具体几个我不清楚。”

“被刀捅了的有几个？”

“我只知道被我捅中了一个，捅死了，这次我姐姐来接我，告诉我被刀捅的有一死一伤，我当时就和姐姐讲，我只捅了一个人，那个受伤的人不是我捅的。”

韩帅接过马超询问的目光，他摇摇头，没有提问。他觉得自己原有的分析可能又出现了问题，但是现在不能直接问秋飞，审讯后再向马超汇报为好。

因为秋飞涉及一死一伤的大案，审讯后就被刑事拘留了。

被押走前，秋飞可怜巴巴地望着马超问：“我今天都如实交代了，能给我从宽处理吗？”

马超仍然严肃地说：“你再好好想想，有什么补充或新情况，主动、及时告诉我们，不能有任何隐瞒，也不要等我们再提审你。”接着又和婉地告诉秋飞，“只要你如实交代，我们政法机关会依法从宽的。”

一刀两刀

对秋飞的审讯结束时，已经是凌晨 3 点多。休息了几个小时后，马超等三人在会议室研究审讯情况。

韩帅说：“马队、崔副，我觉得秋飞应该是如实交代的。我以前认为秋飞可能没有持刀行凶，现在看来他也不是无辜者，但是他持刀刺中的那人，应该是受重伤的雷创。”

“我同意你的观点。”马超接着又问，“那你对方喜德被捅死怎么分析？”

“我分析另有一名凶手持刀捅死了方喜德，牛勇飞为了保护那人，有意识安排秋飞逃跑，之后还指派人去谋杀他，这样牛勇飞等人就可以把持刀行凶致人死伤的责任都推到秋飞身上。至于秋飞讲是方喜德的朋友去谋杀他，这不可能，肯定是冒充的。我认为，下一步要把查明持刀行凶与策划谋杀真相的工作重点放在牛勇飞身上。”

马超赞许道：“秋飞被谋杀的观点你早已讲过，秋飞交代曾被谋杀应是事实，只是他侥幸躲过一劫，你的分析还是有先见之明的。”

韩帅连忙说：“您过奖，哪里有什么先见之明，实际上我以前的分析是半对半错。”

崔军凯说：“我也基本同意韩帅的分析，但是那个致人死亡真正的凶手是谁呢？牛勇飞为什么要冒这么大的风险去保护他呢？有没有可能是牛勇飞自己持刀行凶呢？”

崔军凯也同意韩帅的分析，因为他认为既然另有一人动刀刺死方喜德，从牛勇飞的异常表现分析，他自己持刀行凶，再嫁祸于秋飞的可能性也不能排除。

韩帅说：“这些问题看来只有审了牛勇飞才能搞清楚。”

崔军凯说：“‘史强高专案’的侧面侦查、外围调查基本可以告一段落，但是何时收网还要局里专门研究后才能定，估计正面接触牛勇飞，还要再等一段时间。”

“那怎么办？总不能坐等吧？”韩帅心里着急。

崔军凯对马超说：“马队，‘史强高专案’的情况你很清楚，下一步怎么办？”

马超说：“牛勇飞团伙的组织情况、涉及案件，大多已经查明，证据也已经取了不少。我向左局长专门汇报一次，如果局长同意，我们在近期就收网。军凯刚才提的这些问题，确实需要审讯牛勇飞等人才能搞清楚。但是，我觉得还是要再分析‘11·6’案件中死、伤二人的刀伤情况，搞清楚到底是一把刀刺的，还是两把刀刺的。这个问题搞清了，既可以印证秋飞供述的真伪，也有利于审讯牛勇飞、史强高。”

韩帅说：“那只有请应法医出马了。”

“对！”

马超当即电话叫来应良平法医。由于是缉逃案件，应法医一直没有参加，马超向他介绍了案件简况，详细讲了审讯情况，请他立即把“11·6”案件损伤情况作一次全面复查。

第二天下午，应法医拎着手提电脑，带着小高法医来汇报。

马超看了看应法医的脸色，说：“老应，这么快啊！昨晚又加班了吧？”

应法医笑笑。

马超说：“走，我们到会议室去，让韩帅等人都来听听。”

在合成作战会议室，应法医开口就讲，“11·6”案件当时的刀伤分析有误，我有责任，要作检讨。

马超听说刀伤分析有误，一下子感到心情很沉重。他看过《尸体检验报告书》和《损伤鉴定意见书》，见落款签名是邻县一个法医和本大队的一名年轻法医，后者已调走。

马超对应法医说：“损伤鉴定如果真的有误，确实是个大问题。虽然当时案犯没有全部到位、凶器没有查获，我们还是要作深刻总结。你先说说这次的分析意见吧。”

应法医利用多媒体投影仪，一边播放相关照片，一边介绍说：“我和小高法医对死者方喜德和伤者雷创照片上的刀伤作了仔细分析，并查阅了一些资料，还做了动物实验，认为伤者的刀伤是由单面刃的尖刀所形成的，而造成死者的刀伤，单面刃、双面刃的尖刀都有可能。”

“如果死者的刀伤也是单面刃形成的，那有可能还是一把刀吧？”马超希望当时的损伤没有分析错。

“我们认为有两点可以印证死者、伤者的损伤是两把刀形成的。”

应法医把一张张死者、伤者损伤照片、动物实验照片打在屏幕上，边放边解释。

“死者那刀创口的长度明显长于伤者创口的长度。窄刀由于刺切作用，可形成宽于刀体的创口，但是死者刀伤的创口钝角在上，锐角在下，创道前面高，后面略低，创口、创道切割现象不明显，创口长度基本反映了刀体的宽度。宽刀是不可能形成窄于刀体的刺创的。”

“单面刃尖刀的刺创，创角一钝一锐，伤者身上的刺伤就反映了这一特征；双面刃尖刀的刺创，两个创角多数都是锐角，但是由于不少双面刃尖刀的根部没有开刃，如果行刺时刀体根部也刺入体内，又是斜刺时，也会形成一个创角是钝角。刚才说了，死者的创口有一个角是钝角，但特征不典型，有先锐后钝的反应，应该是双面刃尖刀所刺的可能性大。”

应法医在屏幕上播放了一把从市场上买来的双面刃尖刀的照片，说刺死人的那把刀应该与这把刀类似，接着把刀的形态、宽窄、长短，作了详细的讲解。

然后，应法医做了个小结：“因此，凭刀伤的创口、创道特征分析，不管死者的刀伤是单面刃还是双面刃所形成，死者与伤者分别被两把刀刺中可以肯定。”

虽然这段介绍专业性很强也有点复杂，但多数侦查员都听懂了。

“那秋飞动刀刺中的肯定是伤者啦?”韩帅觉得应法医的话印证了他的分析。

“秋飞上交的弹簧刀是单面刃，刀体窄，长度短，应该是刺中伤者的刀。”

应法医把买来的刀、秋飞上交的刀合拍在一起的照片播放在屏幕上，又作了一番解释后说，两把刀是明显不一样的。

“哦！那死者那刀不是秋飞刺的?”李小林插话问。

“除非秋飞先后用了两把刀。”

王英英语气肯定地说：“这不可能，当时案件调查中没有任何人反映秋飞带了两把刀，先后动用了两把刀。”

韩帅补充道："秋飞在当时那种情况下参加斗殴，带了两把刀、用了两把刀，而且对方没有夺到他的刀，现场没有留下刀，也不合情理。"

应法医赞许地点了点头，接着说："除了伤口特征分析外，还有一点重要依据。DNA 实验室已经对秋飞上交的刀作了鉴定，虽然由于量少时长，做出的位点不全，但是与伤者的相应位点都能对上，而与死者的多个位点对不上。"

应法医把三份检材的 DNA 图谱打在屏幕上，一目了然。

马超走到屏幕前仔细看了好一会儿，转身问："小高，你还有什么补充吗?"

小高法医回答："没有了，应老师刚才的分析，都是与我商量过的。"

马超看着应法医说："根据你们的分析，结合侦查情况，两把刀可以肯定，秋飞只是刺伤了人可以肯定，刺死人是另一个人、另一把刀也可以肯定，对吗?"

"对。"

成功收网

法医会诊后，马超觉得要进一步查明"11·6"案件真相，已经到了非正面接触牛勇飞等人不可的地步。崔军凯又向他报告，他交代的几项工作已经完成，建议尽快收网。

左局长外出开会回来了，马超即电话联系要去专题汇报一次"史强高涉赌涉黑专案"与"11·6"案件的进展情况。

左局长说，自己这段时间比较忙，已经好长时间没有听取"史强高专案"的工作情况了，你不必来，我再叫上几个局领导，你叫上参与"11·6"案件侦查工作的同志，我们一起到"史强高专案"组去专题听一次案件的汇报。

"史强高专案"组的指挥部设在公安局 16 层办公楼顶层的一间会议室里。会议室的桌上摆了 10 多台电脑，好多部对讲机，还有一个多媒体投影仪，其余空间几乎被一沓沓案件资料堆满了。北面的墙上挂了一张大大的史强高团伙成员关系图，每个成员名字旁边都标上了该人在团伙中层级的标记符号，并注明了简要的涉案情况。关系图标记得很清楚，但是很复杂，非专案组的人，一时难以搞明白。

崔军凯简要把案件的整体情况作了一个介绍。

史强高涉赌涉黑犯罪团伙，是在云山市公安局开展“赌博问题重点整治专项行动”中，几位市民写信向左局长举报，左局长批示成立专案组，经过一段时间侦查后发现的。

史强高因为“11·6”案件被判了几年刑，出来后不找正当工作，又在社会上混。那段时间，云山有一些地下赌场。史强高发现开赌场抽水钱很赚钱，加上放水钱更赚钱。他纠集已经出狱的牛勇飞等人，在郊区租农民房开了一家赌场，靠着原先在社会上混的一些关系人，找了不少赌徒去参赌。他们很快赚了不少钱，之后又陆续纠集了社会上的一批有前科或无业闲散人员，逐步形成了固定的组织，并且制定了具体的操作规程、严格的内部纪律。他们连续开了多家赌场。钱多人多有势力后，史强高躲在幕后，指使团伙成员暗中不但继续扩张赌场，还使用暴力威胁，甚至直接使用暴力等手段，挤占他人赌场、强占赌场干股、追讨赌博债款，逐步控制了云山相当多的地下赌场。在这个过程中，史强高团伙先后多次涉及聚众斗殴、寻衅滋事、故意伤害、敲诈勒索、非法拘禁、非法持有枪支等刑事案件，给社会造成了很大的危害。

崔军凯汇报了成立史强高案件专案组后的侦查工作情况。他用多媒体投影仪，边播放边介绍了史强高团伙主要成员与主要案件的情况。几个月下来，已经基本查明史强高团伙的组织、经济、犯罪等方面具有黑社会性质组织的四大特征，如果不及时打掉，会给社会带来更大的危害。建议尽快对史强高团伙开展收网行动。

马超介绍了对“11·6”案件开展再侦查的情况，并请应法医介绍了对死者、伤者刀伤的复查情况。

左局长左手扶了扶眼镜，右手翻了翻笔记本，说：“一下子听了这么多情况，有些问题我要再问问你们。”

“现在看来‘11·6’案件还有重大问题需要查明，你们先不接触牛勇飞等人，再通过外围调查能够查明吗?”

马超说：“外围调查基本上已经想尽了办法，难以再作深入。”

“‘11·6’案件的逃犯秋飞已经投案，因而必须先服从‘史强高专案’的侦查工作。史强高团伙成员，特别是骨干分子的组成情况，各自在团伙中的地位、作用情况，你们都已经查明了吗?”

崔军凯答：“史强高团伙共有50多人，其中骨干分子有10多人，我们通过秘密调查检举人、受害人、知情人，采取多种侦查手段，他们的相关情况，特别是骨干分子的情况，都已基本查明。”

“他们所涉及的案件情况调查得如何?”

“已经查到了该团伙的40多起违法犯罪案件，多数已从外围调查中取到了证据。”

“史强高团伙成员近期的活动情况、落脚地点有没有查明?”

“我们近几天对史强高团伙成员已经开始了定人定位，多数成员的活动情况、具体居住地点都已查明，10多名骨干分子已经在我们专案组的24小时监控中。”

“很好!”左局长看着马超说，“看来你是准备动手了嘛!”

马超略有不好意思，说：“局长，我觉得‘史强高专案’已经具备收网条件，所以先做了一些准备工作。要否收网及什么时候收网，还是要请你拍板决定。”

左局长问：“你们收网需要多少人?”

马超说：“近期我们没有侦查到史强高团伙有集体活动，分散抓捕，起码要三对一，对于骨干分子要五对一以上，需要200人左右的警力。考虑到史强高团伙可能持有枪支，行动中需要巡特警支持。”

左局长再问：“你们需要多少准备时间?近几天行动行吗?”

马超紧接着答道：“我们已经准备就绪，近一两天行动最好。”

左局长理了理头发，正了正眼镜，当即拍板：“好!行动时间就定在明天晚上。你们抓紧做好准备，制订出严密、周全的抓捕行动方案。争取把这个涉赌涉黑团伙一网打尽，彻底消除它的社会危害。具体行动由马超负责组织、指挥。”

第二天晚上12点，200多名警察分别在位于城郊的交警大队与警察培训学校集合，马超、崔军凯分别宣讲了抓捕行动方案，作了具体分工。凌晨一点，各路人马悄然无声地扑向史强高团伙成员的各个落脚点；凌晨两点，各组按预定时间实施抓捕。

抓捕行动总体很顺利，史强高团伙的10多名骨干成员无一漏网。

但也出现了一个意外。崔军凯带了6个人负责抓捕史强高。他们来到史强高在郊外的别墅外面分散潜伏在四周，快到两点时，潜伏在别墅大门外的派出所民警报告，史强高带了两个人突然出门，正在上车。通话中，崔军凯发现史强高的车从他的潜伏点前面急驰而过。崔军凯立即带人紧急上车，一边在后面追，一边请求指挥中心安排设卡拦截。史强高的车强行闯卡，轮胎被刺破，3人下车后拒捕，双方发生了激烈的枪战。枪战中，史强高受重伤昏迷倒地；一个同伙被击中右腿，倒地后没有再顽抗，丢下手枪，举手投降，专案组民警认出此人是牛勇飞；另一个同伙被当场击毙。冲在前面的崔军凯左手前臂被枪击中，桡骨被打断；旁边的一名刑警也被枪击中，幸运的是仅耳朵受伤出血。两人与史强高、牛勇飞均被送往医院救治。

各显神通

史强高、牛勇飞被及时治疗后，马超安排警力轮流值守，严密管控。

牛勇飞右小腿被击中，胫骨被打断，经创口处理，手术固定，上了石膏托后已无大碍。史强高胸部被击中两枪，胸腔大出血，但是没有伤及心脏、大血管，经过紧急输血、开胸止血，两天后苏醒，已经没有生命危险。

经过医生许可，韩帅等人对他们展开审讯。二人都交代了一些违法犯罪案件，但都是一些小案件，有的案件还把责任推到他人头上，对涉黑重案均没有如实交代。涉黑案件没交代，自然不能急于审查“11·6”案件。

怎么办？马超听了韩帅的审讯情况汇报后，皱眉凝思。

现在对审讯要求很严也很规范，要突开这两个多年从事违法犯罪、“二进宫”犯罪嫌疑人的口供，不是一件容易的事。

马超决定先从牛勇飞身上打开突破口，因为他在史强高团伙中是骨干，但不是首犯；“11·6”案件更需要先从他这里突破。

马超叫来韩帅等人，要求他们各显神通，立即开展对牛勇飞的外围调查工作，三天内完成。

之后，马超与杨秋露到医院看望崔军凯。

三天后，各组调查人员集中向马超汇报。

王英英先说：“我们这组负责调查牛勇飞的家庭情况。牛勇飞年轻时多年冲冲杀杀，经常与人打架斗殴。‘11·6’案件被判刑，出狱后性格有所改变。他参与史强高这个团伙后，非法获取了不少钱财。几年前，30多岁的他，娶了一个漂亮的姑娘，一年后有了一个男孩，他对老婆、孩子都十分疼爱。家里老父母都在，他也比较孝顺。”

韩帅接着说：“我们这几天对已抓获的史强高团伙成员进行了审讯，多数人能够如实交代罪行。从他们的交代分析，牛勇飞是被史强高拉入涉赌涉黑团伙的。在团伙的违法犯罪活动中，他主要是帮助史强高在开设赌场、挤占赌场方面出谋划策，自己很少直接出面，团伙所涉及的聚众斗殴以及霸占赌场、使用暴力追讨赌债等犯罪活动，他基本没有参与。”

韩帅发言：“根据这方面情况，与牛勇飞讲明坦白从宽的道理，应该可以促使他交代参与史强高违法犯罪的问题。但是如果‘11·6’案件中是他谋杀了方喜德，似乎还是难以突破。”

张莺的汇报带来了惊喜，大家觉得有希望突破牛勇飞的口供。她说：“我们把‘史强高专案’组提供的该团伙成员名单和该团伙成员在审讯中交代出的相关人员名单，上网开展关联查询，又获取一批与该团伙有关的人员名单，一一调取了照片。我们把这些人的面貌特征，与盗车案目击者描述的面貌特征、秋飞交代中反映的制造车祸者的面貌特征，逐一作了比对分析，发现有一个叫许豪的人很像。经由二名目击者与秋飞辨认，都认为很像，特别是小耳朵、高颧骨、大鼻子很像，只是没有秋飞说的上唇长着长胡子，我们分析认为是作案时化装的。我们又通过多种方式开展调查，发现许豪与史强高多年来关系很紧密，但与牛勇飞没有什么交往。许豪这次没有被抓获，已经查明他是在秋飞投案后外出的，目前去向不明，我们正在全力查找他的下落。”

她作了进一步分析：“从对许豪的调查情况，结合‘11·6’案件中史强高特别凶狠的表现，加上那伙人史强高是头头，综合分析，指使者很有可能是史强高。进而分析，刺死方喜德的凶手，有可能是牛勇飞或史强高，我认为史强高的可能性大于牛勇飞。因为当时这伙人，史强高明显凌驾于牛勇飞之上，史强高如果没有持刀刺死人，而去冒极大的风险策划谋杀秋飞，为牛勇飞‘埋单’，应该是不可能。”

韩帅听到这里，不由得说：“张姐真不愧为信息研判高手。我认为张姐的分析是对的。”

张莺微微一笑，说：“查到许豪前，我也曾认为是牛勇飞策划谋杀秋飞的可能性大；牛勇飞与史强高，或者还另有一人，谁持刀刺死方喜德的可能性大，也分析不清，实际上，刚才那个观点还有待于进一步证实。但是，如果是史强高刺死了方喜德，则对促使牛勇飞交代‘11·6’案件真相是很有利的。”

马超听了汇报很满意。

他说：“我这里有一个情况通报给各位。崔军凯英勇负伤住院后，仍念念不忘案件的侦查工作。他告诉我，在枪战中，牛勇飞被打伤右腿后没有再作抵抗，交枪举手投降，事后检查他持有的土制制式仿六四手枪，弹匣中还有六发子弹，当时他只打了一发。由此分析，牛勇飞还不是一个穷凶极恶的家伙。他也同意先从牛勇飞身上打开突破口。”

“这几天的调查所获，为再审牛勇飞创造了有利条件，我们应该有信心、有能力突破牛勇飞的口供。韩帅，你觉得如何？有信心吗？”

“有！”

“好！由你为主，再审牛勇飞。”

真相大白

韩帅、郑朝辉、李小林在病房里对牛勇飞进行了再审讯。

他们先对牛勇飞做了一番思想工作，讲法律，说情理，当说到牛勇飞你要多为家庭考虑，争取从宽处理，也要为你的好友秋飞多考虑，不能隐瞒事实陷害朋友时，牛勇飞感慨良深，竟然流出眼泪哭了起来。他答应如实交代他的违法犯罪事实，并说他先交代10年前那场斗殴的情况。

他说自己在制鞋厂做了一段时间后，觉得工作又苦又累，工资待遇也不高，不想再干下去了。这期间，他结交了史强高与他的一帮朋友，觉得他们在社会上混得开，不工作却吃香的喝辣的，呼风唤雨，很是潇洒，于是他就辞去工作，跟着史强高混。那时他们主要是由史强高带着，给人看赌场、追债款、当保镖，有时也充当打手，为他人摆平矛盾纠纷。他发现史强高心狠手辣，团伙中的人都很怕他，但是史强高对他很看重，大事小事都带着他，二人还互称兄弟。

公交车上发生争吵后，他觉得自己很吃亏，就打电话给史强高，史强高让他等着，他马上带人过来给他报仇，并让他自己也再叫几个人。他打电话叫来好友秋飞。双方在饭店包厢里发生打斗时，牛勇飞见秋飞为保护他，拔出刀捅了对方两刀。这时，他见在自己的右侧，史强高正挥着铁棍向一个人砸去，那人一把夺过铁棍，反过来砸向史强高。史强高迅速从腰间拔出一把刀，朝那人上身猛刺过去，那人大叫一声“啊哟”，随即双手捂住胸部跌倒在地。包厢窗外的路灯从左侧斜照进来，他与秋飞、史强高当时位于包厢右侧，光线比较亮，所以他对这一过程看得很清楚。

第二天，他偷偷到医院窥探，并托人打听，知道一个叫雷创的人身中两刀受重伤，一个叫方喜德的人身中一刀，抢救无效死亡了。

他惊恐万分，立即跑去找史强高，说，强哥，不好了！你捅中的那个人死了。史强高根本不承认，说当时光线这么暗，场面这么乱，你怎么知道是我捅的？你可不能诬陷我！

他老实地说，当时秋飞和你在我的左右侧，我们所处的位置有窗外光线照进来，我看到秋飞捅了对方一个人两刀，你捅了对方一个人一刀。我哪敢诬陷你，我来告诉强哥你，是想和你商量，万一公安查出来了，怎么办才好。史强高听了后，用双手紧扣住牛勇飞头部的左右侧，让他的脸正对着他的脸，满目凶光，满脸杀气，狠狠地说，阿飞，你听着，昨晚我是为你报仇而去的，我分发铁棍时秋飞没要，说自己有刀，这一死一伤的刀伤都是秋飞用刀捅的，与我无关！

他说自己从小与人打架就比较勇猛，在一般人面前他都敢当老大，在秋飞面前他更是大哥，但是在凶狠的强哥面前，虽然称兄道弟，却一直只当孙子。听了史强高的话，他十分害怕，身子发抖，声音发颤，连连说，是这样，是这样。

这时史强高仍然凶狠地盯着他，不容置疑地说，你马上去找到秋飞，就说他捅死捅伤了人，让他马上逃跑，永远不要回云山。他小心翼翼地问，秋飞这个人很少出云山，让他跑，他可能也不知道跑哪里去为好，这怎么办？史强高思考了一下后说，你找一个可靠的地方，让他先躲起来。安排好了以后，即来找我，我们一起跑。

安排秋飞逃跑后，他来到史强高的躲藏处——云州市中心的一家宾馆住了下来。其间，他们发现风声越来越紧，到处都张贴有缉捕他们的通缉通告，各类媒体也在反复刊登、播放，他们想逃出云州市，发现各出城路口都在设卡检查。约一周后，史强高决定他们分头逃跑，分手前，他又是十分凶狠、不容置疑地告诉他，你也可以去投案自首，争取从宽处理，但是你必须说亲眼看见秋飞紧跟在你旁边与对方打斗，当对方两人分别用凳子砸你们时，秋飞拿出刀连捅了那两人好多刀。你如果不这样讲，可别怪大哥我不客气，你会有麻烦，你的家人也会有麻烦的。

他独自跑了几天，觉得无处可逃，与父母通电话后，他选择了投案自首。

牛勇飞讲到这里，韩帅问："史强高有没有问你把秋飞安排躲在哪里？"

"他问了，还问得很仔细，我告诉他躲在昌海我朋友姚可大那里，并告诉了他具体地址。"

"姚可大有没有手机？"

"有的。"

"史强高有没有问他的手机号码？"

"问了，我也告诉了他。"

"你与姚可大是怎么说的？史强高有没有教你怎么说？"

"我与他联系时只是说一个朋友到昌海有点事，要在他那里住几天，后来我按照史强高的要求，打电话要他看住秋飞，几天后我去与他会合。"

"你有没有去？"

"我没有去。"

"史强高有没有去找秋飞，你知道吗？"

"他也应该没去过。"

"你知道秋飞后来的情况吗？"

"我不清楚，我一直以为他死了。"

"为什么会这样想？"

"我以前分析是秋飞被史强高派人杀掉了，因为秋飞不死，如果被抓到，他一定会说出捅刀子的真实情况，你们公安就会查到史强高身上。史强高这人心狠手辣、诡计多端，什么事情都敢干的。"

"你这个分析有什么依据？"

"史强高让我投案自首，实际上他自己也是投案的，如果秋飞不死，他应该不敢这样做。还有我出狱后四处打听，也没有得到秋飞活着的一点消息。前几天我知道秋飞投案自首了，才发现自己分析错了。”

“自首必须如实供述自己的犯罪事实，你上次是自首吗?”

“不是，不是，这次我一定如实交代。”

“你投案后按史强高教你的讲，把捅刀责任都推到秋飞身上，那另外史强高叫来的3人也是这样讲，为什么，你知道吗?”

“具体原因我真的不清楚，但我想也是史强高教他们这样讲的。我出狱后，碰到过他们中的一个，他告诉我当时史强高给了他们每人10万元钱，还问给了我多少。”

韩帅觉得牛勇飞今天的态度很好，分析他是基本如实交代的，就说：“下面还有几个问题问你，你必须一一回答，不能有任何隐瞒。”

牛勇飞答道：“好的，我一定如实交代。”

“你告诉史强高秋飞的躲藏地址后，史强高对秋飞到底做了什么，你知道吗?”

“具体做了什么我真的不知道，自己分析的想法，我刚才已经讲了。”

“你有没有与史强高叫来的3个人统一交代口径?”

“真的没有，我投案前见都没见过他们。”

“他们现在在哪里?”

“我不清楚，如果你们许可，我可以托人去找一找。”

“姚可大现在在哪里你知道吗?”

“我投案前没有与他再联系，刑满出狱后，我找过他，但是一直没有找到过。”

“这个案件你还有什么补充交代的吗?”

“没有了。”

韩帅说：“关于这个斗殴案件，你再想到什么，要及时告诉我们。接下来你交代出狱后参与史强高团伙违法犯罪的情况，你也必须如实一一交代。”

牛勇飞态度仍然比较好，详细交代了与史强高一起参与涉赌涉黑方面的违法犯罪情况。

韩帅最后问："那天晚上你与史强高一起在他家里，怎么突然开车外逃？"

牛勇飞说："史强高接到了他手下一个人的电话，那人说自己回家时，路上好像有人在跟踪，到家后从窗帘缝往外看，发现外面有人在盯着他家看。史强高分析是你们公安要动手抓我们，就从保险柜里拿出两支枪，给了我一支，立即带着我们上车出逃。"

韩帅审讯牛勇飞的当天，张莺查到了许豪在云州市外的躲藏地点。马超亲自带队去抓捕，并亲自审讯。许豪哪里挡得住马超的讯问，很快作了交代。他说自己受史强高的指使，在云山偷了一辆白色桑塔纳轿车，开到昌海，先冒充牛勇飞的朋友，再冒充方喜德的朋友，制造车祸谋杀秋飞。回云山后，他告诉史强高已经把秋飞杀死了，史给了他 20 万元钱。哪知 10 年后秋飞回来投案了，史强高得知后，把他狠狠地臭骂了一顿，接着要他马上逃跑。

马超听了韩帅的汇报后，认可牛勇飞的交代基本如实。于是带着韩帅与郑朝辉、李小林开审史强高。

史强高心里清楚，他的团伙作恶多端，这次又与警察枪战，特别是 10 年前他还作了两起命案，深感自己罪孽深重，难逃死罪。当马超等人来审讯他时，史强高的思想斗争很激烈。想了又想，还是想再作抵赖。

马超见史强高还是不愿开口交代，就给他点明他的同伙已经交代了涉赌涉黑的犯罪事实，并用电脑给他放了两小段秋飞、牛勇飞接受审讯的录像，还给他看了几张许豪接受审讯的照片。

史强高彻底服输了，他清楚，他的团伙犯罪案件涉及这么多人，他咬住不讲，其他人也会讲出来的；秋飞投案自首了，牛勇飞、许豪交代了，10 年前的案件也隐瞒不住了。他曾被判过刑，他知道，如果证据充分确凿，没口供照样会被判刑。求生的欲望促使他开始了交代。还算爽快，开口就基本没有保留地交代了自己在这两个案件中的犯罪事实。

史强高交代的涉赌涉黑违法犯罪情况，与其他同伙的交代基本一致，能够互相衔接、互相印证；他交代在“11·6”案件中行刺的双面刃匕首形状，符合法医对刺中死者的那把刀分析的特征。

几天后，崔军凯的线人报告，找到了史强高当时叫来的另外那二人在外市的落脚点。韩帅带人找到那二人，二人交代当时因为受到史强高的威逼、利诱，被抓后作了伪证。张莺通过各类数据库的反复再查询、再分析，发现了“姚可大”离开昌海后因犯抢劫罪被判重刑，现在还关在监狱里。经审查，“姚可大”的交代与牛勇飞的供述一致。

至此，“11·6”案件真相大白。

此案的侦破，印证了民间的老话：要想人不知，除非己莫为；躲得过初一，躲不过十五！

（原载中国公安文学精选网）

包工头余从众之死

刘益善

包工头余从众是个农民。余从众 1968 年出生在湖北省武昌县余家大湾。武昌县后划归武汉市管辖，现在叫武汉市江夏区，但余家大湾紧邻嘉鱼，离武汉市很远，这是个富不起来的乡村。这里的农民以种田为生，住的还是土砖瓦房，而余从众家的土砖房已经很破烂了。

余家大湾大部分人家姓余，是一个宗族。余从众这一房从他老太爷爷开始，一根藤延续下来，一代只结一个瓜。他老太爷爷生他太爷爷一个儿子，他太爷爷生他爷爷一个儿子，他爷爷生他爹一个儿子，余从众的爹人称余老八，在堂兄弟辈中排行第八。余老八说，他这代一定要多生几个儿子，以突破他们家几代人的生育模式。

余从众生下来时，余老八一看是个带把的，喜不自胜，他的理想已经开始发芽了，他已经看到了希望。余从众满月时，余老八下了一碗四个荷包蛋的面条，请村里的教书先生给儿子取名字。教书先生吃了荷包蛋，问余老八，你儿子这名字有个什么讲究？余老八说，发人。教书先生是村里的民办教师，五十多岁，蓄点儿胡须。教书先生摸着胡须沉吟了一下，掏出支圆珠笔，在烟盒纸上写了余从众三字，递给老八。余老八识字不多，瞪着烟盒纸上的三字不解。教书先生说，不是要发人吗？这三字中有多少人，你数数看！余老八数出了六个人，连说先生好学问好学问。

余从众的名字虽有讲究与寄托，但余从众的妈肚子不争气，生下余从众后，余老八再怎么努力奋斗，那肚子就是鼓不起来。余老八唉声叹气，但仍然坚持战斗。白天在外面苦干农活，晚上回家在床上苦干造人活，连年累月，输出太多。乡下生活差，补给不够。到余从众读小学三年级时，余从众的妈陡生一场病，死了。余老八这下就惨了，多生几个儿子的理想没实现，老婆死了，他自己还不到四十岁，却已是老态毕现，腰常痛，走路腿肚子都是软的。

日子还是要过，余老八埋了老婆，调整了一下心态，不再娶女人了，又当爹又当妈地来培养余从众。余老八说，余从众，你要好好读书，能读多高就是卖血也要供你多高。我们这房靠你呢，你名字中有六个人字，你要生个儿子，我们上几代人的理想就由你来实现了。

余从众在十几岁读小学时，心里就记住了读书、生儿子两件事。读书这件事他觉得比较难，有点儿硬着头皮为他爹读的味道。生儿子的事他还不懂，要像读书这样难那就惨了！余从众心中总有一种忐忑不安的感觉。

日子过得很快，余从众父子相依为命，一个人读书，一个人种田，吃没什么好吃的，穿也没什么好穿的，乡下人，都这样。

余从众读书读不下去了，读了个初中毕业，没考上高中。没考上高中，就回家种田。余老八望着瘦弱的儿子，无奈地摇了摇头。说什么呢？没娘的孩子，也造孽啊！没考上就没考上吧，这是命啊！

余家大湾的人多，土地并不宽展，余老八家分的田地，他一个人种得了。余从众回家后，没有多少农活要他做。余从众个头不高，身子单薄，营养不良的样子。余老八就让余从众做些简单的农活，想办法尽量弄些好吃的，给余从众补养身体，让他长壮，再给他娶房媳妇，要发人还指望他呢！

余从众在家闲散着，一晃就是两三年过去了。余从众个子是略微长高了些，但还是瘦。余老八是力不从心。父子俩，三顿饭能挣到口里就不错了。割肉剁排骨煨汤，那要钱，把鸡杀了吃，还指望鸡屁股生出油盐钱来。没女人的穷日子难啊！

余从众十九岁那年，余老八四处托人给儿子找媳妇。媒人到余从众家一看，嘴角一挑，走了。两间破砖屋，两个瘦男人，钱没有，谁愿嫁过来。你别小看了，咱江夏现在是武汉市的户。姑娘的身份抬高了，哪像过去武昌县！余从众想要媳妇，娶个远处的穷山里的姑娘吧！

余从众这时娶媳妇的愿望并不强烈。余从众最强烈的愿望就是走出这个余家大湾，到外面去见见世面，闯荡闯荡。余老八四处求人给儿子介绍媳妇时，余从众不大理会。

1987 年冬季，部队开始征兵，余从众报了名，经过体检，竟然合格录取。余从众报名参军，余老八并不知晓，当知道余从众被录取后，余老八不让余从众走。余老八说，独子不当兵！乡武装部部长和余老八是表兄弟，姓熊，上门做工作，说，现在计划生育，独子也要尽义务当兵。熊表叔抖着手中的一张纸说：余正斌是你们湾的人吧，他当兵提干，这次转业，转到武汉市去工作呢，这不通知都寄给我们了。你个老家伙不懂谱，人家孩子找我开后门当兵我都不让，表侄子是自己考上兵了，这是条出路呢，将来干得好提了干，转业可安排工作，有你福享的。

武装部部长几句话把余老八说得无言以对，识字不多的农民，又不刁滑，是好做工作，一做就通。何况武装部部长是他老表，又说得有道理。

余从众就这样参军了，在河南当兵。

新兵训练，大操场上，口号喊得山响。余从众瘦小的个子，站在队伍的前列。当教员的排长胡老黑是个武汉人，络腮胡子，眼睛朝余从众扫了扫。胡老黑走到余从众跟前，问：叫什么名字？余从众答：余从众。江夏话。胡老黑咧嘴笑了笑：瞧你这名字都出息，跟在别人屁股后面跑。武汉话。余从众的小脸红了，大声说：不！余字一个人，从字两个人，众字三个人，我名字中藏六个人，好！人多力量大。胡老黑怔了怔，哈哈大笑起来。队列里的新兵也哄笑起来了。难得的轻松。

胡老黑个子有一米七四，黑而壮。胡老黑伸出右手，在余从众的肩背上拨拉了一下，余从众身子趔了趔，差点儿倒下。胡老黑还未等余从众站稳，用手又拨拉余从众的背。余从众这回没立住，倒在地上。队列里的新兵又笑了。

余从众在地上，愣愣地看胡老黑。胡老黑说：还人多力量大呢！我看你是开后门当的兵。你以为当兵这碗饭好吃的。起来！

余从众的小脸更红了，他慢慢地爬起来。突然，他像一只小老虎般，一头向胡老黑撞去。胡老黑没想到余从众会来这一手，未设防，被余从众撞倒在地。余从众把胡老黑撞倒后，飞快入列，站好。

新兵们被眼前的一幕惊呆了，吓得谁都不敢出声。

胡老黑从地上爬起来，揉了揉屁股，脸黑着。突然胡老黑十分响亮地喊出口令：立正！向右看齐！向右转！跑步走！

在新兵连，余从众训练能吃苦。络腮胡子胡老黑见他就笑眯眯的：你小子，身手还敏捷呢！小心老子揍你。武汉话。胡老黑说着，又伸手去拨拉他的肩背，余从众早有防备，哪里拨拉得动。但胡老黑事后再没整治过余从众，对他挺友好。

新兵训练结束，分到各个连队，余从众分到三连。

三连长让新兵列队，训话。

三连长鲁大刚是湖北孝感人。三连长看见排在队列前边的余从众，情不自禁地走上去，伸手朝余从众的肩背拨拉。余从众一惊，忙用定力稳住了身子，心想，怎么这些人一见面都要拨拉我。

三连长问：叫什么名字？余从众答：报告首长，我叫余从众！三连长又问：怎么长得这么瘦小？是不是开后门当的兵？余从众答：报告首长，我家只有爹和我两人，穷，自小没好东西吃，所以长得不高大。我当兵是考取的，没有开后门。

余从众一口的湖北江夏话，三连长鲁大刚听得很舒服，有种亲切的感觉。训完话后，新兵们就开始分到各个班排里去。

余从众被分到炊事班，当火头军。

三连长鲁大刚跟余从众个别谈话：看你这身个，别人都想拨拉你。到炊事班去，放开肚皮吃，三年后让你长成个沙奶奶说的大黑塔。三连长喜欢哼样板戏，对《沙家浜》情有独钟。

余从众到炊事班后，先是专门烧火。后来炊事班长见他还勤快机灵，就教他做连队战士吃的大锅菜。余从众在家跟他爹两个人过日子，做饭做菜自然是会的，连队里的大锅菜学都不用学。他跟炊事班长搞关系，经常给班长买烟，想从班长那儿学炒菜技术，做几样特色菜拿手菜。班长见他还孝顺，也就教他几手，但没绝活儿。

在炊事班近荤油，吃得饱又吃得好，余从众的个头真如雨后春笋，噌地就长高了好多，身上的肉也多了，壮实了。部队养人啊！

三连长鲁大刚的爱人从湖北孝感老家到连队探亲。三连长让余从众服务，给他的宿舍送送开水，每顿开饭，把饭菜送到房里。余从众很乐意完成这个任务，他很喜欢三连长的老婆。

三连长的爱人吴淑珍三十来岁，脸面周正，浓眉大眼，身材适中，凸凹分明。第一次给他们送开水时，三连长对他爱人介绍余从众：湖北老乡，挺机灵个兵。

余从众忙问候：嫂子，你好。

三连长的爱人吴淑珍满脸灿烂的笑：谢谢你，兄弟。我这一来，给你们添麻烦了。

不麻烦不麻烦，我特别欢迎你来！三连长坏笑着说。

三连长的爱人一拳打在丈夫身上，骂道：狗嘴里吐不出象牙来！不许带坏了小兄弟。

余从众忙起身要走，三连长的爱人拉着说慢走。她从包里掏出从家乡带来的花生，还有几瓶孝感米酒，一股脑塞进余从众怀里。

三连长的爱人说：兄弟，出门在外，多关照些你们连长。你有什么事，连长也会关心的。在一起是缘分呢，将来回家乡，我们当亲戚走！

三连长的爱人是个开朗热心肠的人，在老家一个工厂里当会计。三连长对余从众说：我和你嫂子是在农村唱样板戏《沙家浜》时弄到一起的，她演阿庆嫂，我演郭建光。余从众，你小子刚到连队来时，那形象，活像刁小三。

余从众几岁时看过样板戏，他觉得三连长的爱人果真像阿庆嫂，他一下子就喜欢上这个嫂子了。

星期天早晨，炊事班长做了两份排骨藕汤，吩咐余从众给连长夫妇送去。炊事班长说：你们湖北佬喜欢这玩意儿，快送去，给连长补一补，他昨夜怕是战斗不歇！

余从众想，我看连长的宿舍蛮早就熄灯了，怎么战斗？战斗什么！但余从众没作声，端起排骨藕汤就走，他想快点儿看到连长的爱人，获得一种愉悦。

三连长的宿舍和连部挨在一起，余从众把排骨藕汤端到三连长宿舍时，三连长夫妇还关着房门。余从众把排骨藕汤端到连部的桌子上放着，再到三连长宿舍门前，准备敲门。这时，余从众听到三连长爱人说：该起来了。三连长说：再来一盘。三连长爱人说：喂不饱的狗呢，不累？三连长说：饿呢！接着一阵响动，连长的木板床吱呀作响，三连长爱人发出很迷人的哼哼声。

余从众脸红了，余从众的裤裤被那硬邦邦的一根顶起来了，余从众忽然想起女人了。连长爱人的哼哼声真美妙。余从众站着不动，大气不敢出，静听着房间里的暴风骤雨，头脑里在想着三连长爱人的模样，难过极了。

好久，房间里风平浪静。余从众调整了呼吸，上前轻轻敲了敲门，柔柔地喊：连长，嫂子，给你们送的排骨藕汤放在连部桌子上了，你们趁热喝啊！

三连长说：知道了！三连长爱人说：谢谢你，兄弟！

余从众转身就跑了，跑回炊事班，还在喘气。班长问，怎么去这久？余从众说：听连长战斗咧！

当天夜里，余从众在梦里和三连长的爱人战斗在一起，醒来后，流了一裤衩，畅快无比。余从众还是打了自己一耳光，和别的女人可以，怎么能和嫂子呢？余从众越来越喜欢这个连长嫂子了。

三连长的爱人很快就要走了。余从众送行。三连长的爱人说：兄弟，谢谢你！有什么事要帮助的，跟我说。

余从众说：嫂子，我家穷，只我和爹俩，别人看不起，将来复员回家，找不到媳妇，嫂子就帮我找一个吧！

三连长鲁大刚说：这小子想女人了！

三连长爱人说：只许你想，就不许别人想？兄弟，嫂子包了，到时没女人，找嫂子要。

一年后，三连长鲁大刚要转业了。三连长把余从众喊到连部。连部没其他人。三连长伸手拨拉余从众。余从众动都不动。三连长笑了。兄弟，我要走了，你也长大了。当初来的时候你瘦小呢！我知道炊事班能把你养壮，你是从小吃的东西太差呢！有个壮实身体，到社会上才能养活自己。这是我对你这个小老乡的照顾。

余从众哭了。

三连长鲁大刚帮他抹去泪。铁打的营盘流水的兵，服完义务期就回家吧，你个初中毕业生还想有个嘛想头？现在提干，要读军校呢！给，这是我的家庭地址。有事写信，复员后去找我们，我和你嫂子欢迎你。

三连长鲁大刚转业走了，回家后来信说，在孝昌县关镇当武装部部长，分管民兵，协助妇联主任抓计划生育。

余从众服完两年兵役，复员回到江夏余家大湾。

余从众回到了家乡。当了两年兵回来，家还是那个家，两间土砖破屋；爹还是那个爹，比两年前更老态了，腰已经有些弓了。余从众看到自家的破砖屋和爹时，眼泪不禁汹涌而出。余家大湾像他家这种破砖屋已经很稀少了，仅有的几间是别人家的牛屋。爹五十岁不到，却是白发苍苍，完全进入老境。那时余从众心里想的是，必须尽快努力奋斗，把自家的破屋换成新瓦房，要让爹后半辈子过得好些。

余老八看到儿子的第一眼，竟然有点儿不相信，那么个瘦小的儿子，怎么一下就变得这么高高大大壮壮实实！部队真是个好地方呢！

余老八拉着儿子的手说：不哭不哭，回来就好。还去不去？余从众摇摇头，说：爹，我回来给你养老，再不去了。余老八说，那好，明天就去乡里，找你熊表叔，让他给你安排个工作。余从众口里答应着说好，心里却清楚，像他这种当两年兵回乡，哪里会有工作安排。

当夜，父子俩睡下聊天。余从众说，爹，我们家的房子要修了。余老八说：就是，等着你回来修呢！你明儿去找你熊表叔，让他帮你安排个工作，能拿工资，把房子修了，再就是快点儿娶房媳妇，给我生几个孙子，我的任务就完成了。今后我就给你们带孩子。

余从众第二天去了乡政府。他去了政府倒不是像他爹说的那样，找他当武装部部长的熊表叔要工作，而是部队规定，他复员回来，要到当地武装部门报个到。

乡政府同两年前相比，变化不小，一幢两层的办公楼，办公室门口横着三寸宽半尺长的木牌牌，写着党委办公室、政府办公室、组织部、宣传部、妇联、贫下中农协会、武装部，等等，很像个机关的样子。

余从众找到武装部，门敞着，他看见武装部部长他的熊家表叔坐在藤椅上，双脚跷在办公桌上，手捧一份在湖北本省发行量很大的都市报，看得津津有味，双脚的脚指头在办公桌上一点一点地，很悠然自得。

余从众走进办公室，喊了声：表叔！

可能声音太小，也可能是熊部长读报太投入，竟然没有反应。余从众等了等，见没反应，就声音大了点儿，喊：报告熊部长！

余从众这一喊，把熊部长吓了一跳，双脚从办公桌上放下来，丢了报纸，愣愣地瞪着余从众：你是谁？干什么？

余从众笑了。余从众说：表叔学习好专心哟！喊了两次你才发现我。我是余家大湾的余从众，我从部队复员了，找乡武装部报个到。

熊部长这才呵呵笑起来，站起身，拍拍余从众的肩膀说，这孩子，出去才两年，长这么壮实了，我都认不出来了。好好，回来好，支援地方建设，乡里欢迎你。

余从众递上两瓶酒，是他从河南带回来的。熊部长说，自家人，客气个什么呢！

余从众交了手续，问：表叔，能安排个事做做吗？

熊部长说：你入党没有？余从众摇头。熊部长就说没入党，也没提干，没工作可安排，回去种地吧！

余从众本也没抱幻想，就回家了。

余从众回家对爹说了熊表叔没办法给他安排工作的事，余老八一下生了气：这个狗日的东西，前年要你去当兵，骗我们说复员回来可以安排工作，现在怎么不算话了，是放屁吧！老子明天去找他算账。

余从众拦住爹，说：爹呀，这你就不懂了。当兵如果提了干，转业回地方才可以安排工作。我又没提干，别人哪有工作给你。余老八说：那你怎么不提干呢？余从众苦笑着说：爹呀，只怪儿子不争气，读的书少了。现在部队提干部要是军校毕业的呢！我的学历太低。

余老八这才明白了些，答应暂时不去找熊家老表，但什么时候碰到这个老表，他肯定是要骂他的。

余从众当了农民，和他爹余老八在余家大湾种地，并积极筹备盖房子。

余老八牢记着他的神圣使命，四处找媒人为儿子介绍对象。儿子娶了媳妇，才能为他生孙子。

媒人介绍了姑娘，见了余从众，姑娘心里有点儿意思。但看了余从众家的两间破房，和他的一个老爹，姑娘就不愿意了。媒人说，他家准备盖瓦房呢！姑娘说，盖了瓦房再说吧！余从众当两年兵回来，怎么还在家里种地？

媒人对余老八和余从众说了姑娘的意思，余老八急得不得了，余从众倒是不慌张。临走，媒人说：我们莫在附近找了。看看这里，自从划到武汉市后，好歹是武汉市郊区，自个把自个的身份抬高了，还不是一头高粱花子，可就没个好点儿的姑娘留在乡下了。

余从众想女人，他也需要女人，媒人介绍的几个姑娘不愿意嫁给他，他也不急。余从众帮助爹把田地里的庄稼安排妥了后，把盖房子的计划拟了拟，打听了砖瓦木料的价格，把自己的复员费和余老八积蓄的几个钱归拢一筹，还差一笔款子。余从众决定借钱也要把房子盖起来。

余从众动身到孝感去找三连长鲁大刚。余从众要盖房子，要找女人，在江夏谁也帮不了他。他想只有去找连长和连长的爱人，他十分喜欢的嫂子，他们会帮助他的。

余从众先步行到镇上，坐了车到武汉，再从武汉坐长途汽车，到了孝感。孝感已改地级市，余从众按三连长留的地址，找到三连长爱人的单位，见到了热情洋溢的嫂子。

三连长的爱人还在厂里当会计，大家喊吴会计。三连长鲁大刚呢，还任孝昌县城关镇的武装部部长。孝昌县是新设置的县，山区不少，经济不是太发达。

余从众见了鲁大刚，像见了亲人似的，充满了一种亲情。余从众的娘死得早，跟爹长大，家里没什么亲戚。当兵时，鲁大刚对他好，他是永久记着的。这不，有困难，他就来找鲁大刚，就像找自己的大哥一样。

鲁大刚夫妇十分热情地接待了余从众。晚上，吴淑珍炒了几个下酒菜，让已经转业的三连长鲁大刚和他的前部下余从众喝几杯。余从众站起来，端杯站起，给鲁大刚夫妻敬酒。余从众说：大哥，嫂子，我余从众自小没娘，跟个老实爹长大，是到部队后，连长大哥把我当兄弟对待，嫂子去部队时对我那么亲，我就把大哥嫂子当亲人了，这杯酒请大哥嫂子干了，从此以后把我当个小兄弟吧！

余从众几句话，把吴淑珍说得泪涟涟的。鲁大刚先是愣怔着，过后细细一想，这孩子是说的真心话。于是三人把酒干了。吴淑珍起身去炒菜，鲁大刚就和余从众边喝边聊着。鲁大刚问余从众回家后的情况。

余从众就把复员回乡，在家里种地，他爹托人给他说媳妇，他家的房子太破，别人看不上，他准备盖房子的计划，等等，就着杯中的酒，一一说给连长和吴淑珍听了。

吴淑珍炒了菜后，一直坐在旁边听。

余从众说，我这次来，一是看望老连长大哥，还有嫂子，二是来找嫂子要媳妇的，这是嫂子那年答应了的。

余从众的话说得鲁大刚和吴淑珍都哈哈笑起来。

吴淑珍说，媳妇包在我身上，嫂子说话算话。

鲁大刚说，房子的事嘛，大哥支持你，还差多少钱，大哥帮你想法子。

余从众探望老连长鲁大刚，取得了极大的成功。

吴完珍就这样出现在余从众的人生之中，成了他的妻子。

吴完珍认识余从众，是因为她的堂姐吴淑珍。

余从众住在鲁大刚吴淑珍家里，两口子都在县城上班，住的房子宽展，只一个孩子，在武汉上学。吴淑珍说：小余，先在我家住下来，把媳妇说好再走。

吴完珍接到堂姐吴淑珍托人带的口信，特地从村里赶到县城。她和吴淑珍的老家是一个村，鲁大刚是她们邻村人。吴完珍有事到县城，总是住在堂姐家。

吴完珍先见了吴淑珍，问：姐，你带信叫我来，有事？

她们坐在吴淑珍上班的财务室，财务室是间小办公室，没外人。

吴淑珍笑着说：当然有事呀，我给你介绍个男朋友。

吴完珍脸红了红，说：姐，我听你的。

吴完珍就和余从众见了面。吴完珍个子小巧，圆脸，健康结实。虽说是在乡下长大，却也大方。

吴完珍听堂姐介绍了余从众的情况后，一见余从众，心里就喜欢上了这个鲁大哥的战友。

余从众对吴完珍也很满意，把吴完珍带回去，不比村里的一批媳妇差。余从众就探吴完珍的口气。说：我家里穷啊，房子还没盖，还有个爹，年纪快到五十了。

吴完珍说：我们有手啊，我们能劳动。爹年纪不大，还能给我们做帮手呢！穷是能变的。

两人互相感觉都好，吴淑珍很高兴，留他们再住两天。

吴完珍是个勤快人，帮堂姐家做清洁，里里外外擦洗得亮亮堂堂。

鲁大刚把余从众带到镇政府去玩。在鲁大刚的办公室，两人边喝茶，鲁大刚边向余从众面授机宜。

鲁大刚说，我和你淑珍嫂子当时都是公社文艺宣传队的，我们排演样板戏《沙家浜》，她演阿庆嫂，我演郭建光。你嫂子那时候俏着呢。胡传魁、刁德一都在拼命地追她。我也是恋着她的，而她却举棋不定。我想我个正面人物，新四军的英雄如果得不到她，那岂不是正不压邪，让反面人物得逞。我要行动，要战斗，我要来他个措手不及。那天晚上演出，我和她在台上演得都不错，获得了阵阵掌声。演完之后，我约她到村外去散步。她先是不肯。我就说，你今天一定要陪我走走，我有重要事情要告诉你，否则你要后悔一辈子的。她见我说得如此庄重严肃，就跟我一起走了。我们来到村后的一片小树林里，她问：你有什么事，说得那么吓人。我说，我要你答应做我的老婆！她沉默了一下，说，我要不答应呢？我说，那绝对不行。你怎么能嫁给胡传魁、刁德一之流呢，你只能嫁给郭建光，否则你就是叛变。说完，我就把她紧紧地抱起来，亲她的嘴。她开始还在我怀里挣着，但挣了一会儿她就不动了，嘴巴主动地迎合我。我接着就抚摸她，她立即就软了，软成一摊泥。我想，要乘胜前进，彻底占领阵地。那天晚上，在小树林里，我把你嫂子彻底地占领了，从此，她就成我的了。后来，我参了军，她招了工，我们就结婚了。

鲁大刚的故事把余从众听得迷迷糊糊的，直啧喝。哎呀，大哥，你真勇敢！余从众赞叹说。

鲁大刚喝了一大口茶，接着说：女人啦，喜欢勇敢者，绝对不喜欢懦夫。我们当过兵，应该是勇敢者吧！我说这件事的目的，你清楚吧！你如果觉得完珍满意，你就冲上去，占领阵地，她就属于你的了。但是，我得对兄弟说，这媒人是你嫂子，今后只要吴完珍没有对不起你的地方，你不许抛弃她，否则你就对不起我和你嫂子。

余从众说，大哥和嫂子放心，不会有其他的事情发生。

第二天，静静的上午，阳光灿烂，鲁大刚和吴淑珍上班去了，余从众和吴完珍留在家里，四周无人，两人坐在沙发上看电视，房门关着。

极好的机会，余从众想。

电视里正在播放连续剧，写爱情的，男女主人公正在接吻。余从众趁这当儿，把手放到吴完珍的腿上。吴完珍望了他一眼，眼里有脉脉的东西，手却把余从众的手拿开。余从众顺手把吴完珍的手抓住，嘴巴凑到吴完珍的脸上，狠狠地吻着。吴完珍的手没有挣出来，脸红了，气不匀了。余从众没有遇到坚强抵抗，两腿间已经挺起了冲锋枪，他想起鲁大刚冲上去占领阵地的话，就如疯了一般，三两下剥了吴完珍的衣服，把吴完珍压在沙发上。吴完珍完全没有了反抗的可能，嘴里说着，你是个土匪你是个流氓。

余从众在鲁大刚家的沙发上完成了他对吴完珍的占领，在吴完珍压抑的尖叫声里，一朵红玫瑰留在黑色皮革面的沙发上。吴完珍哭了。吴完珍说：我一辈子是你的女人了，你要是不要我，我就把你杀了。

鲁大刚和吴淑珍商量后，借了八千元钱给余从众。鲁大刚说：回去把房子盖了，早点儿把吴完珍娶回去，好好过日子。这钱等你的手头宽裕后再还，我们不等着急用。吴淑珍说：完珍是个好孩子呢，你放心，我会照顾好她的，你早点儿来接她吧！

余从众告别了鲁大刚吴淑珍夫妇，他很庆幸认识了这么好的两个人，他眼泪汪汪的。

吴完珍把余从众送到长途汽车站。吴完珍哭了。吴完珍说：要照顾好爹，照顾好自己，我等你。

余从众回到江夏余家大湾，找了村长，说了想把破砖屋重新翻盖的事。村长是他叔，村长说：你家那屋早就该盖了，没问题，劳力的事，大家帮忙。

正值秋天，余从众在村里乡亲的帮助下，盖成了三间土砖红瓦房。余从众再用石灰把那墙内墙外刷得白白的，房里就显得十分亮堂，在余家大湾算是不错的房子了。

元旦节时，余从众把吴完珍从孝感那边接过来，在新屋里摆了几桌酒，正式结了婚。

余从众结婚那天，他爹余老八被村里几个老伙计灌多了酒。余老八高兴啊！余老八说：新屋新媳妇，我就等着抱孙子哩！来，喝！喝！我没醉。

余从众的婚后生活是幸福的，但也是艰苦的，只是他们的艰苦因为有了爱情而幸福。多少年没有女人的家，现在有了个年轻勤快手脚麻利的女人，就彻底告别了那种凌乱、肮脏、单调、死气沉沉，有了干净、整齐、丰富，充满了生气。

余从众的家庭条件太差了。原来的破砖屋只有几件烂家具，现在盖了新房，烂家具搬到新房里简直没法看，没法看也只能先用着。余从众盖房结婚两件大事办下来，用光了鲁大刚的八千元钱外，还有他的复员费和余老八有限的积蓄。余从众决心艰苦奋斗两三年，把家建设好，把欠债还上。

夜里，余从众抱着吴完珍结实小巧的身子，有些惭愧地说：完珍，我们这个家底子太薄，你跟着我受苦了！

吴完珍依偎在丈夫宽大温暖的怀抱里，心里只有甜蜜和幸福。吴完珍说：我只要有你，讨饭都幸福。余从众，你不要觉得好像对不住我似的。我能吃苦，我自小就吃苦，我们齐心协力，我们家会好起来的。

多好的女人啊，余从众紧紧地亲着吴完珍，他觉得他好爱好爱这个个子小巧的女人。他进入吴完珍的身体中，他轻轻地抚爱她，他急急地撞击她，他从容而顺畅，像在长江里游泳，像在大湖里荡桨，他把吴完珍抚爱得发出一阵阵荡人心魄的呼叫，他自己也一下子升上了云巅，如神仙一样快乐。新婚期间，他们天天欢乐而幸福。

白天，吴完珍做饭，洗衣，养鸡喂猪。余从众父子俩有热饭热汤吃，衣服穿得整整齐齐。余老八像换了个人似的，比过去精神多了，脸色红润，腰似乎也伸直了许多。

余家大湾的土地不算很多，早些年分到余从众家是三亩田两亩地。吴完珍嫁过来后，村里已经没有田地可分了。余从众家现在是三个劳力，余老八别看他老得快，可做起田地里的活儿来，却是全村顶尖的好手。他们家的田地，还是以余老八为主耕种，余从众吴完珍只能当助手。

余从众说：爹，你歇下吧，这田地让我和完珍去种。

余老八说：我还做得动呢，我不做田地里的活儿就要病的。你们好好学吧，当农民也不能半瓢水。等我做不动了，这田地就是你们的了。

余老八使起耕牛犁地，虎虎生风，那牛服服帖帖。余老八割起水稻，那镰刀如游龙戏凤，谷子一刀一大片，在他手下整整齐齐地躺倒。余老八种的田地，没有荒过，那田边地角，杂草难找一根。田地里的庄稼绿油油、黄灿灿的，人见人爱。余从众看着爹种田，感觉出了一种美。爹啊，你是个种田的高手呢！

但种田高手又怎么样？一年做到头，汗流光了，腰累弯了，粮食收了，卖不了几个钱，把那公粮、水费、农药和各种提留一交，所剩无几。乡村要想有几个活钱，就要进城，干什么事都比这种田来得快。余从众可不想像他爹那样，一生挨在田地里，到老来还是穷呢！

外面田里的活路余从众吴完珍做得不多，屋里田里的活儿他们可是没有耽搁。余从众夜夜耕耘，吴完珍的那块田很快就有了收获，她的肚子慢慢挺起来了。

吴完珍怀了孕，余从众有些闲了。心里就有些急。欠老连长的钱，就指望田地里的收入，要到哪年哪月？余从众决定进城打工。余从众给吴完珍说了自己的打算，吴完珍不高兴了。是不是嫌我脸上起雀斑丑了？结婚才几个月，就要离开我，我不愿意。余从众把吴完珍轻轻地搂着，说：现在种田是赚不了钱的，何况家里的田地有爹种着，你可以帮帮手。我这么闲着不是个事呀！到武汉打工，离家又不远，可以经常回来嘛！不管找个什么事，总能赚几个钱。有了钱，我们早点儿把老连长的借款还了，该有多好。吴完珍问：你找到事情做了？你不要到城里那花花世界里忘了自个，不晓得回家呢！其实呀，你说得有道理，我是舍不得你走哇！你是应该去找点儿事做的，你看村里那几个年轻人，成天游手好闲的，打麻将喝酒闹事，毁了呢！

余从众听吴完珍说完，心想，好懂道理的女人呢！就从后背抱了吴完珍，要了她。吴完珍连说：轻点儿轻点儿，我的祖宗，肚子里有我们的孩子哩！

余从众开始打听到武汉去打工的事。村里有不少人在武汉打工，还有少数人跑到广东，他们有的做了几个月就回了家，有的长年在外。打过工回到家的人说：农民进城打工受欺负呢，你走在大街上，有几个人看得起你，就像个讨饭的。是啊，这就是农民进城市讨饭呢！给人家拖渣子，穿红背心印黄字给别人送煤气，拿个扁担在汉正街给别个挑货，在码头卸货，在建筑工地当小工，还能做什么？像你这样在部队当过兵，可以帮别人守门，当保安。什么苦你都得吃，什么累你都得受，遭人白眼你就忍了吧，钱莫嫌少，除了吃喝剩不了几个。不干？哼，你不干别人抢着干。什么事都难找，碰运气吧！讨饭吗？你可能什么都讨不到。

余从众毕竟在河南当过两年兵，懂得些外面的事。他从来就没想过到城里打工是享福，赚大钱。那是要吃苦，只有能吃苦，才能干成事，余从众从来就不怕吃苦。

可是找谁牵线到城里去找个事呢？又不能盲目地闯，先有个人带着最好。

有一天，余从众当兵时的一位战友到余家大湾看亲戚碰到了余从众。他们在新兵连时在一起待过，后来没有分到一个连队。余从众把战友接到家里玩。战友姓刘，叫刘福。两人是一起复员回乡的。刘福说，你还在家里待着呀？余从众说，复员回来盖了房，娶了妻，最近是准备出去找个事做。刘福一复员就到武汉打工，在一家宾馆做保安，他姑爹在宾馆当老总。

余从众托刘福帮他在武汉找个事做做，混碗饭吃。

刘福说：我们宾馆是没事可找了，最近还要裁人呢！人多了。不过，我给你留心一下，有了消息就打电话给你。

刘福回到武汉后不久，给余从众打了电话来，电话先打到村长家的。刘福帮余从众在汉口船码头上找了个装货物扛包的事情。

汉口沿江大道一侧，铁灰色的水泥防浪堤外边，是一个挨一个的码头，有货运码头，轮渡码头，还有跑上海跑重庆的大轮船停靠的专用码头。多少年，这些码头总是热闹的，人流熙攘，市声沸扬。但如今，这些上下人的客码头冷清了萧条了，人们外出乘火车汽车飞机，谁还有耐心从汉口坐船往重庆，在江上走三天五天呀！人们过江，从长江一桥二桥乘公汽，比在武昌江阳门乘轮渡到汉口，时间减少一大半。客码头冷清，货码头却很忙碌，南来北往的货物通过长江运抵武汉，水运的成本低得多吧！

一艘铁驳子船靠在趸船边，船上堆的是层层叠叠的水泥包。没有传输带，用的是人工卸货。余从众腰微弓，伸出右肩膀，驳子上两个人各抓水泥包两只角，提起来，朝伸出的肩膀上搁，一次搁两包。水泥包搁好，余从众把弓起的腰挺起，扛起两百斤重的两包水泥，一步一步踏实地走过趸船走过铁格子宽跳板，沿着江坡朝防浪堤上爬。防浪堤凹下一个铁口，是码头门。穿过码头门，防浪堤边有长车停着，把水泥包送到关东边，长车上有人从扛包人身上把水泥包提起来，码到卡车厢里。卡车厢码满了，开走，又一辆卡车开过来，再装那些似乎永远装不完的水泥包。

肩上的水泥包卸去了，余从众有一刹轻松解放了的感觉，就又走进码头门，下江坡过跳板上趸船到铁驳子边，微弓着腰伸出肩膀，等人给他肩膀上压重量。两包水泥上肩，余从众运动步子，就又处于一种沉重的压迫的感觉中了。刘福介绍余从众扛包的这个码头，是个水泥专用码头，供应着武汉三镇的数不清的建筑工地的水泥。负责水泥装卸的是一群组合复杂的民工，民工来自三省八县。包工头是个四川人，四川人包工头只负责你扛一包水泥上来，格老子付你一块钱，你一天扛二十趟，每趟扛两包，赚四十块钱走。你自己找地方去吃，自己找地方去住，明天你活着能来，就扛包，你不能来他不管，死了病了是你自己的事情。余从众见了那矮个子包工头几面，一个年轻女人陪着他，到码头上转悠。柱子说，老板视察呢！柱子是扛水泥队中的唯一江夏人，余从众运用江夏话和他搞上了老乡关系，两人合租了一个工棚住。

装卸公司有三十来人，除了一部分人在附近租了住处外，剩下的十几个就住在江夏坡上违规搭建的简易工棚里。工棚里有个食堂，陈菊和老五叔做饭。陈菊是老五叔的侄女，都是湖北安陆人。余从众就想，这么个民工队伍，松散的没有契约，大家为那扛一包水泥一块钱而来，矮个子四川人还要叫个公司，真是好笑。不过，能当他这个包工头也不错，成天不做事，挎个女人，吃香的喝辣的，每月来钱怕也不少，都是剥削我们这些扛包的呢！

柱子与余从众年龄相近，还没娶老婆。白天扛一天包，人累得半死。扛包完了，人满头满脸满身都是水泥灰，跑到江边就着那浑浊的江水兜头兜脸地洗，洗完后到陈菊、老五叔的食堂里去吃一大钵子饭，一碗红烧肉，然后回工棚，倒头便睡。那睡下的一刻，真是享受啊。

余从众这时就想老婆，他出来有半个月了吧，吴完珍的肚子肯定又鼓大了一些，她现在在干什么呢，她想我吗？我这天天扛包天天累，也没时间没心思没地方打电话。别担我的心，我很好。等做完了一个月，领了工钱，就回来看你，看你这个小女人啊！

余从众想老婆时，柱子在那边铺上说话。柱子问，小余，你将来最想做的是什么事？

我呀，我最想做的就是像那个四川人一样，当个包工头，做个小老板！赚的钱，养老婆孩子和爹。余从众答道。

柱子说：你的理想比我的大多了。我最想做的事是到年底，赚够了钱，娶个媳妇回家。晚上睡觉，有媳妇陪着，快活哩！

余从众准备再说点儿什么时，柱子却发出了呼噜声。余从众想说的是，娶媳妇好是好，但好不长久，因为你得让媳妇把日子过好呀，赚钱是最好。赚钱能还账，赚钱能过好日子。当个包工头能赚很多钱吧！余从众想着，也迷迷糊糊地睡着了。余从众做了个梦，梦见了吴完珍。余从众见了吴完珍，抱住她就行事，吴完珍推开他说：不行不行，我肚子里怀着孩子哩，有三个月啊！这时余从众醒了，当下就想，扛包太累，半个月这才第一次想女人。

在码头上扛包的都是壮实个大的男人，个子瘦小的在这里是要压机的。陈菊是这个包工队男人群中的唯一女性。陈菊十八岁，初中毕业在家里待了两年。她要随村里的小姐妹去广东打工，父母不允许她离家太远。她五叔就带她到武汉，在装卸包工队食堂里做饭。陈菊皮肤微黑，但五官端正。包工队食堂用瓦钵蒸饭，半斤米一钵，这饭也只有扛包做体力活的人吃得下，干其他事的人现在谁还一顿能吃半斤米的。食堂的菜多是豆腐烧猪血，海带排骨汤，红烧肉，各种粗纤维的青菜。

中午十一点半，就有人到工棚里来买饭，刚揭盖的屉笼，热气腾腾，屉笼里摆的瓦钵，一钵蒸得胀鼓鼓的，煞是爱人，勾人食欲。陈菊负责卖饭，一元钱一钵。五叔打菜，五元、三元、两元、一元，每份菜价格不等。

收完钱，陈菊递一钵饭出去，手指烫得红彤彤的，每烫一下，陈菊皱眉头咧嘴哈气，很是可爱。余从众见了，就笑着说：谁说我没良心，你烫一下我的心就疼一下。陈菊噘了嘴说：我不信。余从众说，你不信就来摸一下。陈菊递上一钵饭过来，烫得又是一哆嗦，嘴里说：快滚！你那心为你老婆疼去吧！

余从众端了饭，都不离开。他对陈菊说：我告诉你个窍门，可以立马让烫了的手指不疼，你可以当场试验。

陈菊说：那是个么法子，你快说。

余从众说：这是个秘密的窍门，一般人我可不告诉，是陈菊你，我才说的。陈菊说：好啦，你又卖关子了。说吧，是真的灵验，我帮你洗一个月的衣服。余从众说：那就一言为定。我现在告诉你，你的手指烫了后，立即用烫了的指头摸耳朵尖，那烫了的指头就不疼了。

这时一民工来买饭，陈菊端了一钵饭递上，手指又烫了，她马上用手指摸耳朵尖，真的手指头就一点儿烫的感觉都没了。陈菊高兴得叫了起来。哎呀，真灵！陈菊的叫声引得吃饭的民工骂余从众：完全个狗东西，吊人家姑娘呀，小心五叔打死你。陈菊呀，你莫上当，他有老婆的。

陈菊不理会民工们的玩笑，很认真地问余从众，你怎么不早点儿告诉我这个好法子？这是个么道理呢？你是怎么晓得的？陈菊一边向余从众发一连串的问，一边用手指摸发烫的饭钵，再摸耳朵，反复试验，真灵。

余从众笑了笑，吃下了一大口饭，说：我凭么事要早点儿告诉你，你对我又不好。你问我是怎么晓得的这个窍门，告诉你陈菊嘛，我今天在这里扛水泥包是为了挣钱养家还债。我原来可比你权利大多了，我跟师傅给一百多号人做饭哩！这个防烫的小窍门嘛，是我师傅传给我的。

你师傅是谁？你也做过饭？陈菊问。

我师傅是中国人民解放军某部某连炊事班班长。

啊，我明白了，你是个炊事兵，火头军。陈菊笑着说。

一天苦力干完之后，民工们的夜生活最不安宁。在市内租了房子的，他们回到出租屋，累了的就躺，还有剩余精力的就到影碟屋去看武打片，或者看影碟里光屁股女人。也有三个人用扑克牌斗地主，四个人摆张方桌的麻将，赌得很小，混时间呗。如果赌得吵起来，就打一架。余从众和一些民工就住在江坡的工棚里，晚上，工棚里有人打呼噜，有人斗地主赌钱。余从众有时睡觉，有时就找块石头，坐在江边看夜里的长江。余从众从不去赌钱。

这时，会有一些可疑的身影晃过来，站住，轻轻问：大哥，想家哩？要不要我陪你？五十块钱？三十块钱？

余从众摇着头，余从众不理会。这是些可怜的农村妇女，到城里打工，干不了其他事，就卖淫。条件有限，进不了宾馆发廊，就到民工居住多的地方晃荡，拉住一个算一个，民工们称是打野鸡。三十元钱就可以玩一次，不贵。可余从众他们扛一天的水泥包，累得个半死，也只四十元钱哩！

防浪堤把大汉口的繁华喧嚣、纸醉金迷、灯火灿烂的夜挡在余从众的背后。余从众面对大江，大江上有不多的夜行船驶过。泊船和趸船上的灯火闪烁，夜行船的汽笛留下不绝如缕的尾音。江风吹来，江水东去，余从众十分想家了。余从众在做了一个月后，领了工钱回家了一次。吴完珍见到余从众，都高兴得哭了。爹很好，种田地种得兴味十足。吴完珍也很好，肚子大了些，已经出了怀，脸上的小雀斑又多了几颗。余从众只在家歇了一夜就回了武汉。他扛了一个月的包，除了吃喝，净赚六百元钱。他把六百元交给吴完珍。他说：很苦很累，我瘦了是不是？不怕，我受得了。我做一年，就能把鲁大哥和村里人的几笔债还了。再做一年，就能给屋里置办些家具。

余从众在江边坐了会儿，就回工棚去睡觉，柱子早就在打呼噜了。又一艘夜行船留下长长的汽笛远去了，余从众在梦里去见他的妻子吴完珍。

夏天过去了，秋天过去了，转眼进入冬季。那天余从众又坐在江边看江水，江水浑浊得呈泥土色，翻滚着向东流去，夜幕降临后，有灯光在江面扫过，江水又跳跃着闪闪的光斑，而没有灯火的江面，却是一片黑色。余从众正想着哪一天再去看看刘福，让他想法重新介绍个事情，这扛包累不说，挣的钱又少，他不能在这里长久干下去。

这时，余从众听到离他大约百米的黑暗江滩上，有声音传过来。小姐，一个人蹲在这里等谁？陪我们兄弟玩玩吧，两人一百块，价钱蛮高的，他先上我后上。另一个声音附和着：是呀，这江滩上的价其实是搞一次三十块钱的。我们出五十块，是看你年轻，么样吵？两个声音都是武汉话，好像是两个年轻人。

我不是做这个事的，你们走开些！一个年轻女人的声音，夹些乡下口音。是陈菊。余从众听出来了，起身跑过去，并喊着陈菊，陈菊。

余从众跑到跟前，陈菊看清了余从众，一下子扑到他的怀里，身上直颤抖，带着哭音轻轻喊：余哥。

那黑暗中站着一高一矮两个人，抱着膀子看这一幕，矮个子说：是怎么回事呀，伙计！

余从众拥着陈菊，对两个人道歉说：对不起，哥们儿，她是我妹妹，我们都住在那边工棚里，不是卖粉的。她刚才是找我的。余从众边说边指离他们不远的工棚，工棚里还亮着灯光。余从众的意思是说：我们的人就在旁边呢！

看样子那两个武汉人也不是胡搅蛮缠，听余从众这么一说，丢下一句：年轻女人晚上不要在江滩上晃，免得别个认为是鸡了。

那两个人走了，陈菊伏在余从众怀里不动，余从众拥抱着陈菊也没松手，两人相拥着在黑暗中，只听见彼此的呼吸声。过了好久，陈菊轻轻说：余哥，你经常一个人坐在江边干什么呀！我刚才就是跟着你出来，蹲在那里看着你的，你总是不舒心的样子，我怕你……余从众笑了，说：你怕我怎么啦，怕我想不开跳长江？我不会的，妹子。

余从众拥抱着陈菊，闻着陈菊身上散发出的少女清香，身体有了反应。但他突然想起在乡下挺着大肚子的吴完珍，马上就平静下来。陈菊问：余哥，你喜欢我吗？余从众吻了吻陈菊的脸，说：我们回去吧，要不你五叔会担心的。

因为吴完珍马上要生了，余从众结清了工钱，离开了搬运装卸队，走的时候，他没有告诉陈菊。

看着儿媳的肚子一天天大起来，余老八就处在一种惊慌不安之中。儿子在武汉，田地里的活儿不要儿媳妇接手，余老八做得干干净净。余老八天天在心里祈祷，她要给我生个孙子啊！她要不生个男孩，我怎么办？余家这一房绝不能没有延续香火的人。余老八走了几十里路，到有名的黄龙潭寺庙里烧了香，磕了头，捐了五十元的香火钱。他只求菩萨让他有孙子，五十元钱他积攒了好长时间，他舍得捐出。为了他家的香火，余老八做牛做马都愿意。

余从众回家的第二天，吴完珍的肚子就开始痛起来。余从众请来了村里的接生婆四婶。那是在下午两点钟的样子，吴完珍生了个女儿，母女平安。

四婶对余老八说：是个千金哩，恭喜啊八哥。

余老八一下子瘫坐在椅子上，叹了一大口气，老泪纵横。

四婶说：叹个什么气？按现在计划生育政策，农村里像你家这样的单传，如果一胎是个女孩，还可以生第二胎。今年是个孙女，明年再生个孙子，有男有女，多好。如果头胎是个儿子，那就不能再生二胎了。四婶是接生婆，也是村里管计划生育的干部，她懂政策。

四婶的一席话，把余老八说得破涕为笑，他忙颠颠地下灶烧火，给接生婆下红糖鸡蛋面条，喊余从众杀鸡，给儿媳妇煨鸡汤。

家里有月母子，余从众就留在家里照顾吴完珍，帮爹种种庄稼。打了大半年工，赚的钱，把村里几笔小欠债都还了，还剩点儿钱，加上田地上的农业收入，凑两千块，可以还鲁大刚的一半借款。春节期间，余从众和吴完珍带着孩子，先回吴完珍的娘家，再到孝昌城里给鲁大刚吴淑珍夫妇拜年。

鲁大刚和余从众喝酒，余从众说了他这一年的情况，说了他天天扛水泥包的经历。鲁大刚听得心里酸酸的，心想，他们在城里打工遭罪呢！辛苦呢！

余从众说：天天扛水泥包，那撒满的水泥沾得人满头满脸满身都是，听说进鼻孔里，到了肺里胃里，时间一久，我的大哥啊，连拉出来的屎风一吹，凝固之后，硬邦邦的像混凝土橛子。我们这些农民工，成天都是灰扑扑的模样，都不愿到大街上去逛，免得城里人见了讨嫌。再说，干了一天苦力，也没有剩余的力气去逛街了，逛一逛有什么用？满街都是好东西，你有钱买吗？那所有的好东西没一件属于你。大城市不是农民待的地方。

吴淑珍和吴完珍姐妹俩关在房里唠家常。吴淑珍抱着吴完珍的女儿，在孩子胖嘟嘟的脸上亲个不够。小余对你好吗？那个地方和我们老家比起来怎么样？你们的日子过得困难不困难？吴淑珍巴不得把所有的事情都问清楚。

余从众对我好，还知道疼女人。那地方虽说是武汉市郊区，其实比我们老家也强不到哪里去，穷人家也不少。我们的日子过得稍紧巴点儿，盖房结婚花费，他们积蓄少，借了些债，余从众打了快一年的工，还了一些。今年，再打一年工，可以把你们的钱还完吧！吴完珍对堂姐细细叙说这一年来的日子。

孩子哭起来了，要吃了。吴完珍从堂姐手里接过孩子解开衣服掏出奶头，孩子的小嘴立即吸得吧嗒吧嗒响。

吴淑珍在一边看了，喜欢得笑眯了眼睛。

在孝昌城住了一天，余从众带着吴完珍搭汽车到武汉，再转车回江夏。余从众先还了两千块钱给鲁大刚和吴淑珍，另六千块下半年一定还来。鲁大刚让他先用，不要着急。余从众非要还。结果吴淑珍用红包封了五百元钱给小孩，说是大姑妈给侄女的见面礼。余从众满口推不掉，只有在心里感激鲁大刚夫妻了。

吴淑珍说：我们是一家人，莫说两家话，兄弟，完珍妹子交你了，你要对她好啊！

汽车开了，余从众看见鲁大刚吴淑珍在汽车走了好久后，还在车站门口站着。

从孝昌县回到江夏余家大湾，余老八把余从众叫到房里，父子俩讨论余家他们这一房的传宗接代问题。

余老八说：从你太爷开始，到你这一代是五代单传。你爷爷死时跟我说的是我们家要发人啊！现在你媳妇生了个女儿。我也不封建，孙女也是宝贝。可我要孙子，没有孙子，我家就断了香火。儿啊，你要让你媳妇一定再生个儿子。余从众说，爹，你的这些难点我从小就记住了，我也巴不得要个儿子，可完珍生了个女儿，能怪她吗？计划生育是国策呢，国家规定不能多生。再说，我们现在的日子过得也艰难，再生孩子，养得起吗？

余老八说：我没怪完珍，说实话完珍是个不错的媳妇，勤俭持家，孝敬老人。但我余家这屋的香火不能断了呀！我同你说，你是无论如何要生个儿子出来的。你四婶管计划生育，你四婶懂政策。你四婶说像我们家这种单传的，头胎生了女儿，还可以再生一胎的。什么养不起？你和完珍还年轻得很，能做多少活儿，我还能做呢！只要是我余家的人，我讨饭也要养活他。

余从众没再和老父亲讨论下去了。余从众知道，生儿子是他老父亲心里解不开的一个死结。他想，他这辈子要不生个儿子的话，他家这一房要是断了香火，他老父亲会不依的，余老八会死不瞑目。

余从众就和吴完珍频频做爱。吴完珍说，你是饿牢里放出来的吗？怎么不顾及一下身体？余从众说，我爹希望你再生个儿子，为我们家传宗接代哩！生儿生女是你们的事，我是没法的，吴完珍说。所以我就努力下种，下个长儿子的种，为让老爹放心，余从众说。夫妇辛勤做爱，余从众边做边把他们余家这一房五代单传的故事说了，把他取名余从众的来历也说了，说得吴完珍积极配合，决心和余从众共同来完成这个神圣使命。

余老八亲自给孙女取名余招弟，原先给余从众取名的那个教民办小学的先生死了，要不，余老八还会请他为孙女取个更好的名字。现如今的教书先生不会取名字，他们取的名字远不如余老八自己取的呢！

余从众和吴完珍的努力合作很快就有成效，吴完珍怀孕了。吴完珍一边给余招弟喂奶，一边在肚子里给余家孕育第二个孩子。妊娠反应大，吴完珍脸上的斑点更多了，个子本来就小，身子一臃肿，显得有些难看。吴完珍对余从众说，我现在很难看吧，你会嫌弃我吗？余从众听了，皱了皱眉，说，少说无盐无油的话，你要给我余从众做贡献哩，我怎么嫌你呢？那要是我这肚子里怀的又是个女儿呢？吴完珍说，余从众忙捂着吴完珍的嘴，低声吼了一句：不要瞎说，你这胎一定生儿子。要是生了个女儿呢？吴完珍硬是要设这个反问，余从众沉默了一会儿，回答说：生了个女儿我也喜欢，我们家就是要发人！那你们家怎么传宗接代？吴完珍又问，余从众想，这个婆娘今天怎么这样打破砂锅问到底呀！再生，余从众吐出两个字，再不理吴完珍了。那一刻，他脑子里闪过陈菊的身影。

农历的惊蛰节气之后，余从众把家里安顿好了，搭车到汉口，回到货码头的搬运装卸队，继续扛水泥包。工棚食堂还是五叔和陈菊在做饭。陈菊看到余从众，显得十分高兴，却又噘着嘴问他：你去年走的时候连个招呼都不打，人家想送你都不行！余从众笑笑说：又不是不来，这不又回来了吗？

少女陈菊是喜欢上了余从众。自那次余从众告诉她摸耳尖防烫之后，她帮余从众洗衣服，来往多起来。余从众看上去文文静静，不闹酒不抽烟，不赌钱也不嫖女人，到底是在部队里受过教育，这样的男人不多。而且，余从众不会永远在这里扛水泥包的，他会干更大的事情，陈菊有这样的预感。

余从众也喜欢陈菊，陈菊比吴完珍长得漂亮，陈菊人也好。但余从众有吴完珍啊，他一个扛水泥包的打工仔，有什么权利弄个第三者二奶的？他想都不想，他把自己的喜欢压在心里。

江坡上那些没被石头压住混凝土盖住的泥土，长出一块块茵茵的茵草，柔软嫩绿，春风吹过，春风绿了江南岸，春风也绿了江北岸。汉口在江北，武昌在江南，余从众在汉口打了年把的工，还没到武昌去看过。据说武昌有东湖有磨山有高新技术开发区，还有许多大学。在春风拂动江潮的日子里，余从众傍晚坐在江边，他想江夏的家又多了，想离开这个扛包的地方，找个更好的事情做的时间多了。余从众后悔自己读书少了，要是初中努力，考上高中而后再上大学，毕业后肯定能干出些名堂来的。现在干什么？初中毕业生，能干到个包工头就是他最大的愿望。

搬运装卸队那里因运水泥的船只出故障，没准时傍靠，无货可卸，放假休息。陈菊找到余从众：余哥，陪我到东湖玩一回吧，我没去过东湖呢！余从众说：我也没去过呢，好，我们一起去玩一回，看看到底有什么东西。

两人结伴，坐公交车过武汉二桥，直达东湖梨园大门。不是节假日，到东湖游玩的人不太多，来的人多是外地出差到武汉，慕其名而至。见偌大一个水面，碧波荡漾；见偌大一处园子，亭台楼阁，林木影映；杂树生花，轻舟湖上，歌舞翩跹，无不惊叹。好啊，东湖，好地方好地方。余从众和陈菊是第一次到东湖，陈菊打扮了一番，在那熙熙攘攘的人群里，看上去倒也不显是个打工妹子。她紧紧拉着余从众的衣服，在东湖园子里到处转悠。看那树，看那花，看那雕塑，看许许多多的人，兴奋得脸儿红红的。在几棵树掩着的石桌石凳边，陈菊说，余哥，坐下歇歇吧，我脚痛。余从众见陈菊脚上穿的是双高跟鞋，笑了笑，说，不习惯吧，别看这高跟鞋好看，穿它要技术吧！我要是天天穿它，肯定会穿得习惯穿得好看的。陈菊自信地说。

有点儿口渴，余从众见不远处有座售货亭，就说：我去买两瓶矿泉水来。

余从众在商亭边要两瓶矿泉水，正在付钱时，突然觉得肩膀被人用劲地拨拉了一下。余从众一转头，见一张笑脸对着他，一个壮实的汉子，络腮胡子，黑。那人说：看什么看，不认识我了？你的名字中有六个人，我说你的名字是跟着别人屁股后面跑，余从众！地道的武汉话。

余从众一下反应过来了。这是新兵连给他当教官的胡排长胡老黑呀！余从众把矿泉水放在商亭的柜台上，伸开双臂扑过去，抱住胡老黑的膀子。余从众大叫：老黑哥，老黑哥，你怎么在这里？我们在这里见面了，好巧好巧。

这是缘分呀兄弟！我一看这身影，就估计是你，就情不自禁上前拨拉你。还好，没把你拨拉倒地，桩子还稳。胡老黑说起在新兵连拨拉余从众的事，两人大笑。

胡老黑是到商亭买烟的。他陪几个客户到东湖游玩，客户到湖上荡舟去了，胡老黑叫人陪了，自己留在岸上，抽烟休息。

余从众把胡老黑带到陈菊坐的石桌边，对陈菊说：“这是我在部队时的老首长，老黑哥！”陈菊见胡老黑一身名牌西装，领带打得挺挺的，面相和善，但看上去是个人物。她忙起身，喊了声：老黑哥！

胡老黑看了陈菊，高兴地说：好哇好哇，余从众有出息，有这么漂亮的女朋友呀？不错不错。

余从众忙解释：不是不是，老黑哥真的不是，她是我在装卸队的同事，她叫陈菊。

同事也可以当女朋友的。是不是我不管了。今天见到你很高兴。说说看，现在在干什么？胡老黑在石凳上坐了掏出烟，用打火机点着，深深地吸了一口。

余从众就把自己复员，到汉口货运码头打工扛包的事说了一遍，他没有说他在江夏乡下结婚生女儿的事。当着陈菊的面，他不便细说。

胡老黑边听边点头。余从众说完，胡老黑说，怎么就这么点儿出息啊？就不能做大一点儿的事，你都白当过一场兵啊！胡老黑扔掉手上的烟头，站起身，说：余从众，要干大一点儿的事，怎么能在那里扛一年多的水泥。我在一家房地产开发公司负责基建工作，正在开发建设汉口的大江新村，是我们弟兄有缘，余从众，你把那个装卸队扛包的活儿辞了，到我那里干，你组织个队伍，当个包工头，我给活路你干。我那里总是要人干活儿的，让自己的战友干，我放心些。怎么样？胡老黑又掏出支烟，点着，深深吸一口。

余从众没想到有这么个天大的好事落在他的头上。日思夜想地搞个事做做，当个包工头的梦想马上就要实现了。胡老黑不会说假话骗我的。余从众说：黑哥，我是没机会呀！我怎么不早点儿碰上你呢？没说的，我今后就是你的部下了，跟着你干，一定干好，不给黑哥丢脸。

胡老黑掏出一张名片给余从众，说：我今天陪两个客户玩东湖，你明天就到这地方找我，这上面是我的电话号码和手机号码。客户很快要上岸了，我去接他们。

胡老黑正要走时，陈菊拉着他说：老黑哥，余哥到你那里去做事，那我呢？

胡老黑看了看陈菊，哈哈一笑说：你听从余从众的安排，我让他牵头干哩！胡老黑说完，就走了。

余从众这才看手中的名片，名片上写着胡老黑是大江房地产开发公司副总经理兼基建部经理。

余从众情不自禁地学着公园里的男女，搂了搂陈菊。真是好运气，不是陈菊要他来东湖，他能碰到胡老黑吗？

余从众从东湖回到工棚，兴奋不已，焦急地等待着去见胡老黑。余从众对陈菊说，今天东湖见胡老黑的事，谁也不要说，免得节外生枝。陈菊连连点头说：晓得。

余从众在江汉路一栋楼里见到了胡老黑。胡老黑热情地与他握手，见他一身没有领章的军装，利索干净，很显精神，就高兴地说，我找到一位好班长了。

胡老黑把余从众带到大江新村的建筑工地，把余从众介绍给项目经理向才明，说：他是我的战友，是我把他请来的，他带一支十几人的民工队伍，在工地上负责土建，土建完事之后，再给他们安排能干的其他活路。记住，他是我的战友，你可要好好地带着他们。

项目经理向才明连连称是。

胡老黑要余从众组织队伍，三天后到工地上班。具体的安排找项目经理向才明，有重要事情再找我。胡老黑拍着战友的肩，信任地说。

余从众立马回到工棚，把陈菊叫到一边，说：我回江夏村子里去招人，招自己的队伍来，这里我只要你和柱子两人。你还是到我们那边去做饭。其他人我就不惊动了，这里的四川包工头也需要人干活儿，我要带走别人，会拆他的台。陈菊说，把五叔也带过去吧！余从众摇摇头：我只要你一个人。

余从众又找到柱子说了，柱子高兴得直拍屁股，说：余哥，我跟着你一块去打天下，我会拼死跟你干的。

余从众当天就搭车回了江夏余家大湾，家也顾不得回就在村里找人。余从众选了村里十几个能吃苦听话强壮的中青年弟兄，把他们请到自己家里。余从众说：我的战友在搞一个房地产项目，他把土建让我做。打仗还靠父子兵，我请各位弟兄们来，就是希望大家跟我去干。我余从众会根据大家的劳动，在工钱上绝不亏待大家。我要是想赚黑钱，就不会回湾子里招人了。我招自己弟兄，是想肥水不流外人田。大家愿意干的，明天把家里事安排一下，后天带上铺盖行李，跟我一起到汉口。记住，都是弟兄伙的，丑话说在前头，我带出去的人，要听我的话。不听话的，到时候不要说兄弟不讲情面。

听说在汉口找到工程做，又是余从众当包工头，大家没有不愿意的，都想赚几个活钱。过去只是找不到可做的事，许多人都窝在家里。当下众人约定后天集中的时间。

余从众把人都定好了，这才顾得上和妻子吴完珍、老爹余老八说话。

余从众说：爹，完珍，这回好了，我找到个好事情了，再不扛水泥包了。我们欠的债很快就能还了，我们会有钱的。余老八说：你莫得意很了，要扎扎实实做事，要夹住尾巴做人，就是赚了再大的钱，也不要张狂哩！

余老八的话说得余从众连忙点头。

吴完珍又怀孩子了。她手上抱着招弟，挺着个肚子，脸上的雀斑更多了。余从众从完珍手里接过胖胖的女儿，用嘴巴去亲，他没刮的胡子把女儿的嫩脸扎着了，招弟咧嘴哭了。吴完珍忙接过孩子，满眼深情地望着余从众，说：你累了，快歇歇吧！吴完珍把孩子放在摇篮里，到厨房去给余从众做饭。

晚上，吴完珍等招弟睡着了，偎在余从众的怀里，摸着肚子对余从众说：我有些担心，要是这胎再生个女儿怎么办啊？给你家当媳妇，让我提心吊胆的。余从众说：你莫担心，生儿生女是命，我命中有儿子，就会有儿子，命中没儿，生十个八个也是女儿。生个儿子最好，生个女儿我也喜欢，你放心吧！余从众抱着吴完珍，安慰着她。吴完珍怀孕三个月，怕伤了胎气，劝余从众别动其他心思。余从众不能和吴完珍做爱，脑子里又出现了陈菊的影子。余从众想，陈菊会生儿子吗？陈菊比吴完珍丰满呢！

余从众带着一帮余氏弟兄到了汉口的大江新村建筑工地，陈菊和柱子早等在那里了。余从众与项目经理老向接上头。老向带他安排了民工住的工棚和做饭的地方。老向让余从众住已建成的另一栋一楼的一套一室一厅的小户型房。老向说：这是你办公的地方。你那一帮人就归你管理了，记住，你要按时完成我交的任务，而且要做好，不能出任何问题。工钱按月给你结。你先写张领条吧，这5000元先给你们当开张费，是胡总交代的。

余从众在给他住的一室一厅中写了领条，拿了5000元钱。向经理又递给余从众一部手机，说：这是个旧手机，你先用着，将来你再买新的，你手机的号码是1350×××××××，我有事就打你的手机。我的号码你也记住，有事你找我。

余从众十分顺利地当上了包工头，一年前他在江边打水泥包时，见到四川包工头时产生的愿望就这样实现了。余从众想，这是命运，命运对我是公平的，让我遇上了鲁大刚、胡老黑、吴淑珍这样的好人，让我有了这样的机会。要感谢命运，要好好干。

余从众把自己的队伍安排了一番，大家住工地上的工棚。这工棚比江边那工棚好多了，实际上是一排红砖红瓦的平房。柱子做工地上的监管，在余从众不在时，指挥大家按要求挖土运土。陈菊做饭，余从众又请了一位家住在工地附近的陈嫂子，做陈菊的帮手。陈嫂子是下岗女工，死了男人，孩子在上中学。陈菊借住在陈嫂子家。

余从众的包工头事业就这么红红火火有条不紊地开始了。余从众带的余家兵勤苦劳作又听话。柱子死心塌地为余从众当监工帮手，大事小事出主意操心。陈菊、陈嫂把伙食做得好，大家吃得开心干得痛快。土方任务完成得漂亮，项目经理向才明按时结工钱。余从众是胡总的战友，向经理哪敢怠慢。结了工钱，余从众按时给民工发放，大家领到新崭崭的百元钞票，高兴得眯起了眼，干得更带劲了。

余从众发给柱子的钱比一般民工高，柱子感激不尽：余哥是讲义气之人，能办大事。

向经理给余从众的钱，当然保密。总之，余从众慢慢地换了行头。他买了西装，换了皮鞋，换了新手机。余从众回江夏老家一趟，放了些钱在家里，让吴完珍带孩子去孝昌，把欠鲁大刚、吴淑珍的余账还了，并送了几瓶好酒给鲁大刚。余从众买了彩电，把家里的破家具都重新更换了。余从众对吴完珍说：你好好养着，也去买几件好衣服穿穿，然后再为我余家生儿子。我现在赚的钱够养活你们了，你放心吧！

包工头余从众一切顺利。他每天只去工地上转转，打个照面，交代柱子配合好机械挖掘土方，运土时撒在街上的泥土要铲光洗净，严格按市政城管的要求办事。柱子管着十几个余从众村子里的人，大家也听柱子的话。你放心，余哥！你多去联络老板们，工地上的事有我。柱子说。

余从众定期向项目经理向才明报告工地上的有关情况，剩下也就没有多少事了。他办公的地方在他一室一厅的房子里，民工的饭菜在工棚吃，他的饭菜由陈菊每顿由食堂里做好送来。陈菊给余从众送饭，给余从众洗衣服，她对余哥特别照顾，晚上食堂的活儿做完后，她总要先到余从众住的地方看一看，然后再回陈嫂家去住。

余从众为了保持自己的身份，规定他手下的民工不能随便到他的办公室来。民工有事找柱子，柱子有事找他，先要得到他的同意，才能到他的办公室。只有陈菊才能自由地出入他的房间和办公室。

江夏老家打电话，说是吴完珍快要生了，希望余从众回去一次。余从众当天就赶回了家，吴完珍没什么事，只是有点儿紧张，怕再生个女儿。吴完珍看着穿着整洁的包工头余从众，心里忐忑不安。吴完珍说：余从众，我要是再生个女儿，你还要我吗？余从众因吴完珍没事叫他回来，心里就有点儿烦，现在她一提这样的问题，就说：你别再说这个事好不好！我不要你，难道把你抛弃掉吗？你这样儿有点儿烦人了。余从众这一烦，吴完珍就哭了，说：余从众，你不爱我了，我一脸的雀斑，长得丑，你就心里烦，是吧！余从众没法，只好软下来，好好地哄着吴完珍。

余从众回到汉口大江新村工地之后，继续当他的包工头。晚上在他一室一厅的办公室里，把柱子叫来，让陈菊炒几个菜，三人喝酒。主要是余从众和柱子喝，陈菊只抿几小口。酒喝到一定的程度，余从众瞪着陈菊不转眼，想着吴完珍，这小女人现在变了，变得难看了，变得烦人了。这陈菊真不错，模样好，人善良，会做事。想到这里，叹了口气。柱子也喝得差不多了，对余从众说：余哥为什么叹气？有什么难事，让我和陈菊帮你做。余哥要知道，我们三个是从江边码头那里一起来的，没有余哥你，我还在那里扛包吃水泥灰哩。柱子说话时，陈菊深情地望着余从众。

余从众端起杯子，把酒干了，苦笑了笑说，没事没事，把酒喝完，早点儿睡吧，明天还干活儿呢！

柱子喝干了杯中酒，摇晃着站起身，对陈菊说：我先走了，你招呼一下余哥，别走了。

余从众头是完全晕了，眼迷离着，浑身是一种飘飘欲飞的感觉，而心里却如一团火般，在腾腾地烧着。陈菊上前，扶他到床上躺着，然后打来热水，给他擦脸擦身子洗脚，给他脱衣服，让他睡觉。他突然抱住了陈菊，说，来，快来，陪我睡觉，我要你，快点儿，我等不及了。

陈菊听话地脱光衣服，钻进他的被子里。余从众翻身骑到她的身上，重力挺进。只听一声尖叫，余从众进去了，快乐无穷。他不顾身下那个人的痛苦呻吟，只一味快速抽动，直到泄了，才酣然睡去。

余从众是被一阵抽泣声吵醒的，睁眼一看，窗外明亮，已是早晨。自己睡在床上，陈菊坐在床边哭着。余从众想了想，这是在哪儿，陈菊怎么在这儿？再看自己，赤身裸体的。余从众脑袋一下大了，天哪，昨晚喝多了酒，是不是错把陈菊当作吴完珍了？余从众爬起来，穿上衣服，问陈菊：你怎么的了？

陈菊说：余哥，我没怎么的。我们那乡的规矩，女人被谁睡了，就是谁的。我从今往后就是你的人。陈菊说完，扯掉床上的床单，余从众看到那床单上鲜艳的处女红。

陈菊把床单和余从众的几件脏衣服，丢进洗衣机里，打开按钮，随洗衣机自动去洗，然后出门上工棚食堂，和陈嫂子一起给民工做早饭。

余从众待在屋里，心里是种说不出来的滋味。他把陈菊睡了，这难道不是他潜意识里的希求吗？但是睡了陈菊，今后怎么办呢？他是有老婆的，他不能娶两个老婆啊！和吴完珍离婚，余从众想都没想过。虽说吴完珍现在不好看，满脸雀斑、一身臃肿，但吴完珍嫁给他时可是小巧玲珑的大姑娘啊。如果和吴完珍离婚，他对得起老连长鲁大刚和嫂子吴淑珍吗？余从众决定，任何时候都不和吴完珍离婚。陈菊呢？余从众喜欢这个安陆打工妹，她对他好，他也对她好。好了，如今已经把人家睡了，还是个真正的处女呢。陈菊刚才不是说了，她是我的人了。我能把她从身边推开吗？我也舍不得推开她，我要她，我要把她养起来。只要陈菊不是非逼着我和吴完珍离婚，我就养着她。这叫什么？这叫养二奶。我余从众怎么也这样了？

余从众上午把自己关在屋里，想得头都发痛时，陈菊中间进了一次屋。陈菊没打扰他，只是将早点放在他的面前，把洗衣机里的床单与衣服取出来晾晒好，就又走了。陈菊和陈嫂子要做中午饭。

吃中午饭时，陈菊给余从众送饭来。余从众说：妹子，昨天哥喝多了酒，伤害了你，哥这里赔礼了，对不起了。

陈菊说：余哥，我情愿，我这辈子跟定你了，你不要我，我就死。

可我江夏家中有老婆孩子哩，我是不可能和她离婚的。你说怎么办？余从众挠着头说。

离不离婚我不管，我就跟定了你。陈菊说。

余从众要的就是陈菊这句话，心里放下了一块石头。余从众在吃完午饭，陈菊收拾碗筷时，他把陈菊抱到床上，好好地做了一回爱，这回陈菊没有痛苦，只有愉快幸福的哼哼嗬嗬声。

陈菊的身份很快变了，她变成了包工头余从众的秘书。叫秘书好听点儿，陈菊能当什么秘书，再说一个搞土方的包工头要什么秘书？陈菊的工作就是照顾余从众的生活，负责他住的一室一厅的房子和卫生打扫。实际上是个保姆，不过陈菊担负的另一任务是保姆担任不了的，那就是陪余从众睡觉。陈菊做饭的事情，余从众让陈嫂帮忙又请了一个下岗女工胡嫂顶替。

陈菊陈秘书是余从众的小老婆，或者说二奶，这事柱子和陈嫂最先知道，接着余从众的土方包工队的人都知晓。后来项目经理向才明和胡老黑副总经理也大略知道。在现今这时代，这样的事情很平常，似乎司空见惯，大家也不议论，让其顺理成章地发展。余从众对手下打工的弟兄从不克扣，所以余家大湾来的那些弟兄们，也没一个人把这事传回乡下，传到吴完珍的耳朵里。

余从众和陈菊过起了幸福生活。陈菊大部分时间住在余从众的屋里，偶尔也回陈嫂子家，她租了陈嫂子家一间屋。柱子仍然十分努力尽心地管理工地上的事，工程进度人员状况他随时来向余从众汇报。柱子留在余从众屋里吃饭，还是陈菊做的菜，柱子和余从众喝。柱子说，余哥，你活出个人样子来了，你值！我佩服你。

一天夜里，余从众和陈菊亲热过后，陈菊说，我可能有了，有一个月没来月经了，我怀上了。

余从众惊讶地说：真的？好陈菊，你要为我生个儿子。

余从众已经有好长时间没回余家大湾的家了。吴完珍挺着个大肚子，扳起指头算了算，自己快临产了，就又一次打了电话来，叫余从众回家一次。

余从众热恋着陈菊，手头的事情也有些，但他吸取了过去吴完珍没什么事情打电话叫他回家的教训，就一直没有回家。回家有什么事，还不是听爹的生儿子的唠叨，看完珍挺着大肚子长着雀斑的小脸左问右问要回答爱不爱她的问题，余从众确实有些烦这样回家。吴完珍终于动了胎气，在陈菊躺在余从众怀里告诉他说自己有了的那一夜，吴完珍的肚子痛得直叫唤。余老八知道儿媳妇要生了，忙摸黑拍四婶家的门，把四婶拖起来接生。四婶忙颠颠地穿衣起床，随余老八来到余从众的家里。四婶见吴完珍痛得直哭，检查了一下，忙吩咐余老八去叫她儿媳妇来帮忙，完珍要生了。

余老八就拍隔壁喜子家的门。喜子是余老八的侄辈，在余从众的包工队里打工，喜子媳妇玲子平常和完珍来往较密切。余老八喊：玲子玲子快过来，四婶让你过来帮忙，你完珍嫂子要生了。

玲子赶忙起床穿衣穿鞋，一阵风似的到吴完珍房里，帮助四婶接生。

余老八在堂屋里祖先牌位前跪地祷告：儿媳妇这回一定要生个孙子，祖宗保佑啊！他一边磕头一边口里念叨。

嘹亮的婴啼穿透了余家大湾的黑夜，四婶和玲子齐声说：好了，生下来了。

玲子用完珍准备的襁褓包好了孩子，让完珍母女躺在床上。吴完珍睁开眼，疲惫无力地问四婶：四婶，是男是女？四婶脸上堆起了笑容说：好好，你又生了个千金。女孩好，女孩一准得疼娘。

吴完珍闭了眼睛，豆粒般的泪珠从眼角边渗出。

玲子拉着完珍的手说：完珍姐，月子里不能哭啊，要落下病的。

四婶从完珍房里出来，见余老八还跪在地上祷告。四婶说：八哥，你不要再祷告了，打电话叫余从众回来，他媳妇生了。

余老八从地上站起，愣愣地看着四婶。四婶知道他要问什么，就说：完珍给你又生了个孙女。

余老八听了四婶的话，什么话都说不出来，脸上的肌肉立刻僵了，嘴唇抖动，口水从嘴角淌了出来。

四婶一看不对头，赶上去扶住余老八，喊：八哥，八哥，你怎么啦？你怎么啦？

余老八身子往下垮，四婶扶不住了，余老八一屁股坐在地上，发出一声瘆人的号叫：我的天啦！

四婶和玲子既要照顾完珍母女，又要照顾余老八。

天亮后，四婶终于让村里人给余从众打通了手机，余从众上午就赶回了家。

吴完珍母女还平安，余从众抱着大女儿招弟，看着小女儿粉嫩的脸，对吴完珍说：我现在不比过去当打工仔，想回就回。我现在带着一帮人，天天要负责给他们安排活路搞管理呢，实在不能随便离开。老二就叫引弟吧！

吴完珍躺在床上望着余从众说：我没本事，又生了个女儿。余从众，我不管你们家接代不接代。我生的女儿也是宝贝，是我的骨肉，我要爱她们，把她们养大，不让她们受委屈。我再生不了的，你余家是怎么传宗是你家的事！我是没办法了。四婶说，我要是再生，那就违法了。

余从众给吴完珍掖了掖被角，他想起怀孕的陈菊，心想，我还是有办法的。余从众说：完珍，你好好坐月子吧，把引弟喂好奶，差钱，就让玲子给我打手机。

余从众请玲子每天到家里照顾吴完珍和生了病的余老八，每个月给玲子付工钱。玲子说：付不付工钱无所谓，隔壁左右，我照顾一下是应该的。

余老八的大脑受了刺激，有些混沌起来，加之又受了风寒，躺在床上没起来，余从众要走，到老爹房里告别。余老八又流泪。余老八说：你混出个什么模样我不管，你不想法给我们这一房生个儿子出来，就是你的不孝顺，我是死不瞑目的。

余从众回到大江新村建筑工地，找到现场督工的柱子，问了一下情况。柱子给余从众点了烟，说：这里有我，施工严格按照要求干的，弟兄们特别听话。哎，余哥，嫂子生了个什么？余从众吸口烟，慢慢吐出来，说：又生了个女儿。柱子说：女儿好，女儿好。余从众说：我老爹都急病了，说要我不生个儿子，他就死不瞑目。我的压力大呢！柱子说：没问题，余哥，叫陈菊给你生个儿子不就行了！余从众说：我和陈菊的事你就不要在外面说了。陈菊不能再住在陈嫂子家了，你想法在武昌租套房子，装修一下，让陈菊住过去，她已经怀孕了。柱子说：没问题，我尽快办。

柱子和余从众的关系拉得越来越近，余从众需要柱子在施工现场督阵指挥，他个包工头自己怎么能天天时时在现场督着呢？柱子跟从余从众，不再扛水泥包，能领导一批民工，每月收入不错，柱子已经在老家找了媳妇，定在春节结婚。这一切都是余从众给他的，他能不死心塌地吗？

武昌徐东新村是一片新开发的住宅区，柱子在这里给余从众租了一套两室一厅的房子。房子本来就装修好了的。柱子和陈菊亲自收拾了一下，陈菊从商场挑了些家具，置办了其他的生活设施，一个家就像模像样了。余从众没有多操心，等陈菊一切布置好之后，他才来到这个家。

余从众很满意这个家，这像个大城市里居民的家啊，这跟江夏乡下那个家是两码子事，余从众渴望拥有城市的家，余从众的包工头再当几年，他购买这样的一套房子不成问题。城市里的家好呢，厨房卫生间，沙发、彩电、冰箱、洗衣机，用水用电方便快捷，这比乡村不知强多少倍。

余从众拥着陈菊在宽敞柔软的席梦思床上，享受着城市之家的美妙。余从众此时的脑海里，暂时没有江夏的家，暂时没有吴完珍和他两个女儿招弟、引弟，但却有余老八的话：你不生出个儿子来就是不孝，我死不瞑目。余从众摸着陈菊的肚子，心里坚定地认为，肚子里一定怀着的是儿子，是招弟招来的，是引弟引来的。

在余从众和吴完珍的二女儿引弟不到一岁时，余从众和陈菊的儿子出生了。陈菊是在娘家安陆县一个镇卫生院生的孩子。在武汉，他们没有结婚证、准生证，住不进医院，而这个问题在乡下就好解决了。

余从众得知陈菊生了个七斤重的儿子的消息时，一个人在房间里抱着头哭了。余从众自己对自己说：我有儿子了，我们这一房终于可以传下去了。爹呀爹呀，你就放心吧，你已经有了亲生的孙子啊！完珍啊，是我对不起你了，我余家这一脉要延续下去啊！你再生是违反政策，而谁又能保证你再生不会又是个女儿呢？我也知道，生儿生女责任在男方，但陈菊为什么一生就生个儿子呢？放心哟，女儿儿子都是我的，你和陈菊也都是我的，我会照顾好你们。

陈菊的儿子满月时，余从众弄了一辆车，随司机一起从安陆接回陈菊母子，陈菊和儿子回到徐东新村后，余从众专门请了个小保姆照料儿子。陈菊不习惯外人住家里，说，我已经满月了，我可以照顾宝宝，免得花那冤枉钱。

余从众就把小保姆辞退了。

余从众给儿子取名余三宝。

余从众给儿子照了许多照片，照片里的余三宝胖嘟嘟的，招人喜欢。

余从众抽空回了一趟江夏余家大湾，在家住了一天。余从众很好地安抚了吴完珍，给了吴完珍一些钱，和吴完珍做爱，让吴完珍快乐得像个幸福女人。

余从众把余三宝照片给病得呆呆的爹看了，余从众说：爹，这是你的亲孙子，在汉口养着。爹，这事不能让完珍晓得了，为了余家传宗接代，我做了这事，等三宝大了，再跟完珍说。现在要是让完珍晓得了，闹出了事，我就犯法了哩！

余老八看了余三宝的照片，立时从床上爬起来，人变得清醒了，病也好了。余老八说：不怕，只要有孙子，让你坐牢，我去替你坐。

余从众苦笑了笑，很快就回了汉口。

余家大湾分管计划生育的四婶，找到吴完珍，说：完珍，你现在两个孩子了，再不能生了，跟我去医院结扎吧！

吴完珍就跟四婶到乡医院，做了输卵管结扎手术。

包工头余从众在汉口包二奶，生了个儿子的消息就像纸包不住火一样，不久，余家大湾的人都晓得了。

只有吴完珍一个人不晓得。

余从众还经常回余家大湾的家，给吴完珍养家的钱，安抚吴完珍，和吴完珍做爱。

在汉口，余从众就天天回武昌徐东新村的家，和陈菊与儿子余三宝在一起，享受娇妻爱子的快乐。

吴完珍突然地带着招弟和引弟，找到汉口余从众办公兼住宿的一室一厅的房子里。听到敲门声，正与余从众在屋里商量事情的柱子开了门，看到满脸疲惫、一身风尘，怀抱引弟、手牵招弟，背上还有大包袱的吴完珍，惊得“啊”地叫了一声。余从众跟出来，见了吴完珍娘仨，心里一愣，但他马上从吴完珍手里接过引弟，有些不高兴地说：来之前怎么不告诉我一声呢？你这一路奔波的，是怎么找来的？

怎么不欢迎，我们想你呢！自己找来的。吴完珍说。

吴完珍是怎么知道余从众在武汉养了儿子，怎么知道余从众的工地和他居住办公的房子，这是个谜，吴完珍一直没说。

余从众到武汉打工这几年，没有带吴完珍到武汉来过，吴完珍自小也没到武汉来过。吴完珍的到来，肯定是从别人那里得到准确地址才找来的。

余从众把吴完珍和两个女儿接进屋，女儿爸爸、爸爸地喊着，余从众心里既惭愧又高兴。他对两个女儿的爱太少了。

柱子忙着倒茶，口里喊着嫂子辛苦，显得分外亲热，但心里却在打鼓。

正是临正中午的时候，余从众叫柱子去工地食堂端些饭菜来，他和吴完珍及两个女儿在屋里吃饭。

吴完珍显得很平静，余从众忐忑不安的心稍平稳些了。

我爹好吗？

爹很好！自从你上次回家后爹就精神特别好，像吃了神药一般，还下地呢！爹有孙子了呢！吴完珍说完，用眼睛狠狠地瞪着余从众。

余从众心里一惊，心想这是有备而来，不禁惭愧不安起来。他给招弟、引弟碗里夹了些好菜，对完珍说：完珍，是我不好，先吃饭，晚上我再向你仔细解释。

吴完珍仍很平静，说：好，我吃饭，招弟、引弟好好吃，吃完了出去玩。

下午平安无事。吴完珍把余从众的一室一厅打扫了，把地擦了，把床上的被子晒了，单子洗了，弄得干干净净、整整齐齐，屋子立即内外变得窗明几净了。

余从众下午在工地上和柱子说了说情况，显得很担忧。说实话，他对不起吴完珍，是他自己的错，但是他们余家是要有传宗接代的人啊！

柱子说：嫂子是怎么知道的，先不去追究，这事迟早是要让她知道的。我觉得嫂子是个懂道理的人，会说得通的。

余从众给陈菊打了电话，告诉她今晚不回武昌，让她照顾好儿子。

陈菊说：忙你的吧！儿子我会照顾好的！

陈菊不知道这是余从众和她的最后一句话。

柱子和工地上的民工们当晚很关切他们的工头余从众所住的一室一厅，但是很安静，那里没有发生任何争吵声。

柱子心想，吴完珍真是个懂道理的女人。

早晨七点钟，柱子买了油条、豆浆等食品，用只袋子提着，敲开了余从众办公兼住宿的屋子。

是吴完珍开的门。

柱子说：嫂子，我给你们买了过早的东西，你们吃吧！

吴完珍说：谢谢你柱子，放在屋里的桌子上吧！

柱子问：从众哥还没起来？

吴完珍说：我把他杀了。

柱子说：别开玩笑，你们可是好夫妻呢！

吴完珍说：我们是好夫妻呢，我太爱他了，就杀了他！

柱子这才看到吴完珍手上的血。他急忙跑到卧室里，他看到的情形令他终生难忘。

余从众和吴完珍的两个女儿，安安静静地睡在大床上，余从众倒在地板上，地板上满是鲜血。余从众的头与身子断开了，一把沾血的斩骨菜刀放在他身边。

吴完珍说：我爱他！他不要我，我就杀了他，和他一块走，我结婚前就和他说过的。

余从众死了。柱子把招弟和引弟送到陈菊处，先住下再说。

胡老黑把工地上的事交给柱子管理，让柱子代替余从众管理包工队。胡老黑把余从众的后事办理了，他什么都没说。

鲁大刚和吴淑珍从孝感赶到汉口的市公安局看守所，吴淑珍见到吴完珍，说：你怎么这样蠢啊！你怎么杀人呢？

吴完珍说：没办法，我不能没有他。

鲁大刚见吴完珍那模样，摇了摇头。

（原载《十月》2016年第6期）